SUSAN MALLERY

SÓLO PARA MÍ

Para Marilyn, mi hermana del alma.

Eres dulce, generosa y divertida, como Dakota. Este libro está dedicado a ti.

Capítulo 1

—¿Qué hace falta para que cooperes? ¿Dinero? ¿Amenazas? Cualquiera de las dos me vale.

Dakota Hendrix alzó la vista de su ordenador portátil y se encontró con un hombre muy alto y de mirada seria frente a ella.

—¿Cómo dice?

—Ya me has oído. ¿Que qué hace falta?

Ya le habían advertido de que habría muchos locos por ahí sueltos, pero no se lo había creído. Al parecer, se había equivocado.

—Tiene mucho carácter para ser alguien que lleva una simple camisa de franela —dijo ella levantándose para poder mirar a los ojos a ese tipo. Si no hubiera estado tan furioso, le habría parecido bastante guapo, con ese cabello oscuro y esos penetrantes ojos azules.

Él bajó la mirada y volvió a alzarla hacia ella.

—¿Qué tiene que ver mi camisa en esto?

—Es de cuadros.

—¿Y?

—Cuesta sentirte intimidada por un hombre que lleva cuadros. Sólo es eso. Y la franela es un tejido que resulta simpático, aunque un poco rústico para la mayoría de la gente. Ahora bien, si fuera todo vestido de negro con una cazadora de cuero, estaría más nerviosa.

La expresión de él se tensó, como lo hizo el músculo de su mandíbula. Su mirada se agudizó y ella tuvo la sensación de que si ese hombre fuera un poco menos civilizado, le tiraría algo.

—¿Un mal día? —preguntó Dakota con tono alegre.

—Algo parecido —respondió él apretando los dientes.

—¿Quiere hablar de ello?

—Creo que es así como he empezado esta conversación.

—No. La ha empezado amenazándome —sonrió—. Aun a riesgo de elevar su índice de cabreo del ocho al diez, le diré que a veces ser más agradables es más efectivo. Por lo menos a mí me pasa —extendió una mano—. Hola. Soy Dakota Hendrix.

Parecía que ese hombre prefiriera arrancarle la cabeza antes que ser educado, pero después de respirar profundamente dos veces, le estrechó la mano y murmuró:

—Finn Andersson.

—Encantada de conocerle, señor Andersson.

—Finn.

—Finn —repitió ella, mostrándose un poco más animada que de costumbre, aunque sólo para molestar un poco a ese hombre—. ¿En qué puedo ayudarte?

—Quiero sacar a mis hermanos del programa.

—Por consiguiente, las amenazas.

—¿Por consiguiente? ¿Quién utiliza esa expresión?

—Es una expresión perfectamente buena y normal.

—No de donde yo vengo.

Ella miró las desgastadas botas que llevaba y volvió a centrarse en su camisa.

—Casi me da miedo preguntar dónde es eso.

—South Salmon, Alaska.

—Pues estás muy lejos de casa.

—Peor, estoy en California.

—¡Ey! He nacido aquí y te agradecería que fueras más educado.

Él se rascó la nariz.

—Bien. Como quieras. Tú ganas. ¿Puedes ayudarme con mis hermanos o no?

—Depende. ¿Cuál es el problema?

Ella le indicó que tomara asiento y él vaciló un segundo antes de sentar su largo cuerpo.

—Están aquí —dijo finalmente, como si eso lo explicara todo.

—¿Aquí en lugar de en South Salmon?

—Aquí en lugar de estar terminando su último semestre en la facultad. Son gemelos. Van a la Universidad de Alaska.

—Pero si están en el programa, entonces son mayores de dieciocho —respondió ella con voz suave, sintiendo el dolor de ese hombre, pero sabiendo que había poco que pudiera hacer.

—¿Eso significa que no tengo autoridad legal? —preguntó él con resignación y amargura—. ¡Como si no lo supiera! —se inclinó hacia delante y la miró fijamente—. Necesito tu ayuda. Como he dicho, les queda un semestre para graduarse y se han marchado para venir aquí.

Dakota había crecido en Fool's Gold y había elegido regresar después de terminar sus estudios, así que no entendía por qué alguien no querría vivir en un pueblo. Sin embargo, suponía que Finn estaba mucho más preocupado por el futuro de sus hermanos que por dónde se ubicaran.

Él se levantó.

—Pero, ¿qué hago hablando contigo? Eres una de ésas de Hollywood. Seguro que estás contenta de que lo hayan dejado todo para estar en tu estúpido programa.

Ella también se levantó y sacudió la cabeza.

—En primer lugar, no es «mi» estúpido programa. Yo estoy con el pueblo, no con el equipo de producción. En segundo lugar, si me das un momento para pensar en lugar de enfadarte, puede que se me ocurra algo para ayudarte. Si eres así con tus hermanos, no me sorprende que hayan querido recorrer miles de kilómetros para alejarse de ti.

Dado lo poco que sabía sobre Finn, se esperaba que le gritara y se largara. Por el contrario, la sorprendió sonriendo.

La curva de sus labios y el brillo de sus dientes no eran algo especialmente único, pero le produjo un cosquilleo en el estómago de todos modos. Sintió como si se le hubiera escapado todo el aire de los pulmones y no pudiera respirar. Unos segundos después, logró reponerse y se dijo que había sido un problema momentáneo de su radar emocional. Nada más que una anomalía.

—Eso dijeron —admitió él volviendo a su asiento con un suspiro—. Que se habían esperado que yéndose a la universidad podrían irse mucho más lejos, pero no fue así —la sonrisa se desvaneció—. ¡Maldita sea! Esto es muy duro.

Ella se sentó y apoyó las manos en la mesa.

—¿Qué dicen tus padres de todo esto?

—Yo soy los padres.

—Ah —exclamó ella, desconociendo qué tragedia podría haber provocado esa situación. Diría que Finn tenía unos treinta años, treinta y dos tal vez—. ¿Cuánto tiempo hace…?

—Ocho años.

—¿Has estado criando a tus hermanos desde que tenían…? ¿Cuántos? ¿Doce?

—Tenían trece, pero sí.

—Felicidades. Has hecho un buen trabajo.

—¿Y eso cómo lo sabes?

—Porque han entrado en la universidad, han logrado llegar hasta su semestre final y ahora son lo suficientemente fuertes emocionalmente como para enfrentarse a ti.

—Deja que adivine. Eres una de esas personas que dicen que la lluvia es «sol líquido». Si hubiera hecho bien mi trabajo con mis hermanos, aún estarían en la universidad en lugar de aquí para participar en un estúpido reality show.

Él sacudió la cabeza.

—No sé qué he hecho mal. Lo único que quería era que terminaran el curso. Tres meses más. Sólo tenían que seguir en la facultad tres meses más. Pero, ¿podían hacerlo? No. Hasta me enviaron un e-mail diciéndome dónde estaban, como si fuera a alegrarme por ellos.

Ella levantó las carpetas que tenía sobre la mesa.

—¿Cómo se llaman?

—Sasha y Stephen —su expresión se animó levemente—. ¿Puedes hacer algo?

—No lo sé. Como te he dicho, estoy aquí en representación del pueblo. Los productores nos presentaron la idea del *reality show*. Créeme, Fool's Gold no estaba buscando esta clase de publicidad. Queríamos negarnos, pero nos preocupaba que siguieran adelante y lo hicieran de todas formas. De este modo, estamos involucrados y esperamos poder tener algo de control en lo que suceda.

Lo miró y le sonrió.

—O por lo menos nos hacemos ilusiones con que tenemos el control.

—Confía en mí. No será tan bueno como os lo han pintado.

—Ya estoy dándome cuenta. Todos los posibles concursantes se han sometido a unos exámenes exhaustivos y se han comprobado los antecedentes penales de todos. Insistimos en eso.

—¿Intentando evitar a los locos?

—Sí, y a los criminales. Los reality shows ejercen mucha presión sobre los concursantes.

—¿Cómo conoció la televisión al pueblo si vosotros no acudisteis a ellos?

—Fue cuestión de pura mala suerte. Hace un año una estudiante de posgrado que estaba escribiendo su tesis sobre densidad de población descubrió que padecíamos una escasez crónica de hombres. Los cómos y los porqués se convirtieron en un capítulo de su proyecto. En un esfuerzo de despertar atención hacia su trabajo, vendió su tesis a distintas productoras y ahí nos conocieron.

Él frunció el ceño.

—Creo que recuerdo haber oído algo. ¿No llegaron autobuses cargados de tipos que venían de todas partes?

—Por desgracia, sí. La mayoría de los artículos hicieron que pareciéramos unas solteronas desesperadas, lo cual no es cierto en absoluto. Unas semanas después, Hollywood apareció en forma de reality show.

Hojeó el montón de solicitudes de los que habían logrado pasar a la selección final y cuando vio la fotografía de Sasha Andersson, se estremeció.

—¿Gemelos idénticos?

—Sí, ¿por qué?

Ella sacó la solicitud de Sasha y se la entregó.

—Es adorable —la imagen mostraba una versión más joven y sonriente de Finn—. Si tiene una personalidad más llamativa que la de un zapato, seguro que estará en el programa. ¿A quién no le puede gustar? Además, si hay dos iguales... —soltó la carpeta—. Si tú fueras el productor, ¿no querrías tenerlos en tu programa?

Finn soltó el papel. La mujer, Dakota, tenía razón. Sus hermanos eran encantadores, divertidos y lo suficientemente jóvenes como para creerse inmortales. Irresistibles para alguien que quisiera subir las audiencias.

—No pienso dejar que arruinen sus vidas.

—Serán diez semanas de grabación y, después de eso, la facultad seguirá ahí —dijo ella con tono delicado y compasivo.

—¿Y crees que querrán volver después de todo esto?

—No lo sé. ¿Se lo has preguntado?

—No —hasta la fecha sólo les había dado órdenes y sermones, los cuales sus hermanos habían ignorado.

—¿Te han dicho por qué querían participar en este programa?

—No específicamente —admitió, aunque tenía alguna que otra teoría. Querían alejarse de Alaska y de él. Además, Sasha llevaba mucho tiempo soñando con la fama.

—¿Han hecho antes algo así? ¿Marcharse en contra de tus deseos, dejar los estudios?

—No. Eso es lo que no entiendo. Están a punto de terminar. ¿Por qué no han podido aguantar un semestre más? —eso habría sido lo más responsable.

Hasta el momento, Sasha y Stephen no le habían dado muchos problemas, sólo los típicos de su edad: conducir demasiado deprisa y unas cuantas fiestas con muchas chicas. Le había preocupado que pudieran dejar a una chica embarazada, pero hasta el momento eso no había pasado. Tal vez sus miles de sermones sobre emplear métodos anticonceptivos habían surtido efecto.

Por eso, que quisieran dejar los estudios para entrar en un programa de televisión lo había dejado anonadado. Siempre se había imaginado que, por lo menos, terminarían la facultad.

—Parecen unos chicos geniales —dijo Dakota—. A lo mejor deberías confiar en ellos.

—Tal vez debería atarlos y meterlos en un avión con destino a Alaska.

—No te gustaría estar en la cárcel.

—Para eso primero tendrían que atraparme —volvió a levantarse—. Gracias por tu tiempo.

—Siento no poder ayudarte.

—Yo también.

Ella se levantó y bordeó la mesa para quedar frente a él.

—Como suele decirse: «si quieres algo, déjalo libre».

Él la miró fijamente a los ojos; unos ojos oscuros que contrastaban con su ondulado cabello rubio. Esbozó una sonrisa.

—Y si vuelve, ¿es porque así tenía que ser? No, gracias. Yo soy más del «si no vuelve, ve a cazarlo y dispáralo».

—¿Debería advertir a tus hermanos?

—Ya están advertidos.

—A veces tienes que dejar que la gente se equivoque.

—Esto es demasiado importante. Es su futuro.

—Y la palabra clave es: «su»; no es tu futuro. Lo que sea que pueda pasar aquí no es irrecuperable.

—Eso no lo sabes.

Dakota parecía querer seguir discutiendo el tema. Era cierto que lo que decía tenía sentido, pero de ningún modo podría hacerle cambiar de opinión. Pasara lo que pasara, sacaría a sus hermanos de Fool's Gold y los metería de nuevo en la facultad, que era donde tenían que estar.

—Gracias por tu tiempo —repitió.

—De nada. Espero que los tres podáis llegar a un acuerdo. Y… por favor, recuerda que tenemos un servicio de policía muy eficiente aquí en el pueblo. A la jefa Barns no le cae bien la gente que quebranta la ley.

—Gracias por la advertencia.

Finn salió del pequeño tráiler. El rodaje o la grabación, o como fuera que lo llamaban, empezaría en dos días, lo cual le daba menos de cuarenta y ocho horas para trazar un plan, bien para convencer a sus hermanos de que volvieran a Alaska, o bien para obligarlos físicamente a hacer lo que él quería.

—Te lo debo —dijo Marsha Tilson mientras almorzaba.

Dakota agarró una patata frita.

—Sí. Soy una profesional altamente cualificada.

—¿Y Geoff no lo valora? —le preguntó Marsha, la alcaldesa, una mujer que pasaba de los sesenta años y que tenía unos chispeantes ojos azules.

—No. Aunque tengo un doctorado y debería obligarlo a llamarme «doctora».

—Por lo que sé de Geoff, no creo que eso fuera a servir de algo.

Dakota mordió la patata. Odiaba admitirlo, pero la alcaldesa Marsha tenía razón. Geoff era el productor del reality show que había invadido la ciudad, *Amor verdadero o Fool's Gold*. Después de seleccionar a veinte personas y emparejarlas al azar, éstas celebrarían unas románticas citas que serían gradabas, editadas y después emitidas por televisión con una semana de retraso.

El país votaría para eliminar a la pareja que tuviera menos probabilidades de establecer una relación.

Al final, la última pareja que quedara recibiría doscientos cincuenta mil dólares y una boda gratis, si de verdad estaban enamorados.

Por lo que Dakota sabía, a Geoff lo único que le importaba era conseguir buenas audiencias, y el hecho de que el pueblo no quisiera que rodaran allí el programa no le había molestado lo más mínimo. Al final, la alcaldesa había cooperado con la condición de que alguno de sus empleados estuviera presente en todo momento para velar por los intereses de los buenos ciudadanos de Fool's Gold.

Para Dakota todo eso tenía sentido, aunque aún no sabía por qué le habían dado ese trabajo a ella. No era especialista en relaciones públicas, ni siquiera funcionaria del Ayuntamiento. Era una psicóloga especializada en desarrollo infantil. Por desgracia, su jefe había ofrecido sus servicios e incluso había accedido a pagarle su sueldo mientras trabajaba con la productora. Ahora, por todo ello, Dakota seguía sin dirigirle la palabra.

Habría rechazado el trabajo de no ser porque la alcaldesa Marsha se lo había suplicado. Dakota había crecido allí y sabía que, cuando la alcaldesa necesitaba un favor, los buenos ciudadanos accedían. Hasta que había aparecido la productora, Dakota habría jurado que con mucho gusto haría lo que fuera por su pueblo y, de todos modos, como le había dicho a Finn hacía unas horas, sólo serían diez semanas. Podría sobrevivir a casi todo durante ese tiempo.

—¿Se han elegido ya a los concursantes? —preguntó Marsha.

—Sí, pero van a mantenerlo en secreto hasta el gran anuncio.

—¿Alguien de quién tengamos que preocuparnos?

—No lo creo. He mirado los archivos y todo el mundo parece bastante normal —pensó en Finn—. Aunque sí que tenemos a un familiar que no está nada contento —le explicó lo de los gemelos de veintiún años—. Si en persona son la mitad de guapos de lo que son en las fotos, estarán en el programa.

—¿Crees que su hermano dará problemas?

—No. Si los chicos todavía fueran menores, me preocuparía, pero lo único que puede hacer es preocuparse y amenazarlos.

Marsha asintió como si comprendiera a ese hombre. Dakota sabía que la única hija de la alcaldesa había sido una rebelde que se había quedado embarazada y se había escapado de casa. No podía ser fácil criar a un hijo o, en el caso de Finn, a dos hermanos. Aunque ella no sabía nada sobre ser madre.

—Podemos ayudar —dijo Marsha—. Busca a los chicos y avísame si los eligen para el programa. No tiene por qué gustarnos que Geoff nos haya traído todo este jaleo, pero podemos asegurarnos de que lo mantenemos controlado.

—Seguro que el hermano de los gemelos te lo agradece —murmuró Dakota.

—Estás haciendo lo correcto —le dijo Marsha—. Ten el programa vigilado.

—No me has dado mucha elección.

La alcaldesa sonrió.

—Ése es el secreto de mi éxito. Arrincono a alguien y le obligo a acceder a hacer lo que yo quiera.

—Pues se te da muy bien —Dakota le dio un trago a su refresco light—. Lo peor es que me gustan estos programas de televisión… O me gustaban hasta que conocí a Geoff. Ojalá hiciera algo ilegal para que la jefa Barns pudiera detenerlo.

—La esperanza es lo último que se pierde —suspiró Marsha—. Has renunciado a mucho, Dakota, y quiero darte las gracias por hacerte cargo del programa y cuidar del pueblo.

—Yo no he hecho todo eso. Simplemente estoy presente y me aseguro de que no cometen ninguna locura.

—Me siento mejor sabiendo que estás cerca.

Y eso era positivo, pensó Dakota mientras miraba a la mujer. Años de experiencia. Marsha era el alcalde que más tiempo llevaba en su cargo de todo el estado. Más de treinta años. Pensó en todo el dinero que se había ahorrado el pueblo en membretes: ¡nunca tenían que cambiarlos!

Mientras que se alejaba mucho del trabajo de los sueños de Dakota, trabajar para Geoff tenía el potencial de ser interesante. No sabía nada sobre hacer un programa de televisión y se dijo que aprovecharía la oportunidad de aprender algo sobre ese negocio. Por lo menos, era una distracción y eso era algo que últimamente necesitaba... Lo que fuera para evitar sentirse tan... rota.

Se recordó que no debía adentrarse en ese terreno. No todo tenía solución y cuanto antes lo aceptara, mejor. Aún podía disfrutar de una buena vida y la aceptación sería el primer paso para seguir adelante. Era una profesional cualificada, después de todo. Una psicóloga que comprendía cómo funcionaba la mente humana.

—¡Esto va a ser genial! —dijo Sasha Andersson apoyado contra el destartalado cabecero mientras hojeaba el ejemplar de *Variety* que había comprado en la librería de Logan. Algún día estaría ganando miles, millones de dólares, y se suscribiría y haría que se lo enviaran a su teléfono, como hacían las estrellas de verdad. Hasta entonces, compraba un ejemplar cada ciertos días para no gastar mucho.

Stephen, su hermano gemelo, estaba tumbado en la otra cama del pequeño hotel. Una desgastada revista *Coche y Conductor* estaba abierta sobre el suelo. Stephen tenía la cabeza y los brazos colgando fuera de la cama y hojeaba un artículo que probablemente habría leído cincuenta veces.

—¿Me has oído? —le preguntó Sasha impaciente.

Stephen alzó la mirada y su oscuro cabello le cayó sobre los ojos.

—¿Qué?

—El programa. Va a ser genial.

Stephen se encogió de hombros.

—Eso, contando con que nos elijan.

Sasha tiró el periódico a los pies de la cama y sonrió.

—¡Ey! Somos nosotros. ¿Cómo podrían resistirse?

—He oído que hay unos quinientos aspirantes.

—Han reducido esa cifra a sesenta y vamos a llegar a la final. ¡Venga! Somos gemelos y eso le encanta al público. Deberíamos fingir que no nos llevamos bien, pelearnos y esas cosas. Así tendremos más minutos de cámara.

Stephen se movió en la cama y se tumbó boca arriba.

—Yo no quiero más minutos de cámara.

Lo cual era cierto e irritante a la vez, pensó Sasha. A Stephen no le interesaba ese negocio.

—Entonces, ¿por qué estás aquí?

Stephen respiró hondo.

–No me apetece volver a casa.

Y eso era algo en lo que coincidían. Su casa era un diminuto pueblo de ochenta personas. South Salmon, Alaska. En verano, los invadían turistas que querían ver la «verdadera» Alaska y durante casi cinco meses, cada momento que se estaba despierto se pasaba trabajando a unas horas imposibles. En invierno, había oscuridad, nieve y un aplastante aburrimiento.

Los otros residentes de South Salmon decían amar sus vidas, pero a pesar de ser descendientes directos de inmigrantes rusos, suecos e irlandeses que se habían establecido en Alaska hacía casi cien años, Sasha y Stephen querían estar en cualquier parte menos allí. Cosa que su hermano mayor, Finn, jamás había comprendido.

—Ésta es mi oportunidad —dijo Sasha con firmeza—. Y voy a hacer todo lo que haga falta para que se fijen en mí.

Sin ni siquiera cerrar los ojos, pudo verse siendo entrevistado en un programa de televisión hablando del éxito de taquilla que protagonizaba. En su mente, había recorrido un millón de alfombras rojas, había acudido a fiestas de Hollywood, se le habían presentado mujeres desnudas en su habitación del hotel suplicándole que se acostara con ellas... Y él, pensó con una sonrisa, había accedido con mucho gusto. Porque así era él.

Durante los últimos ocho años, había querido salir en la tele y en películas, pero la industria no había llegado a South Salmon y Finn siempre le había dicho que cuando creciera olvidaría esos sueños.

Cuando, por fin, había llegado a ser lo suficientemente mayor como para hacer lo que quería sin el permiso de su hermano, Sasha había visto su oportunidad en el anuncio del casting para *Amor verdadero o Fool's Gold*. La única sorpresa había sido que Stephen había querido ir con él a la entrevista.

—Cuando llegue a Hollywood, voy a comprarme una casa en las colinas. O en la playa.

—En Malibú —dijo Stephen tumbándose boca arriba—. Chicas en bikinis.

–Eso es. Malibú. Y me reuniré con productores, iré a fiestas y ganaré millones de dólares –miró a su hermano–. ¿Qué vas a hacer tú?

Stephen se quedó callado un momento antes de responder:

–No lo sé. No ir a Hollywood.

–Te gustaría.

Stephen sacudió la cabeza.

–No. Yo quiero algo distinto. Algo…

No completó la frase, aunque tampoco hacía falta. Sasha ya lo sabía. Tal vez su gemelo y él no compartieran el mismo sueño, pero lo sabían todo el uno del otro. Stephen quería encontrar su sitio, fuera lo que fuera que eso significaba.

–Es culpa de Finn que no estés emocionado por esto –refunfuñó Sasha.

Stephen lo miró y sonrió.

–¿Te refieres a que insiste demasiado en que terminemos la facultad y tengamos una buena vida? ¡Qué estúpido!

Sasha se rió.

–Sí. ¿A qué viene que nos exija que tengamos éxito en los estudios? –dejó de reírse–. A menos que no se trate de nosotros, sino de él. Quiere poder decir que ha hecho un buen trabajo.

Sasha sabía que era más que eso, pero no estaba dispuesto a admitirlo. Al menos, no en voz alta.

–No te preocupes por él –dijo Stephen agarrando la revista–. Está a miles de kilómetros.

–Es verdad –respondió Sasha–. ¿Por qué dejar que nos arruine este buen momento? Vamos a salir en la tele.

–Finn nunca verá el programa.

Y era cierto. Finn no hacía nada divertido. Ya no. Antes había sido un salvaje, un rebelde; antes de…

Antes de que sus padres murieran. Así era cómo los chicos Andersson medían el tiempo. Todo lo que sucedía era o antes o después de la muerte de sus padres. Pero su hermano había cambiado después del accidente hasta tal punto que ahora Finn no podría reconocer un momento divertido ni aunque lo tuviera delante de las narices.

–Que Finn sepa dónde estamos no significa que vaya a venir a buscarnos –dijo Sasha–. Sabe cuándo lo han vencido.

Alguien llamó a la puerta.

Sasha se levantó y, cuando abrió, Finn estaba allí, tan furioso como aquella vez que ellos habían atrapado una mofeta y la habían metido en su cuarto.

–Hola, chicos –dijo entrando–. Vamos a hablar.

Capítulo 2

Finn se dijo que gritando no conseguiría nada. Sus hermanos eran técnicamente adultos, aunque lo cierto era que, por mucho que fueran mayores de edad, eran unos idiotas.

Entró en la diminuta habitación de motel compuesta por dos camas, una cómoda, una televisión destartalada y la puerta que daba a un baño igual de pequeño.

—Es bonita —dijo mirando a su alrededor—. Me gusta lo que habéis hecho con este sitio.

Sasha volteó los ojos y se dejó caer en la cama.

—¿Qué estás haciendo aquí?

—He venido a buscaros.

Los gemelos intercambiaron miradas de sorpresa.

Finn sacudió la cabeza.

—¿De verdad creíais que mandarme un e-mail diciéndome que habéis dejado los estudios para venir aquí es suficiente? ¿Creíais que yo diría: «No pasa nada, divertíos. ¡Qué más da si abandonáis la facultad en el último semestre!»?

—Te dijimos que estábamos bien —le recordó Sasha.

—Sí, lo hicisteis y os lo agradezco.

Al no haber demasiados moteles en Fool's Gold, localizar a los gemelos había sido relativamente sencillo. Finn sabía que andarían cortos de dinero y eso había eliminado los mejores sitios. El gerente del motel los había reconocido inmediatamente y no le había importado darle a Finn su número de habitación.

Stephen lo miraba con cautela, pero no dijo nada. Siempre había sido el más callado de los gemelos. A pesar de que eran casi exactamente iguales, tenían personalidades muy distintas. Sasha era extrovertido, impulsivo y distraído. Stephen era más callado y, por lo general, pensaba antes de actuar. Finn podía entender que Sasha quisiera irse a California, ¿pero Stephen?

«Cálmate», se recordó. Conversar con ellos le llevaría más lejos que ponerse a gritar. Sin embargo, cuando abrió la boca, se vio gritando desde la primera palabra.

–¿En qué demonios estabais pensando? –dijo cerrando la puerta de un golpe y plantando las manos sobre sus caderas–. Os faltaba un semestre para terminar. ¡Sólo uno! Podríais haber terminado las clases y haberos graduado para después obtener una licenciatura, algo que nadie podría haberos arrebatado. Pero, ¿pensasteis en eso? ¡Claro que no! En lugar de eso, os largasteis, os marchasteis antes de terminar. ¿Y para qué? ¿Para participar en un ridículo programa?

Los gemelos se miraron.

–El programa no es ridículo. No, para nosotros.

–¿Porque sois profesionales? ¿Sabéis lo que estáis haciendo? –los miró a los dos–. Quiero encerraros en esta maldita habitación hasta que os deis cuenta de lo estúpidos que estáis siendo.

Stephen asintió lentamente.

–Por eso no te dijimos nada hasta después de llegar aquí, Finn. No queríamos hacerte daño ni asustarte, pero estás atándonos demasiado.

Ésas fueron unas palabras que Finn no quería oír.

–¿Por qué no podíais terminar la facultad? Eso era lo único que quería. Hacer que terminarais vuestros estudios.

–¿Habría terminado todo ahí? –le preguntó Sasha–. Eso ya lo has dicho antes. Que lo único que teníamos que hacer era terminar el instituto y que entonces nos dejarías tranquilos. Pero no lo hiciste. Ahí estabas, presionándonos para que fuéramos a la universidad, controlando nuestras notas y nuestras clases.

Finn sintió su ira aumentar.

–¿Y qué tiene eso de malo? ¿Es malo que quiera que tengáis una buena vida?

–Quieres que tengamos tu vida –dijo Sasha mirándolo–. Te agradecemos todo lo que has hecho, nos importas, pero ya no podemos hacer lo que tú quieras.

–Tenéis veintiún años. Sois unos críos.

–No es verdad –dijo Stephen–, pero tú no dejas de decirlo.

–Tal vez mi actitud tenga algo que ver con vuestros actos.

–O tal vez se trate de ti –le contestó Stephen–. Nunca has confiado en nosotros. Nunca nos has dado una oportunidad de demostrar lo que podíamos hacer solos.

Finn quería soltar un puñetazo contra una pared.

–Quizá porque sabía que haríais algo así. ¿En qué estabais pensando?

–Tenemos que tomar nuestras propias decisiones –dijo Stephen testarudamente.

–No, cuando son así de malas.

Finn notaba cómo se le escapaba el control de la conversación, y la sensación fue a peor cuando los gemelos intercambiaron una mirada, la misma mirada que decía que se estaban comunicando en silencio, de un modo que él jamás entendería.

–No puedes hacernos volver –dijo Stephen en voz baja–. Nos quedamos. Vamos a salir en el programa.

–¿Y después qué? –preguntó Finn.

–Yo me iré a Hollywood para trabajar en la televisión y en el cine –dijo Sasha.

Eso no era nuevo. Sasha llevaba años soñando con la fama.

–¿Y tú? –le preguntó a Stephen–. ¿Quieres ser modelo publicitario?

–No.

–Pues entonces, vuelve a casa.

–No vamos a volver a casa –le contestó Stephen, sonando extrañamente decidido y maduro–. Déjalo ya, Finn. Hemos hecho todo lo que querías y ya estamos preparados para continuar solos.

Pero no era así y eso mataba a Finn. Eran demasiado jóvenes. Si no estaba cerca, ¿cómo podría mantenerlos a salvo? Haría lo que fuera para protegerlos. Por un momento se le pasó por la cabeza emplear la fuerza física para que lo obedecieran, pero ¿qué? No podría mantenerlos atados todo el viaje de vuelta. La idea de secuestrarlos no era nada agradable, y sospechaba que lo acusarían de delito mayor en cuanto cruzara la frontera del estado.

Además, llevarlos de vuelta a Alaska no serviría de nada si no querían quedarse allí ni terminar los estudios.

–¿No podéis hacerlo en junio? ¿Después de graduaros?

Los gemelos sacudieron la cabeza.

–No queremos hacerte daño –le dijo Stephen–. De verdad que te agradecemos lo que has hecho, pero ya es hora de que nos dejes movernos solos. Estaremos bien.

¡Sí, claro! No eran más que unos niños jugando a ser adultos. Creían que lo sabían todo. Creían que el mundo era justo y que la vida era fácil. Y él, lo único que quería era protegerlos de sí mismos. ¿Por qué tenía que ser tan difícil?

Tenía que haber otro modo, pensó al salir de la habitación del motel dando un portazo. Tenía que encontrar a alguien con quien pudiera razonar o, por lo menos, a quien pudiera amenazar.

—Geoff Spielberg, no hay parentesco —dijo el desaliñado hombre de pelo largo cuando Finn se acercó—. ¿Vienes de parte del pueblo, verdad? Es por la energía de más. La luz es como las exmujeres. Te secan hasta que les dejas. Necesitamos más potencia.

Finn miró al delgado hombre que tenía delante. Geoff apenas llegaría a los treinta, llevaba una camiseta que debería haber tirado dos años atrás y unos vaqueros totalmente deshilachados. No se ajustaba exactamente a la imagen que tenía de un ejecutivo de televisión.

Estaban en mitad de la plaza del pueblo, rodeados por cuerdas y cables. Se habían colgado los focos en los árboles y sobre plataformas y había unas pequeñas caravanas alineadas en la calle. Los camiones cargaban suficientes baños portátiles como para una feria estatal y había mesas y sillas junto a una gran carpa con un bufé.

—¿Eres el productor del programa?

—Sí. ¿Qué tiene que ver eso con la corriente? ¿Pueden devolvérmela hoy? La necesito hoy.

—No vengo en representación del pueblo.

Geoff gruñó.

—Pues lárgate y deja de molestarme.

Sin levantar la mirada de su teléfono móvil de última generación, el productor se dirigió hacia una de las caravanas aparcadas en la calle.

Finn lo siguió.

–Quiero hablar sobre mis hermanos. Intentan entrar en el programa.

–Ya hemos cerrado el casting. Todo se anunciará mañana. Seguro que tus hermanos son geniales y, si no salen en este programa, saldrán en otro –sonó aburrido, como si esas palabras las hubiera dicho miles de veces.

–No quiero que salgan en el programa –dijo Finn.

Geoff alzó la vista del teléfono.

–¿Qué? Todo el mundo quiere salir en la tele.

–Yo, no. Y ellos, no.

–Entonces, ¿por qué han participado en las audiciones?

–Quieren estar en el programa, pero yo no quiero.

La expresión de Geoff volvió a mostrar desinterés.

–¿Son mayores de dieciocho?

–Sí.

–Entonces no es mi problema. Lo siento –hizo ademán de abrir la puerta de la caravana, pero Finn le bloqueó el paso.

–No quiero que salgan en el programa –repitió.

Geoff suspiró.

–¿Cómo se llaman?

Finn se lo dijo.

Geoff ojeó los archivos que llevaba en el teléfono y sacudió la cabeza.

–¿Estarás de broma, verdad? ¿Los gemelos? Van a entrar. Sólo serían mejor para nuestra audiencia si fueran chicas con las tetas grandes. A los telespectadores les van a encantar.

La noticia fue decepcionante, pero no le supuso ninguna sorpresa.

–Dime qué puedo hacer para hacerte cambiar de opinión. Te pagaré.

Geoff se rió.

–No es suficiente. Mira, lamento que no estés contento, pero lo superarás. Además, podrían hacerse famosos. ¿No sería divertido?

–Tendrían que volver a estudiar.

El teléfono volvió a captar la atención de Geoff.

–¡Ajá! –murmuró mientras leía un email–. Sí… eh… puedes concertar una cita con mi secretaria.

–O podría convencerte aquí mismo. ¿Te gusta pasear, Geoff? ¿Quieres poder seguir haciéndolo?

Geoff apenas lo miró.

–Seguro que podrías darme una buena paliza, pero mis abogados son mucho más duros que tus músculos. No te gustará la cárcel.

–Y a ti no te gustará la cama de un hospital.

Geoff lo miró.

–¿Lo dices en serio?

–¿A ti qué te parece? Estamos hablando de mis hermanos y no pienso dejar que estropeen sus vidas por el programa.

A Finn no le gustaba amenazar a nadie, pero lo más importante era asegurarse de que Stephen y Sasha terminaban sus estudios. Haría lo que tenía que hacer y, si eso implicaba aplastar físicamente a Geoff, lo haría.

Geoff se metió el teléfono en el bolsillo.

–Mira, entiendo tu postura, pero tienes que entender la mía. Ya están dentro del programa. Tengo casi cuarenta personas trabajando para mí aquí, y un contrato con cada uno de ellos. Tengo una responsabilidad para con ellos y para con mi jefe. Aquí hay mucho dinero en juego.

–No me importa el dinero.

–A ti no, hombre de la montaña –gruñó Geoff–. Son adultos, pueden hacer lo que quieran. No puedes evitar que lo hagan. Supongamos que los echo del programa, ¿después qué? ¿Van a Los Ángeles? Por lo menos, mientras estén aquí, sabrás dónde están y qué están haciendo, ¿no?

A Finn no le gustó la lógica de su argumento, pero la agradeció.

—Puede que sí.

Geoff asintió varias veces.

—Es mejor que estén aquí donde puedes tenerlos vigilados.

—No vivo aquí.

—¿Dónde vives?

—En Alaska.

Geoff arrugó la nariz, como si acabara de oler excremento de perro.

—¿Pescas o algo así?

—Piloto aviones.

Inmediatamente, al rezongón productor se le iluminó la cara.

—¿Aviones que llevan gente? ¿Aviones de verdad?

—Sí.

—¡Genial! Necesito un piloto. Estamos planeando un viaje a Las Vegas y empleamos vuelos comerciales para abaratar costes, pero hay otros lugares, tal vez Tahoe y San Francisco. Si alquilara un avión, ¿podrías pilotarlo?

—Puede.

—Eso te daría una razón para seguir aquí y vigilar a tus chicos.

—Hermanos.

—Bueno, qué más da. Serás personal de producción —Geoff se llevó una mano al pecho—. Tengo familia. Sé lo que es preocuparse por alguien.

Finn dudaba que a Geoff le preocupara algo o alguien más que él.

–¿Estaría allí mientras grabáis?

–Siempre que no causes problemas. También tenemos a una chica del pueblo trabajando con nosotros –se encogió de hombros–. Denny, Darlene. Lo que sea.

–Dakota –dijo Finn secamente.

–Eso. Puedes ir con ella. Está aquí para asegurarse de que no le hacemos daño a su preciado pueblo –volteó los ojos–. Te juro que lo próximo que haga se grabará en una zona salvaje y silvestre. Los osos no van por ahí con exigencias, ¿sabes? Es mucho más sencillo que todo esto. Bueno, ¿qué me dices?

Lo que Finn quería decir era «no». No quería quedarse allí mientras filmaban su programa, quería que sus hermanos volvieran a clase y quería regresar a South Salmon para recuperar su vida, pero algo se interponía en su camino: el hecho de que sus hermanos no volverían a casa hasta que todo eso terminara. Podía elegir entre acceder o alejarse y, si se alejaba, ¿cómo podía asegurarse de que Geoff y todos los demás no engañarían a sus hermanos?

–Me quedaré. Volaré a donde quieras.

–Bien. Habla con esa tal Dakota. Ella se ocupará de ti.

Finn se preguntó qué pensaría la chica por el hecho de tener que trabajar con él.

–De todos modos, puede que a los gemelos se les expulse del programa pronto –dijo Geoff abriendo la puerta de la caravana

–No tendré tanta suerte.

Dakota se dirigía a casa de su madre. La mañana aún era fría, con un brillante cielo azul y las montañas al este. La primavera había llegado justo a su tiempo, todos los árboles estaban cargados de hojas y narcisos, y azafranes y tulipanes flanqueaban casi todos los caminos. Aunque aún no eran las diez, había mucha gente por la calle, tanto residentes como turistas. Fool's Gold era la clase de lugar donde era más fácil ir caminando ahí donde quisieras. Las aceras eran anchas y siempre se respetaba a los peatones.

Se giró hacia la calle en la que había crecido. Sus padres habían comprado esa casa poco después de casarse y en ella habían crecido sus seis hijos. Dakota había compartido habitación con sus dos hermanas incluso después de que sus hermanos mayores se mudaran de casa y quedaran habitaciones libres.

Habían cambiado las ventanas y el tejado hacía unos años. La pintura era color crema en lugar de verde y los árboles estaban más altos, pero aparte de eso, poco más había cambiado. Aun con sus seis hijos independizados, Denise seguía teniendo la casa.

Su madre le había dicho que pasaría gran parte de la semana trabajando en el jardín y, cómo no, al abrir el portón encontró a Denise Hendrix arrodillada sobre una alfombrilla amarilla excavando enérgicamente. Había restos de plantas esparcidas por el césped junto a las camas de flores. La mujer llevaba vaqueros, una chaqueta de capucha sobre una camiseta rosa y un gran sombrero de paja.

—Hola, mamá.

Denise alzó la mirada y sonrió.

—Hola, cariño. ¿Habíamos quedado?

—No. Pasaba por aquí.

—¡Ah, bien! —su madre se levantó y se estiró—. No lo entiendo. El otoño pasado limpié el jardín. ¿Por qué tengo que limpiarlo otra vez en primavera? ¿Qué hacen mis plantas durante todo el invierno? ¿Cómo se puede estropear todo tan deprisa?

Dakota abrazó a su madre y le dio un beso en la mejilla.

–Estás hablando con la persona equivocada. No se me da bien la jardinería.

–A ninguno se os da bien. Está claro que he fracasado como madre –dijo suspirando con actitud teatrera.

Denise se había casado con Ralph Hendrix siendo muy joven; el suyo había sido un amor a primera vista, seguido por una rápida boda. Había tenido tres hijos en cinco años seguidos por las trillizas. Dakota recordaba una casa abarrotada y repleta de risas. Siempre habían estado muy unidos, y aún más tras la muerte de su padre hacía ya casi once años.

El inesperado fallecimiento de Ralph había hundido a Denise, pero no había podido acabar con ella. Había salido adelante, sobre todo por el bien de sus hijos, y había seguido con su vida. Era guapa, una mujer llena de vida que no aparentaba ni cincuenta años.

Entraron en la cocina por la puerta de atrás. La habían remodelado hacía años y siempre había sido el centro de su hogar. Denise era una mujer de lo más tradicional.

–A lo mejor deberías contratar un jardinero –le dijo Dakota mientras sacaba dos vasos del armario.

Su madre sacó una jarra de té helado de la nevera y Dakota echó hielos en los vasos antes de abrir el tarro de las galletas. El olor a galletas de chocolate recién hechas la embriagó. Se sentaron en la mesa de la cocina.

–Jamás me fiaría de un jardinero –dijo Denise sentada frente a su hija–. Debería arrancarlo todo y cubrirlo de cemento. Sería lo más sencillo.

–A ti nunca te ha gustado lo sencillo. Te encantan las flores.

–No siempre –sirvió el té–. ¿Cómo va el programa?

–Mañana anunciarán los participantes.

Los oscuros ojos de su madre se iluminaron de diversión.

–¿Estarás en la lista?

–Lo dudo. No tendría nada que ver con esto si la alcaldesa no me hubiera suplicado que colaborara.

–Todos tenemos una responsabilidad civil.

–Lo sé. Por eso estoy haciendo lo correcto. ¿No podrías habernos educado para que no nos importaran los demás? Me habría ido mejor así.

–Son diez semanas, Dakota. Sobrevivirás.

–Tal vez, pero no me gustará.

Su madre frunció los labios.

–Ah, ahí está esa madurez que siempre me hace sentir orgullosa.

Estaba bien bromear, pensó Dakota, porque las cosas estaban a punto de ponerse muy serias.

Había pospuesto esa conversación durante varios meses, pero sabía que había llegado el momento de aclararlo. No lo había hecho por mantener un secreto, sino por no preocupar a su madre, que ya había sufrido bastante.

Sin embargo, tenía que hacerlo. Había llegado el momento.

Tomó una galleta, pero no la probó.

–Mamá, tengo que decirte algo.

La expresión de Denise no cambió, pero Dakota notó cómo se tensó.

–¿Qué?

–Ni estoy enferma ni me estoy muriendo ni me van a arrestar.

Dakota respiró hondo. Se fijó en las pepitas de chocolate y en los bordes desiguales de las galletas porque era más sencillo que mirar a la persona que más quería en el mundo.

–¿Recuerdas que en Navidad te hablé de adoptar?

Su madre suspiró.

–Sí, y aunque me parece maravilloso, es un poco prematuro. ¿Cómo sabes que no vas a encontrar a un hombre fabuloso y casarte y tener hijos a la antigua?

Era algo sobre lo que habían hablado docenas de veces y, a pesar de la opinión de su madre, Dakota había seguido adelante con los trámites y la agencia con la que había contactado ya estaba estudiando su caso.

–Ya sabes que la menstruación siempre me ha resultado muy dolorosa –al contrario de lo que les sucedía a sus hermanas.

–Sí, y fuimos al médico varias veces para tratarlo.

Su médico siempre le había dicho que todo iba bien, pero se había equivocado.

–El otoño pasado la cosa empeoró. Fui a mi ginecóloga y me hizo unas pruebas –finalmente alzó la mirada y miró a su madre–. Tengo el síndrome de ovarios poliquísticos y endometriosis pélvica.

–¿Qué? Sé lo que es la endometriosis, pero ¿y lo otro? –parecía muy preocupada.

Dakota sonrió.

–No te pongas así. No es para asustarse ni nada contagioso. Es un desequilibrio hormonal. Estoy mejorando bajando de peso y haciendo ejercicio. Además, tomo unas cuantas hormonas. Todo esto puede hacer que me resulte difícil quedarme embarazada.

Denise frunció el ceño.

–De acuerdo –dijo lentamente–. ¿Y la endometriosis pélvica? ¿Qué significa eso? ¿Quistes?

–Algo así. La doctora Galloway se ha sorprendido de que tenga las dos cosas, pero puede pasar. Lo ha solucionado para que no tenga más dolores.

Su madre se inclinó hacia ella.

–¿Qué estás diciendo? ¿Te han operado? ¿Has estado en el hospital?

–No. Fue un tratamiento ambulatorio. No pasó nada.

–¿Por qué no me lo dijiste?

–Porque no era importante.

Dakota tragó saliva. Había tenido la precaución de que nadie se enterara al no querer escuchar muestras de compasión, palabras que no hicieran más que empeorar las cosas.

Pero habían pasado semanas, meses, y ese viejo cliché sobre que el tiempo lo curaba todo era casi verdad. No estaba curada del todo, pero ya podía decir la verdad en alto… después de haber estado practicando en su pequeña casa alquilada durante varios días.

Se forzó a mirar a su madre a los ojos.

–El tema de los ovarios poliquísticos está bajo control. Voy a tener una vida larga y sana. Pero tener esos dos problemas a la vez hace que vaya a ser muy poco probable que me quede embarazada a la antigua, como tú dices. La doctora Galloway dice que la probabilidad es de un uno por ciento.

A Denise le temblaba la boca y las lágrimas se acumularon en sus ojos.

–No –susurró–. No, cielo, no.

Dakota casi se esperaba una recriminación, algún «¿por qué no me lo has dicho antes?». Pero, por el contrario, su madre se levantó y la abrazó como si no fuera a soltarla nunca.

La calidez de ese familiar abrazo llegó hasta lo más hondo de Dakota, hasta lugares que desconocía que tuviera.

–Lo siento –le dijo su madre besándole la mejilla–. ¿Has dicho que te enteraste el otoño pasado?

Dakota asintió.

–Tus hermanas me dijeron que te notaban inquieta, preocupada por algo. Creímos que era por un hombre, pero era esto, ¿verdad?

Dakota volvió a asentir. Se había ido directa al trabajo después de descubrir lo que le pasaba y se había echado a llorar delante de su jefe. Aunque no le había contado la razón, no se había mostrado exactamente sutil.

–No me sorprende que te lo hayas guardado. Siempre has sido de las que piensan mucho las cosas antes de hablarlas.

Volvieron a sentarse a la mesa.

–Ojalá pudiera solucionar esto –admitió Denise–. Ojalá hubiera hecho más cuando empezaste a tener estos problemas de adolescente. ¡Me siento tan culpable!

–No lo hagas. Es una de esas cosas que pasan.

Denise respiró hondo y Dakota pudo ver determinación en los ojos de su madre.

–Estás sana y fuerte y lo superarás. Como has dicho, se pueden hacer cosas. Cuando te cases, tu marido y tú podréis decidir qué hacer –se detuvo–. Por eso vas a adoptar. Quieres estar segura de que tendrás hijos.

–Sí. Cuando me enteré de todo esto, sentí como si estuviera rota por dentro.

–No estás rota.

–Mi cabeza lo sabe, pero mi corazón no está tan seguro de ello. ¿Y si no me caso nunca?

–Te casarás.

–Mamá, tengo veintiocho años y nunca he estado enamorada. ¿No te parece extraño?

–Has estado ocupada. Tenías un doctorado antes de cumplir los veinticinco. Te supuso un esfuerzo tremendo.

–Lo sé, pero… –siempre había querido tener un hombre en su vida, pero no había logrado encontrarlo. Ahora ya ni siquiera buscaba a un don Perfecto, se conformaba con un tipo que fuera razonablemente decente y que no saliera corriendo y gritando en mitad de la noche al verla–. No quiero esperar más. Puedo ser madre soltera perfectamente. Y no estaré sola… no aquí, en este pueblo, con mi familia.

–No, no estarías sola, pero tener hijos hará que te resulte complicado encontrar un buen hombre.

–Si conozco a alguien que no nos acepte ni a mí ni a mi hijo adoptado, entonces ese hombre no es el adecuado.

–He criado a unos hijos maravillosos.

Dakota se rió.

Denise se inclinó hacia ella y añadió:

–Pues vamos allá con la adopción. ¿Ya has empezado a mirar? ¿Necesitas ayuda?

Dakota se vio invadida por numerosas emociones y, de todas ellas, la más poderosa fue la gratitud. Pasara lo que pasara, siempre podría contar con su madre.

–No podía pasar por esto sin ti. Adoptar siendo madre soltera no es fácil. He contactado con una agencia que trabaja exclusivamente con niños de Kazajistán.

–Ni siquiera sé dónde está ese lugar.

–Kazajistán es el noveno país más grande del mundo y el país más grande completamente rodeado de tierra –se encogió de hombros–. He investigado un poco.

–Ya lo veo.

–Rusia está al norte, China al sureste. He rellanado el papeleo y estoy preparada para esperar.

Su madre se quedó boquiabierta.

–¡Vas a tener un hijo!

–No. A finales de enero, después de terminar con el papeleo y de que me investigaran, me llamaron y me dijeron que tenían un niño para mí. Pero al día siguiente me llamaron para decirme que había sido un error y que se iría con otra familia. Con una pareja.

Respiró hondo para evitar llorar. Lo lógico era que el cuerpo terminara quedándose sin existencias de lágrimas, pero ella ya tenía bastante experiencia como para saber que eso nunca llegaba a pasar.

—No sé si fue un error de verdad o si prefieren parejas y por eso no me lo entregaron. Sigo en la lista de espera y la directora de la agencia jura que acabaré teniendo un hijo.

Su madre se recostó en la silla.

—No puedo creerme que hayas pasado por todo esto tú sola.

—No podía hablar de ello con nadie. Al principio me sentía demasiado frágil como para hablar del tema y después tuve miedo de que si lo contaba, fuera a gafar la adopción. No fue por ti, mamá.

—¿Cómo ha podido ser? —preguntó Denise—. Soy prácticamente perfecta, y aun así...

Por segunda vez, Dakota se rió. Era agradable volver a tener algo por lo que reírse. Habían pasado meses durante los que nada la había hecho feliz.

Dakota le acarició un brazo.

—Lo llevo bien la mayoría de los días, aunque hay veces que me cuesta levantarme de la cama. Tal vez si hubiera tenido una relación, no me habría sentido tan difícil de amar.

—Eso no es verdad, tú no eres así. Eres preciosa, inteligente y divertida. Cualquier hombre tendría suerte de tenerte.

—Eso es lo que me digo. Al parecer, todo el género masculino está loco y es estúpido.

—Así es. Encontrarás a alguien.

–No estoy tan segura. No puedo culpar mi ausencia de vida amorosa a la escasez de hombres que hay por aquí. No del todo. Tampoco salí con nadie cuando estuve en la universidad –se encogió de hombros–. No se lo he contado a nadie, mamá. En unos días hablaré con Nevada y Montana. Si no te importa, he pensado que tú se lo cuentes después a mis hermanos –Denise lo explicaría todo de un modo sencillo y resultaría mucho menos embarazoso para ella.

Su madre asintió. Una vez que sus hermanas lo supieran, querrían correr en su ayuda, pero no serviría de nada. Su cuerpo era así, diferente.

–¿Aún sigues en la lista para tener un bebé de Kazajistán?

–Sí. Me llamarán. Soy positiva.

–Eso es importante. Sé que no te encanta eso de trabajar en el *reality show*, pero es una buena distracción.

–Es una locura. ¿En qué estaban pensando? A la alcaldesa le aterroriza que vaya a pasar algo malo. Ya sabes cuánto adora este lugar.

–Todos lo adoramos –dijo Denise con gesto ausente–. Que no te hayas enamorado aún no significa que no vayas a hacerlo. Amar a alguien y que te amen es un regalo. Relájate y sucederá.

Dakota esperaba que tuviera razón. Se inclinó hacia su madre.

–Tuviste mucha suerte con papá. A lo mejor es algo genético, como cantar bien.

Su madre sonrió.

–¿Quieres decir que debería salir con alguien? Oh, por favor, soy demasiado vieja.

–Lo dudo.

–Es una idea interesante, pero no ahora –se levantó y fue a la nevera–. Bueno, ¿qué puedo prepararte para comer? ¿Un sándwich de beicon, tomate y lechuga? Creo que también tengo algún quiche congelado.

Dakota pensó en decirle que su problema no era uno que se solucionara con comida, pero su madre no la escucharía. Denise era una madre de lo más tradicional.

–Un sándwich está bien –respondió, sabiendo que no era el sándwich lo que la haría sentirse bien, sino el poder dar todo el amor que llevaba en su interior.

Dakota iba a reunirse con sus hermanas en el bar de Jo y llegó un poco pronto, sobre todo porque su casa le había parecido demasiado silenciosa y su única compañía allí habían sido sus pensamientos.

Fue hacia la barra, preparada para pedir un martini con una gota de limón, y se dio cuenta de que Finn Andersson estaba allí en mitad de la sala. Parecía algo confuso.

«¡Pobre chico!», pensó mientras avanzaba hacia él. El bar de Jo no era exactamente el lugar al que un hombre iba al final de un duro día.

Hasta hacía muy poco, la mayoría de los establecimientos eran regentados por mujeres.

Jo era una preciosa treintañera. Había llegado al pueblo hacía años, había comprado el local y lo había convertido en un lugar en el que las mujeres se sentían a gusto. Las luces eran favorecedoras, los taburetes tenían respaldo y ganchos para colgar los bolsos y las enormes pantallas de televisión emitían Súper Modelo y programas femeninos en general. Siempre había música. Esa noche sonaban éxitos de los ochenta.

Los hombres tenían su lugar allí: una pequeña sala en la parte trasera con una mesa de billar. Pero sin estar previamente preparado, ver el bar de Jo podía suponer un gran impacto para un hombre normal.

–No pasa nada –dijo Dakota mientras conducía a Finn hacia la barra–. Te acostumbrarás.

Él sacudió la cabeza como si intentara aclararse la vista.

–¿Son rosas las paredes?

–Malva. Un color de lo más favorecedor.

–Es un bar –miró a su alrededor–. O creía que era un bar.

–Aquí en Fool's Gold hacemos las cosas un poco distintas. Es un bar que sirve principalmente a mujeres. Aunque los hombres son bienvenidos. Vamos. Siéntate. Te invito a una copa.

–¿Llevará una sombrillita dentro?

Ella se rió.

–A Jo no le gusta poner sombrillitas en las bebidas.

–Supongo que eso ya es algo.

La siguió y se sentó. El taburete acolchado parecía un poco pequeño para su cuerpo, pero no se quejó.

–Nunca había estado en un lugar así –admitió mirándola.

–Somos únicos. Ya habrás oído lo de la escasez de hombres, ¿no?

–Eso es lo que atrajo a mis hermanos a venir hasta aquí.

–Muchos de los empleos que suelen desarrollar los hombres, aquí los desarrollan las mujeres: casi todos los bomberos, los policías, el jefe de policía y, claro, la alcaldesa.

–Interesante.

Jo se acercó.

–¿Qué vais a tomar? –les preguntó Jo con una pícara mirada.

–He quedado con mis hermanas –se apresuró a decir Dakota–. He rescatado a Finn. Es su primera vez aquí.

–Por lo general, os servimos en la parte trasera –le dijo Jo–, pero ya que estás con Dakota puedes quedarte aquí.

Finn frunció el ceño.

–Estás de broma, ¿verdad?

Jo sonrió y se dirigió a Dakota.

–¿Lo de siempre?

–Por favor.

Jo se apartó.

Finn miró a Dakota.

–¿No va a servirme nada?

–Va a traerte una cerveza.

–¿Y si no quiero cerveza, qué?

–¿No quieres?

–Claro, pero… –volvió a sacudir la cabeza.

Dakota contuvo una carcajada.

–Te acostumbrarás, no te preocupes. Jo es un encanto, aunque le gusta vacilar un poco a la gente.

–Querrás decir a los hombres. Le gusta vacilar a los hombres.

–Todo el mundo necesita una afición. Bueno, ¿y cómo van las cosas? ¿Ya has convencido a tus hermanos de que se vayan?

La expresión de Finn se tensó.

–No. Están decididos a hacerlo. Solidaridad entre hermanos.

–Siento que las cosas no estén saliendo como querías, pero no me sorprende. Y tienes razón con eso de la solidaridad. Soy trilliza y mis hermanas y yo siempre nos protegíamos las unas a las otras –pensó en la conversación que tendría con ellas después–. Y aún lo hacemos.

–¿Trillizas idénticas?

–Ajá. Era divertido cuando éramos pequeñas. Ahora es menos emocionante que te confundan con otra persona e intentamos diferenciarnos todo lo posible –ladeó la cabeza–. Ahora que lo pienso, vernos diferentes ha ido siendo más fácil según hemos ido creciendo y hemos empezado a desarrollar nuestro propio estilo –miró su jersey azul y sus vaqueros–. Eso, suponiendo que se pueda llamar «estilo».

Jo apareció con su martini con una gota de limón y una cerveza. Le guiñó un ojo a Finn y se dio la vuelta.

–Voy a ignorarla –murmuró él.

–Seguro que será lo mejor –Dakota dio un sorbo a su copa–. ¿Y ahora qué? Si tus hermanos se quedan, ¿volverás a Alaska?

–No. He hablado con Geoff –dio un trago a su cerveza–. Lo he amenazado y él me ha amenazado a mí. Me dijo que Sasha y Stephen van a entrar en el programa y me he ofrecido a trabajar como su piloto para transportar a los participantes y esas cosas. Así que me quedo aquí.

Dakota se dijo que tener a un hombre alto, guapo y atento en el pueblo no significaba nada; que cualquier placer que le produjera estar sentada a su lado era natural y le habría pasado lo mismo con cualquier otra persona. En absoluto estaba impresionada por el ángulo de su barbilla, por las arruguitas de sus ojos cuando sonreía o por cómo le sentaba esa sencilla camisa.

–¿Eres piloto?

Él asintió con gesto ausente.

–Tengo una empresa de transportes en South Salmon –levantó su cerveza–. Preferiría dejarlos inconscientes y llevármelos a casa, pero voy a hacer todo lo posible por contenerme.

–Piensa en esto como en una experiencia enriquecedora.

–Preferiría no hacerlo.

Ella sonrió.

–Pobrecito. ¿Tienes donde quedarte estas semanas? Eh… quiero decir… si no quieres alojarte en un hotel, puedo recomendarte algún piso de alquiler o… –dio un trago.

Finn se giró hacia Dakota y clavó sus ojos en ella.

Fue una mirada intensa que hizo que la recorriera un cosquilleo. Un suave cosquilleo.

–Tengo un sitio, gracias.

–De nada. Yo… he… creo que tus hermanos van a estar mucho tiempo dentro del programa.

–Eso es lo que me temo. Tengo mi vida en Alaska y Bill, mi socio, se va a poner hecho una furia cuando le diga que tengo que quedarme –se pasó una mano por su oscuro pelo–. Es inicio de primavera, dentro de seis semanas tendremos la época de más trabajo. Para entonces tengo que estar de vuelta. Espero que ya hayan entrado en razón.

Dakota quería darle esperanzas, pero sabía que mentir no serviría de nada.

–No lo sé. Depende de lo mucho que estén divirtiéndose. Podrían echarlos pronto.

–Y después se marcharían a Los Ángeles –se estremeció–. Eso es lo que dijo Geoff. Por lo menos aquí puedo tenerlos vigilados. Estos chicos son como una patada en el trasero. ¿Tienes hijos?

–No –dio un trago a su copa intentando cambiar de tema–. ¿Sois sólo tres hermanos?

–Sí. Nuestros padres murieron en un accidente de avión.

–Lo siento.

–Fue hace mucho tiempo. Hemos estado solos mucho tiempo. Mis hermanos eran geniales de pequeños e intentaban ser responsables. ¿Qué demonios ha pasado?

Ella lo miró a los ojos.

—No te lo tomes como algo personal. Has hecho un gran trabajo con ellos.

—Está claro que no.

Dakota le tocó un brazo y pudo sentir calor a través del algodón de su camisa. Había pasado mucho tiempo desde la última vez que había tenido a un hombre en su cama... y eso había que cambiarlo.

—Esto es un punto de luz en sus vidas. Están probándose, están viendo cuáles son sus límites, pero tú estarás aquí para ayudarlos —apartó la mano despacio y esperó a que se disipara esa sensación de calor.

Pero no fue así.

—No me pedirán ayuda —farfulló él, al parecer, nada afectado por la caricia de Dakota, lo cual resultaba irritante.

—Puede que sí. Además, debería enorgullecerte el hecho de que estén tan satisfechos con sus vidas como para arriesgarse a decepcionarte. No les preocupa perder tu amor ni tu apoyo.

El hombre de mirada colérica que había conocido esa mañana volvió.

—Eres una persona demasiado alegre, ¿no? Lo sabes, ¿verdad?

Ella se rió.

—La verdad es que soy bastante normal en la escala de la felicidad. Creo que eres un cínico.

—Eso es verdad —se acabó su cerveza y dejó unos billetes sobre la barra—. Gracias por escuchar.

—De nada.

Se levantó.

—Supongo que nos veremos en el programa.

—Allí estaré.

Se miraron y, durante un segundo, ella pensó que podría acercarse y besarla. Su boca estaba más que preparada para ello, pero Finn no hizo nada. Se limitó a esbozar una mínima sonrisa y se marchó.

Dakota lo vio salir y no pudo evitar fijarse en su bonito trasero. ¡Vaya con los hombres de South Salmon! ¡Qué bien se criaban!, pensó mientras alzaba su vaso hacia el norte.

Se dijo que era positivo encontrar a Finn atractivo, ya que no había tenido un pensamiento sexual desde el último otoño, cuando su ginecóloga le había hablado de su incapacidad para tener hijos. Así que pensar en él debía de suponer que estaba curándose.

Habría sido mejor que Finn la hubiera besado, pero por el momento se conformaría con lo que tenía.

Capítulo 3

–¿Quién es el chico? –preguntó Montana al acercarse a Dakota–. Es muy mono.

–Lo más seguro es que sus hermanos salgan en el programa y no le hace ninguna gracia. Quiere que terminen los estudios.

Montana enarcó las cejas.

–Guapo y responsable. ¿Está casado?

–No, que yo sepa.

Montana sonrió.

–Mejor que mejor.

Jo la saludó y señaló a una mesa que se había quedado libre en una esquina. A diferencia de los demás bares, el de Jo estaba más lleno a mitad de semana, que era cuando las mujeres tenían más tiempo libre. Al llegar el fin de semana, se convertía más en un lugar de citas y eso no le hacía tanta gracia a las habituales.

Dakota agarró su bebida y siguió a su hermana hasta la mesa vacía. Montana se había dejado crecer el pelo y le caía a mitad de la espalda, una cascada de distintos tonos de rubio. El año anterior lo había llevado castaño, pero el rubio le sentaba mejor.

Las tres hermanas tenían el pelo rubio y los ojos marrones oscuro de su madre. Denise decía que era el resultado de haber surfeado de pequeña... un comentario humorístico teniendo en cuenta que había nacido y crecido en Fool's Gold y que el pueblo estaba a cientos de kilómetros de la playa más cercana.

Dakota se sentó frente a Montana.

–¿Qué tal?

–Bien. Max me tiene muy ocupada. Un tipo del gobierno ha venido a comienzos de semana; no estoy segura de para qué agencia trabaja, más que nada porque no nos lo dijo, pero quiere probar algunos de nuestros perros por su capacidad para diferenciar los olores.

El otoño anterior, Montana había dejado su trabajo en la biblioteca y se había ido a trabajar con un hombre que entrenaba a perros para diferentes terapias. Había asistido a varios seminarios, había aprendido a entrenar perros y parecía que le encantaba su nuevo trabajo.

Dakota le dio un sorbo a su copa mientras una canción de Madonna sonaba de fondo.

–¿Por qué?

Montana se inclinó hacia ella y bajó la voz.

–Creo que los entrenarían para detectar explosivos. Ese tipo no fue muy claro y conocía a Max de antes, lo cual me ha despertado una gran curiosidad por su pasado. Aunque no le he preguntado nada. Sé que le caigo bien y todo eso, pero juro que a veces me mira como si se preguntara si me falta un hervor.

Dakota se rió.

–Estás siendo demasiado dura contigo misma.

–No lo creo.

Nevada se acercó a la mesa. Aunque medía y pesaba lo mismo que sus hermanas, no lo parecía. Tal vez era por su pelo corto, sus vaqueros y esas camisetas de manga larga que tanto le gustaban. Mientras que Montana siempre había sido la más femenina, Nevada prefería un aspecto más de chicazo.

–Hola –dijo al sentarse frente a Dakota–. ¿Qué tal?

–Deberías haber llegado antes –le dijo Montana con una sonrisa–. Dakota estaba con un chico.

Nevada había levantado un brazo para avisar a Jo, pero al oír eso se quedó paralizada y se giró hacia su hermana.

–¿En serio? ¿Alguien interesante?

–No estoy segura de si es interesante, pero está como un tren –contestó Montana.

Dakota sabía que no había modo de luchar contra lo inevitable, y aun así, lo intentó.

–No es lo que creéis.

–No sabes lo que estoy pensando –dijo Nevada.

–Puedo imaginármelo –suspiró Dakota–. Se llama Finn y sus hermanos participarán en el programa.

Les contó el problema, al menos, desde el punto de vista de Finn.

–Deberías ofrecerte para consolarlo en sus malos momentos –le dijo Montana–. Para darle un abrazo que dure. Un suave beso con un susurro. Excitantes caricias que… –miró a sus hermanas–. ¿Qué?

Nevada miró a Dakota.

–Creo que está perdiendo la cabeza.

–Creo que necesita un hombre –dijo Dakota antes de mirar a Montana–. ¿Excitantes caricias? ¿En serio?

Montana se cubrió la cara con las manos.

–Necesito pasar un buen rato con un hombre desnudo. Ha pasado demasiado tiempo –se puso derecha y sonrió–. O podría emborracharme.

–Lo que haga falta –murmuró Nevada aceptando el vodka con tónica que le había llevado Jo–. Montana está perdiendo la cabeza.

–Eso nos pasa a las mejores –dijo Jo con tono alegre, pasándole a Montana su ron con Coca Cola light.

Cuando Jo se marchó, la puerta delantera se abrió y Charity y Liz entraron. Charity era la urbanista del pueblo y estaba casada con el ciclista Josh Golden, mientras que Liz se había casado con Ethan, el hermano de las trillizas. Las dos vieron a las hermanas y se acercaron.

–¿Qué tal va todo? –preguntó Charity.

–Bien –respondió Dakota mirando a su amiga–. Estás fantástica. Fiona tiene… ¿cuántos? ¿Tres meses? Nadie diría que acabas de tener un bebé.

–Gracias. He estado caminando mucho y Fiona ahora duerme más, así que eso ayuda.

Liz sacudió la cabeza.

–Recuerdo esas noches… gracias a Dios que los míos son mayores.

–Espera a que digan que quieren conducir –le dijo Nevada.

–Me niego a pensar en eso.

–¿Queréis sentaros con nosotras? –les preguntó Montana.

Liz vaciló.

–Charity ha estado leyendo mi borrador y quiere discutir unas cosas. ¿La próxima vez?

–Claro –respondió Dakota.

Liz escribía una exitosa serie de novelas de detectives en las que, hasta el momento, las víctimas se habían parecido sorprendentemente a su hermano Ethan. Ahora que estaban juntos, Dakota tenía la sensación de que el siguiente cadáver no se le parecería en nada.

Las dos mujeres fueron hacia la otra mesa.

–¿Cómo va el trabajo? –le preguntó Nevada a Montana.

–Bien. Estoy entrenando a unos cachorros. He hablado con Max sobre el programa de lectura en el que he estado investigando y tengo una cita con unos cuantos miembros del consejo escolar para hablar sobre un programa de prueba.

Montana había descubierto varios estudios que explicaban que los niños que leían mal mejoraban mucho cuando leían ante perros en lugar de ante personas. Sería por eso de que los perros te apoyan y no te juzgan, pensó Dakota.

–Me encanta la idea de ir a clase y ayudar a niños –dijo Montana pensativa–. Max dice que al principio tendremos que hacerlo gratis y, una vez que mostremos resultados, las escuelas nos contratarán –arrugó la nariz–. Sinceramente, la mayor parte de lo que hacemos es gratuito. No sé de dónde sacará el dinero. Están mi sueldo y el cuidado de los perros. Por mucho que la tierra sea suya, hay que mantenerla.

–¿No te ha dicho de dónde recibe ayuda? –le preguntó Nevada.

Montana negó con la cabeza.

–Podrías preguntárselo –le dijo Dakota.

Montana volteó los ojos y levantó su bebida.

–Eso no va a pasar.

–¿Cómo te va a ti? –le preguntó Dakota a Nevada.

–Bien. Como siempre –su hermana se encogió de hombros–. Estoy en un bache.

–¿Cómo puedes decir eso? –le preguntó Montana–. Tienes un trabajo fantástico, y siempre has sabido lo que quieres hacer.

–Lo sé. No estoy diciendo que vaya a dejar la ingeniería para ponerme a trabajar como bailarina de barra americana, pero a veces… –suspiró–. No sé. Creo que mi vida necesita un poco de movimiento.

Dakota sonrió.

–Siempre podríamos buscarle un ligue a mamá. Eso sí que sería una distracción.

Sus dos hermanas la miraron.

–¿Una cita a mamá? –preguntó Montana con los ojos como platos–. ¿Es que os ha dicho que quiera hacerlo?

–No, pero es muy atractiva y jovial. ¿Por qué no podría salir con alguien?

–Sería muy extraño –apuntó Montana.

–Y resultaría una situación incómoda. Seguro que encontraría a un tipo en quince segundos mientras que yo no recuerdo la última vez que tuve una cita.

–Eso es lo que he pensado yo también –admitió Dakota–. Pero, ¿no os parece que alguna deberíamos tener suerte en el tema de las citas?

–¿No te humillaría que, de todas nosotras, esa persona tenga que ser nuestra madre? –preguntó Nevada.

Dakota sonrió.

–Eso es verdad.

Montana sacudió la cabeza.

–No. No puede hacerlo. ¿Qué pasa con papá?

Dakota la miró.

–Ya han pasado diez años desde que murió. ¿No se merece una vida?

–No te pongas en plan terapeuta conmigo. Me siento muy cómoda sin ser la madura.

–Entonces no deberías preocuparte. Sólo estábamos bromeando con el tema –a modo de aliviar la tensión, pensó Dakota tristemente. A modo de distracción de la verdad sobre su incapacidad para tener hijos.

–No se habrá presentado como concursante del programa, ¿verdad? Y no es que no fuera a apoyarla si lo hubiera hecho… –dijo Nevada.

–No, no lo ha hecho.

–¡Gracias a Dios! –Nevada se recostó en su silla–. Hablando del programa, ¿cuándo anunciarán a los participantes?

–Mañana. Ya han tomado la decisión, pero no se lo han comunicado a nadie. Creo que lo emitirán en directo o algo así. Estoy intentando mantenerme al margen todo lo posible.

–¿Estará allí Finn? –preguntó Montana.

–Casi todos los días.

Montana enarcó las cejas.

–Pues eso pondrá la cosa interesante.

–No sé qué quieres decir. Es un hombre simpático, nada más.

Nevada sonrió.

–¿Y esperas que nos creamos eso?

–Sí, y si no os lo creéis, espero que finjáis.

Aurelia hizo lo que pudo por ignorar el sermón mientras metía los platos en el lavavajillas. La perorata le resultaba familiar: que era una hija terrible, que era egoísta y cruel, que sólo se preocupaba de sí misma, que su madre la había cuidado durante años y que a cambio no estaría mal que le mostrara un poco de apoyo...

–Pronto me iré –dijo su madre–. Estoy segura de que estás contando los días para que me muera.

Aurelia se giró lentamente para mirar a la mujer que la había criado con su sueldo de secretaria.

–Mamá, sabes que eso no es verdad.

–¿Así que ahora soy una mentirosa? ¿Es eso lo que le dices a la gente? No he hecho otra cosa que quererte. Eres la persona más importante de mi vida. Mi única hija. ¿Y así es como me lo agradeces?

Como siempre, Aurelia no podía seguir la línea argumental. Sabía que lo había estropeado todo, siempre lo hacía. Hiciera lo que hiciera, siempre era una decepción constante. Igual que su padre, que las había abandonado.

Aurelia no sabía si su madre había sido también una víctima profesional antes de que él se marchara, pero sin duda después de aquello sí que había sido única a la hora de compadecerse de sí misma.

–Mírate –siguió su madre, señalando su larga melena–. Estás hecha un desastre. ¿Crees que así encontrarás un hombre? Ni siquiera te miran. Estamos en Fool's Gold, no hay muchos hombres. Aquí hay que esforzarse más para conseguir uno.

Unas duras palabras que, por otro lado, eran ciertas. Se movía por el mundo metida en una burbuja. Hacía su trabajo, salía a almorzar con sus compañeras y era invisible para todos los hombres, incluso para el presidente de la compañía. Llevaba casi dos años trabajando para esa empresa y a él aún le costaba recordar su nombre.

–Quiero nietos –dijo su madre–. Pido muy poco, pero ¿me lo das?

–Lo intento, mamá.

–No lo suficiente. Te pasas todo el día con ejecutivos, así que sonríeles, flirtea con ellos. ¿Acaso sabes cómo hacerlo? Viste mejor y podrías perder un poco de peso. No te llevé a la universidad para que te pasaras sola el resto de tu vida.

Aurelia cerró el lavavajillas y secó la encimera. Técnicamente, su madre no le había pagado la universidad. Ella había recibido unas cuantas becas y había trabajado para pagar el resto. Sin embargo, había vivido en casa durante ese tiempo y eso había supuesto una gran ayuda, de modo que su madre tenía razón: debería estarle más agradecida.

–Pronto cumplirás los treinta –siguió diciendo su madre–. Treinta. Ya eres muy mayor. Cuando yo tenía tu edad, tú tenías cinco años y hacía cuatro que tu padre se había ido. ¿Tuve tiempo para ser joven? No. Tenía responsabilidades. Tenía dos trabajos. ¿Y me quejaba? Jamás. No te faltó nada.

–Fuiste muy buena conmigo, mamá. Y lo sigues siendo.

–Claro que lo soy. Soy tu madre. Tienes que cuidar de mí.

Y eso había pasado hacía unos años. Aurelia acababa de graduarse, había conseguido su primer trabajo y se había mudado. Un año después, aproximadamente, su madre le había dicho que andaba mal de dinero y que necesitaba ayuda. Unos cuantos dólares por aquí y por allá y había terminado manteniendo a su madre.

Aunque tenía un buen sueldo como contable, pagar dos alquileres, además de comida, luz y demás servicios, no le dejaba mucho de sobra.

Otros padres se enorgullecían del éxito de sus hijos, pero no su madre. Se quejaba y decía que Aurelia no se ocupaba de ella. En esa casa haber sido una niña pequeña era como una deuda eterna que iba aumentando con el tiempo.

Aurelia miró por la ventana y, en lugar de un jardín cuidado, vio cuentas bancarias en números rojos.

No tenía que haber sido así, pensó con tristeza. Siempre había soñado con encontrar a alguien especial y enamorarse. Sólo quería ser feliz sin tener la sensación de tener que pagar a cambio.

Una fantasía imposible, se recordó. Era una contable que adoraba su trabajo; no salía a ningún sitio y si algún hombre le hablaba alguna vez, nunca sabía qué decir.

–Si te eligen para ese programa –le advirtió su madre–, no me avergüences diciendo o cometiendo alguna estupidez. Compórtate lo mejor posible.

–Lo intentaré.

–¿Intentarlo? –su madre, una mujer bajita con mirada penetrante, alzó los brazos al aire–. ¡Tú siempre intentas y nunca haces nada! Intentas y fracasas.

No era exactamente una charla para hacerla sentir mejor, pensó Aurelia mientras salía de la cocina en dirección al pequeño salón. Ella no había querido presentarse a los castings para el programa que se grabaría en el pueblo, pero su madre había estado molestándola e insistiendo hasta que había aceptado. Ahora sólo podía esperar que no la seleccionaran.

Incluso había intentado librarse diciendo que tenía que trabajar, pero cuando se lo había comentado a su jefe, ésa había sido una de las pocas veces que el hombre había mostrado interés por ella. Le había dicho que podía tomarse el tiempo que quisiera durante el día siempre que hiciera su trabajo después.

–Tengo que irme a casa –dijo–. Nos vemos dentro de unos días.

–Tu propio piso –dijo su madre con un resoplido–. ¡Qué egoísta! Deberías volver aquí. Piensa en el dinero que te ahorrarías. Pero no. Tú siempre has pensado en tu propio beneficio mientras que yo no tengo nada.

Aurelia pensó en señalar el cheque que había dejado sobre la mesa, el mismo que cubriría el alquiler y los demás gastos mensuales. Su madre seguía trabajando y cobrando lo que siempre había cobrado, así que, ¿dónde acababa ese dinero? Tal vez en cosas como el coche nuevo que había en el garaje y la ropa que tanto le gustaba.

Sacudió la cabeza. De nada serviría discutir. Después de todo, una vez que le daba el dinero a su madre, no era asunto suyo cómo lo gastara. Los obsequios tenían que darse así, libremente.

Aunque los cheques nunca parecían un obsequio, sino más bien un deber.

Agarró su bolso, le dijo adiós a su madre y salió al pequeño porche. Su piso se encontraba a pocas calles y había ido caminando.

–Hasta pronto –gritó.

–Deberías volver aquí –gritó su madre.

Aurelia siguió caminando. Tal vez no era capaz de enfrentarse a su madre, pero sí que estaba decidida a no volver a vivir con ella nunca más. No le importaba si tenía que tener cinco trabajos o vender su sangre. Mudarse con ella acabaría con su vida.

Mientras caminaba por la calle flanqueada por árboles se preguntó qué había hecho mal. ¿Cuándo había decidido que estaba bien que su madre la tratara tan mal y cómo podría enfrentarse a ella sin dejar que la culpabilidad se metiera por medio?

Finn nunca había estado en un plató de grabación, así que no podía decir cómo funcionaban las cosas allí, pero por lo que veía, lo más importante era la iluminación.

Hasta el momento los empleados habían pasado casi una hora ajustando los focos y unos grandes reflectores instalados en el plató construido en un extremo del pueblo. Hileras de sillas se habían colocado para el público que se esperaba y estaban haciendo pruebas de micrófonos y de la música enlatada, pero eran las luces lo que parecía tener a todo el mundo histérico.

Se mantuvo a un lado, observándolo todo desde una esquina. Nada de aquello le interesaba. Preferiría estar en South Salmon, preparándose para transportar cargamentos al norte del Círculo Ártico, pero, por desgracia, volver a su vida normal no era una opción; no hasta que pudiera llevarse a sus hermanos con él.

Unas cuantas personas se acercaron al escenario. Le pareció reconocer al hombre alto vestido con un traje y ligeramente maquillado. El presentador, pensó Finn mientras se preguntaba qué tendría de atrayente trabajar en televisión. Claro que pagarían muy bien, pero al fin y al cabo, ¿qué te daba?

El presentador y Geoff tuvieron una larga conversación mientras sacudían mucho los brazos, y unos minutos después, todos los futuros participantes subieron al escenario. La cortina tenía un logotipo de la cadena de televisión, aunque a Finn no le resultaba familiar. Rara vez veía la televisión.

Vio a varias personas que pasaban de los cuarenta, a muchos veinteañeros guapos, a algunos tipos corrientes que parecían estar fuera de lugar allí y a los gemelos.

Habría subido corriendo al escenario, y agarrado a cada uno de un brazo para ponerse rumbo al aeropuerto, pero dos cosas lo detuvieron. Primero, el hecho de que no podría forcejear con los dos a la vez. Eran tal altos como él y aunque él tenía más músculos y más experiencia, sus hermanos le importaban demasiado como para hacerles daño. Segundo, tenía la sensación de que alguien de la productora llamaría a la policía y todo se vendría abajo.

—Te veo enfadado —dijo Dakota al acercarse—. ¿Estás planeando secuestrarlos?

Finn se quedó impresionado por sus habilidades para leer la mente.

—¿Quieres ser mi cómplice?

—Tengo la norma de evitar situaciones que me harían

acabar en la cárcel. Sé que eso me hace menos divertida, pero puedo vivir con ello.

Él la miró y vio sus ojos marrones llenos de luz y diversión.

–No estás tomándote mi dolor en serio –le dijo.

–Tu dolor está dentro de tu cabeza. Sabes que tus hermanos son capaces de tomar sus propias decisiones.

–Si excluimos su situación actual.

–No estoy de acuerdo con eso.

Ella se giró hacia el escenario.

–Todo el mundo se merece seguir su sueño.

–A ellos les vendría mejor terminar sus estudios y asentarse.

–¿Tú lo hiciste?

Miraba a sus hermanos.

–Claro. Soy el paradigma de la responsabilidad.

–Porque tuviste que hacerlo. ¿Cómo eras antes de que tus padres murieran y te dejaran al cuidado de dos niños de trece años? Algo me dice que eras mucho más rebelde de lo que ellos han sido nunca.

Maldita sea, ¡cuánta razón tenía!

–No puedo recordarlo.

–¿Esperas que me crea eso?

–Tal vez fui ligeramente irresponsable.

–¿Ligeramente?

Le habían encantado las fiestas, las mujeres y desafiar las leyes de la física en su avioneta. Había sobrepasado los límites, había sido un imprudente.

–Eso era distinto. No sabíamos qué podría pasar.

–¿Y ellos sí? Tienen veintiún años. Dales un respiro.

–Si vuelven a la facultad, les daré un respiro.

–Qué estúpido eres –le dijo con una mirada que se movía entre la lástima y la diversión.

En circunstancias normales, eso probablemente lo

habría puesto furioso, pero estaba dándose cuenta de que le gustaba estar con Dakota. Incluso aunque no le diera la razón, le gustaba oír lo que le tenía que decir.

Estaban entre las sombras de la parte trasera del escenario. Desde ahí lo verían todo y nadie lo sabría. Por un momento, se preguntó qué habría pensado de ella en otras circunstancias, si no estuviera allí por sus hermanos. Si no tuviera que preocuparse por su bienestar. Si no fuera más que un tipo intrigado por una atractiva mujer con una sonrisa de infarto.

Pero esas circunstancias en las que se encontraba no le permitían ninguna distracción. Se había prometido que una vez que sus hermanos terminaran la facultad, le tocaría a él seguir sus sueños. Después de ocho años cuidándolos, se lo merecía. No quería pasar el resto de su vida transportando mercancías en avión. Pero ya pensaría en ello más tarde, después de haber sacado a sus hermanos de ese jaleo y cuando supiera que estaban a salvo.

Geoff echó a todo el mundo del escenario y reunió a los potenciales concursantes.

Dakota miró el reloj.

–Hora del espectáculo –murmuró.

Por lo que Finn sabía, habría una combinación de escenas en directo y segmentos grabados de los distintos concursantes. Miró a sus hermanos deseando que de pronto entraran en razón, pero ninguno de ellos lo vio.

Se encendieron los grandes focos y alguien gritó: «En el aire en cinco, cuatro, tres…». Las cámaras se movían en silencio y entonces salió el presentador.

Dio la bienvenida a los telespectadores, explicó las premisas del concurso y comenzó a presentar a los posibles concursantes. Dakota agarró a Finn de la mano y lo llevó al otro lado, desde donde verían mejor la pantalla.

Le soltó y se inclinó hacia él para decirle al oído y con una voz suave:

—Ahí sale el forraje.

Él inhaló un femenino aroma floral, y el calor del cuerpo de Dakota pareció recorrerle el brazo. Se fijó en sus curvas y, por un segundo, pensó en acercarla a sí en medio de la oscuridad y fijar la atención en sus labios en lugar de en la pantalla.

«No sigas por ahí», se dijo. «Es un gran error». Tenía que recordar lo que era importante y ahora mismo lo importante eran los gemelos.

Sobre el escenario, el presentador comenzó a decir nombres y Finn se puso tenso.

—Os prometí algunos concursantes muy divertidos —dijo el presentador con una sonrisa—. Y ahora la cosa se pone interesante —indicó a Stephen y a Sasha que subieran al escenario—. Gemelos —dijo con una sonrisa—. ¿Os lo podéis creer? Sasha y Stephen.

Finn observó a sus hermanos, que parecían muy cómodos sobre el escenario. Sonreían a la cámara y charlaban con el presentador. Estaban como pez en el agua.

—¿Quién es quién? —preguntó el presentador.

Sasha, que llevaba vaqueros y un jersey azul del mismo color que sus ojos, sonrió.

—Yo soy el más guapo, así que soy Sasha.

Stephen le dio un empujón a su hermano.

—Yo soy más guapo. Vamos a hacer una votación.

El presentador se rió.

—Vamos a ver si entráis en el programa.

Finn cerró los puños y la tensión invadió su cuerpo. Sabía lo que iba a pasar; había sido inevitable desde el día en que sus hermanos se habían marchado de South Salmon.

El presentador miró la tarjeta que tenía en la mano. Le dio la vuelta y la enseñó a la cámara. El nombre de

Sasha se veía claramente. El público aplaudió. El presentador sacó otra tarjeta del bolsillo de su traje. Las chicas que esperaban justo detrás de él se inclinaron hacia la cámara.

–¿Estás preparado? –le preguntó a Sasha.

Sasha sonrió a la cámara.

–Estoy deseando conocerla.

–Pues vamos a reuniros –giró la segunda tarjeta hacia la cámara–. Lani, ven a conocer a Sasha.

Una joven bajita, morena y preciosa fue hacia Sasha. Tenía los ojos muy grandes y una encantadora sonrisa. Se movía con una elegancia que hizo que todos los hombres presentes, incluso Finn, se fijaran en ella y en su belleza.

A Sasha se le salieron los ojos de las órbitas y casi tropezó.

–Hola –dijo ella con voz suave–. Encantada de conocerte.

–Ah, encantado de conocerte.

Se miraron y Finn habría jurado que aquello fue amor a primera vista, pero sabía muy bien que no. O, mejor dicho, sabía cómo era su hermano. Sasha jamás permitiría que una chica se interpusiera entre él y sus sueños.

–Hacen buena pareja –dijo Dakota–. ¿O no debería decir eso? ¿Estás bien?

–Sobreviviré, si eso es lo que preguntas.

–¿No te gustará?

–¿Qué tiene que gustarme?

–No eres un tipo que se deje llevar por los demás, ¿verdad?

–¿Qué me ha delatado?

–Algo me dice que vamos a ver mucho a estos dos concursantes –dijo el presentador con tono alegre.

Finn no sabía el nombre de ese tipo, pero sabía que no le gustaba. No podía imaginarse tener que escucharlo durante diez o doce semanas, o lo que fuera que durara el programa. Aunque que no le gustara el presentador era el menor de sus problemas.

Sasha y Lani entrelazaron las manos y se situaron a un lado del escenario. El presentador rodeó a Stephen con un brazo.

–Tú eres el siguiente. ¿Nervioso?

–Más bien emocionado que nervioso –respondió el joven.

El presentador asintió hacia las chicas que esperaban detrás de él.

–¿Alguna favorita?

Stephen sonrió. A diferencia de su hermano, no tenía la necesidad de encandilar al mundo. Siempre había sido un chico serio y formal, más estudioso y con una sinceridad que siempre había gustado a las chicas.

–¿Tengo que elegir sólo a una? –preguntó.

El presentador se rió.

–Tienes que dejar alguna para el resto de concursantes. ¿Y si elijo yo por ti?

Stephen se giró hacia la cámara.

–La que elijas por mí me parecerá bien.

El presentador pidió silencio y Finn se aguantó las ganas de decir que eso era innecesario porque no había nadie hablando. De nuevo, el presentador sacó una tarjeta de su bolsillo y la mostró a la cámara.

–Aurelia.

La cámara enfocó a las chicas y se detuvo en una de ellas, que dio un paso adelante. Finn frunció el ceño. No era que la chica no fuera atractiva, ni siquiera que estuviera mal vestida. Era… distinta a las demás. Menos pulida, menos sofisticada. Demasiado simple.

Llevaba un vestido azul marino que le caía por debajo de las rodillas, unos zapatos planos y nada de maquillaje. Su largo cabello le caía por la cara dificultando que se le vieran los ojos. Cuando finalmente se situó junto a Stephen y lo miró, su expresión fue más de horror que de entusiasmo.

Finn la observó un segundo y frunció el ceño.

–Espera un minuto… ¿cuántos años tiene?

–¿Aurelia? –Dakota se encogió de hombros–. Veintinueve o treinta. Iba un año o dos por delante de mí en el colegio.

Él maldijo.

–Esto no puede ser. Voy a aplastar a Geoff. Voy a dejarlo desangrándose en una cuneta.

–¿Qué pasa?

Se giró hacia Dakota y la miró.

–¿Es que no lo ves? Es casi diez años mayor que Stephen. De ningún modo voy a quedarme quieto mientras mi hermano es devorado por una come jóvenes.

–¿Hablas en serio? ¿Crees que Aurelia es así?

–¿Cómo es si no? Mírala.

–Mírala tú. Es muy tímida. Siempre fue así en el instituto. No conozco toda su historia, pero recuerdo que tenía una madre horrible. Aurelia nunca pudo hacer nada. No la dejaba ir a los bailes ni a los partidos. Es muy triste. No tienes que preocuparte, no es de ésas que lo atrapará quedándose embarazada ni nada por el estilo.

–Puedes decir lo que quieras; no me importa su pasado, me importa que esté con mi hermano –se quedó paralizado–. ¿Embarazada? –maldijo de nuevo–. No puede quedarse embarazada.

–No debería haber dicho eso. Deja de preocuparte. No supone ningún problema para Stephen. Vamos,

Finn, es una buena chica. ¿No es eso lo que quieres para tu hermano? ¿Una buena chica?

–Claro que quiero una buena chica, pero quiero una buena chica que tenga su edad.

Dakota sonrió.

–Ahora puede parecer mucha diferencia de edad, pero cuando él tenga cuarenta, ella sólo tendrá cincuenta.

–No estás haciéndome sentir mejor. No creo que lo estés intentando ni siquiera.

Ya bastaba de hablar. Era bastante malo que sus hermanos hubieran llegado a Fool's Gold siguiendo ese estúpido programa y aun así podría asumirlo, pero no iba a quedarse de brazos cruzados mientras dejaba que su hermano cometiera ese error.

Pero antes de poder subir al escenario e interrumpir el programa en directo, Dakota se puso delante de él.

–No subas ahí –le dijo con firmeza mirándolo a los ojos–. Lo lamentarás, pero, sobre todo, los chicos quedarán humillados en televisión. Jamás te perdonarán. Ahora mismo eres un hermano enfadado que quiere mantenerlos a salvo, pero tienes que controlarte. Te lo digo en serio, Finn.

No quería hacerle caso, no quería creerla, pero sabía que tenía que hacerlo. Aunque la idea de dejar a su hermano solo con esa mujer...

–No tiene dinero.

–Aurelia no va detrás del dinero.

–¿Cómo lo sabes?

–Tiene un empleo fantástico. Es contable. Por lo que he oído, hace un trabajo increíble. Hay lista de espera para ser uno de sus clientes –volvió a agarrarlo del brazo y lo miró a los ojos–. Finn, sé que estás preocupado y puede que tengas razones para estarlo. Habría sido genial que tus hermanos no hubieran dejado los estudios, pero lo han hecho. Por favor, no empeores esto subiendo ahí y comportándote como un idiota.

–Sé que intentas ayudar –dijo sabiendo que parecía frustrado.

–Míralo de este modo. Si es tan aburrida como creo que es, los echarán pronto.

–Si no, él tendrá problemas.

–Estarás aquí para asegurarte de que no pasa nada malo.

–Eso suponiendo que me escuche.

Miró hacia el escenario. Aurelia estaba junto a Stephen, cruzada de brazos y tan tensa que parecía que estaba hecha de acero; estaba claro que no estaba muy contenta con la situación. Tal vez él tenía suerte y no durarían mucho como pareja. Se merecía un poco de suerte.

–Eres un tipo duro. ¿Es algo típico en Alaska?

–Puede que sí –respiró hondo y la miró a los ojos–. Gracias por convencerme para que no lo haya hecho.

–Soy una profesional, es mi trabajo.

–Pues eres muy buena.

–Gracias.

Siguió mirándola a los ojos, sobre todo porque le gustaba. Era agradable estar con ella y su cuerpo no podía evitar fijarse en la suavidad de su piel, en la forma de su boca.

–Tengo que irme. ¿Puedo fiarme de ti?

–Claro.

–Ten un poco de fe –dijo dando un paso atrás–. Todo saldrá bien.

Eso era algo que ella no podía saber, pero por el momento la creería.

Esperó a que ella se marchara antes de salir del estudio. Sacó su móvil y marcó el número de su despacho en Alaska.

–Transportes South Salmon –dijo una familiar voz.

–Hola, Bill, soy yo.

–¿Dónde demonios estás, Finn?

–Sigo en California –Finn se cambió el teléfono de oreja–. Me parece que tendré que quedarme aquí un tiempo. Los dos han entrado en el programa.

A unos miles de kilómetros, pudo oír suspirar a Bill.

–Vamos a tener mucho trabajo dentro de poco. No puedo hacerlo solo. Si no puedes volver, tendremos que contratar a algún piloto.

–Lo sé. Empieza a buscarlos. Si encuentras a alguien bueno, contrátalo. Volveré tan pronto como pueda.

–Que sea rápido.

–Haré lo que pueda.

El negocio era importante, pensó al terminar la llamada, pero sus hermanos siempre serían más importantes. Estaría allí hasta que terminara el trabajo que había ido a hacer.

Capítulo 4

El aeropuerto situado en la zona norte de Fool's Gold tenía dos pistas y carecía de torre de control, por lo que los pilotos eran responsables de mantenerse alejados unos de otros. Finn estaba acostumbrado a volar en esas circunstancias; en South Salmon era igual, aunque con un clima mucho peor.

Salió de su coche alquilado y fue hacia la Oficina Central de Aviación de Fool's Gold. Le habían dicho que era el mejor lugar para informarse sobre el alquiler de un avión. Además, aprovecharía para hablar con el propietario, tal vez podía encontrar un trabajo extra. No estaría allí sin hacer algo más productivo que transportar a los concursantes del programa dos veces por semana.

Llamó a la puerta, que estaba abierta, y entró. Allí había unos cuantos escritorios destartalados y una cafetera sobre una mesa junto a la ventana con vistas a la pista principal. Una mujer estaba sentada en uno de los escritorios.

—¿Puedo ayudarle en algo?

—Estoy buscando a Hamilton —le habían dado un apellido y poco más.

La mujer, una guapa cincuentona pelirroja, suspiró.

–Está con los aviones. Le juro que si pudiera dormir con ellos, lo haría –señaló al oeste–. Por ahí.

Finn asintió, le dio las gracias y rodeó el edificio. Vio a un hombre mayor agachado sobre un neumático de un Cessna Stationair.

Finn conocía el avión. Podía volar durante siete horas y sus puertas dobles facilitaban el transporte de mercancías.

Hamilton vio a Finn acercarse.

–Anoche al aterrizar me pareció que había perdido la válvula del neumático. Ahora parece que está bien.

Se acercó a Finn y le estrechó la mano. Debía de tener unos setenta años.

–Finn Andersson.

–¿Eres piloto?

–Sí.

Finn le habló de su negocio de transportes en Alaska.

–Aquí no tenemos ese clima. Estamos por debajo de los ochocientos metros, así que nos libramos de lo peor de la nieve y del viento. Hay algo de niebla, pero nada como con lo que tú tienes que lidiar. ¿Qué te ha traído a Fool's Gold?

–Mis hermanos –admitió y le contó lo de los gemelos y el concurso–. Voy a trabajar transportando a concursantes. Supongo que así se ahorran dinero.

–No me importa quién alquile mis aviones siempre que sepa lo que hace. Y me parece que tú sabes.

Finn sabía que a ese hombre no le bastaría con su palabra, pero tenía credenciales que mostrarle.

–Estaré aquí unas cuantas semanas y me preguntaba si usted necesita algún piloto. Puedo transportar pasajeros o mercancías.

Hamilton sonrió.

–Tengo trabajo extra y odio rechazarlo, pero sólo puedo hacer un vuelo cada vez. Hay mucho que hacer. A la gente rica le gusta ir al pueblo en avión, les hace sentir especial. El restaurante del hotel está de moda y yo les llevo el pescado. Tengo contratos con unas cuantas empresas de reparto y esas cosas. Dime cuándo quieres trabajar y te tendré ocupado.

–Se lo agradecería –le dijo Finn, aliviado al saber que no tendría que pasarse el día sentado y viendo a sus hermanos.

–Vamos a mi despacho a ver cómo tengo la agenda. Supongo que tendré que hacerlo oficial y comprobar tu licencia. Si tienes tiempo, podemos salir a pilotar cuando terminemos con el papeleo.

–Tengo tiempo.

–Bien.

De nuevo en la oficina, entraron en el despacho de Hamilton. Era pequeño, pero estaba ordenado. Había fotografías de viejos aviones cubriendo las paredes.

–¿Cuánto tiempo lleva aquí? –le preguntó Finn.

–Desde que era pequeño. Aprendí a volar antes que a conducir, eso seguro. Nunca quise hacer otra cosa. Mi mujer no deja de decirme que nos mudemos a Florida, pero no sé… tal vez pronto… El negocio está en venta, por si te interesa.

–Tengo un negocio, aunque aquí se pueden hacer muchas más cosas –no sólo repartos y transporte de mercancías y de personas, sino también esa idea que tenía de impartir clases de vuelo.

«Deja tus sueños para otro momento», se recordó; para cuando supiera con seguridad que sus hermanos eran lo suficientemente adultos como para no cometer ninguna estupidez.

–Si cambias de opinión, dímelo –le dijo Hamilton.

–Será el primero en saberlo.

En su vida normal, Dakota pasaba el día elaborando planes de estudio para programas de Matemáticas y Ciencias. En teoría, en un año o dos, los estudiantes de todo el país podrían ir a Fool's Gold y pasar un mes inmersos en un programa de Matemáticas o Ciencias. Dakota y Raúl trabajaban duro para solicitar donaciones de benefactores privados y de empresas. Era un trabajo que la llenaba, era un trabajo que suponía una diferencia, ¿pero estaba haciendo ahora algo importante? No. Por el contrario, había pasado la última hora al teléfono hablando con distintos hoteles de San Diego negociando habitaciones en las que los concursantes pudieran tener sus citas de ensueño.

La puerta de su improvisado despacho se abrió y allí apareció Finn. Hacía días que no lo veía, desde que se había anunciado a los concursantes. Casi se había esperado leer un artículo en el periódico local diciendo que dos gemelos habían desaparecido, pero por el momento, Finn parecía estar controlándose.

–¿Interrumpo algo?

–Sí, y no sabes cuánto te lo agradezco –soltó los papeles que tenía en la mano–. ¿Sabes que tengo un doctorado? Puedo hacer que la gente me llame doctora. No lo hago, pero podría. ¿Y sabes lo que estoy haciendo ahora con esa titulación?

Él se sentó.

–¿No te gusta tu trabajo?

–Hoy no –dijo con un suspiro–. Me digo que estoy haciendo lo correcto, me digo que estoy ayudando al pueblo, pero…

–Deja que adivine, no está funcionando.

–Estoy a un paso de golpearme la cabeza contra una pared y eso nunca es una buena señal. Como experta en psicología, soy muy consciente de ello.

Se recostó en su silla y lo observó. Finn estaba guapo, aunque eso no era ninguna sorpresa. ¿Cuándo lo había visto mal? Era un hombre formal y cumplidor, y así lo demostraba su preocupación por sus hermanos. El siguiente pensamiento lógico sería que era un buen tipo, pero por el contrario se vio reconociendo que era la definición exacta de un tío bueno.

–¿Puedo ayudarte? –preguntó él.

–¡Ojalá! –respondió ella con un suspiro–. Hablemos de otra cosa. Cualquier otro tema me animaría más –señaló unos papeles que tenía sobre la mesa–. Veo que Geoff ha mantenido su palabra y eres el piloto para las citas. Lo que estás haciendo por tus hermanos... –sonrió–, digamos que todos los padres de América estarían orgullosos.

–Es una forma de verlo, pero preferiría no estar aquí –la miró–, excluyendo lo presente.

–Gracias. ¿Sigues pensando en entrometerte entre Stephen y Aurelia?

Finn se encogió de hombros.

–En cuanto se me ocurra qué hacer. Aún no han tenido ninguna cita y mis hermanos están evitándome.

–¿Y te sorprende?

–No. Si fuera ellos, yo también estaría evitándome –sacudió la cabeza–. ¿Por qué no han podido rebelarse en Alaska?

–¿Echas de menos tu casa?

Finn se encogió de hombros.

–Un poco. Esto es diferente.

–¿Por el paisaje o por la gente?

–Por las dos cosas. Comparado con donde yo vivo, Fool's Gold es como la gran ciudad. En South Salmon aún hay varios metros de nieve, pero los días cada vez son más largos y cálidos. Bill, mi socio, y yo deberíamos estar preparándonos para la temporada de más trabajo, pero ahora Bill tendrá que hacerlo solo. Vamos a tener que contratar temporalmente a algunos pilotos.

–Eso no debe de ser muy bueno.

–Es un fastidio.

–Y culpas a tus hermanos.

Él enarcó una ceja.

–¿Alguna razón por la que no debiera hacerlo?

–Técnicamente no tienes por qué estar aquí.

–Sí, sí que tengo por qué –miró por la ventana–. Si no estuviera preocupado por mis hermanos y por el trabajo, estar aquí no estaría tan mal.

Ella sonrió.

–¿Estás diciendo que te gusta Fool's Gold?

–La gente es muy agradable. He ido al aeropuerto y he hablado con un hombre sobre alquilar aviones para el programa. Voy a trabajar con él el tiempo que esté aquí.

–¿Para transporte de mercancías?

Él asintió.

–No sabía que transportáramos mercancías dentro y fuera de Fool's Gold.

–Te sorprendería saber lo que llega por transporte aéreo. Incluso aquí. Además, tiene vuelos chárter para llevar a gente a lugares remotos.

–¿Haces eso en South Salmon?

–A veces, aunque Bill y yo estamos especializados en mercancías. He pensado en expandir el negocio o incluso en abrir una empresa nueva, pero Bill quiere evitar tener que tratar con pasajeros. Puede ser difícil de creer, pero yo soy el más sociable de los dos.

Sonrió y ella experimentó una sacudida de calor en su interior mientras se le encogían los dedos de los pies. Por suerte, eso era algo que él no pudo ver.

–¿Y estás preparado para llevar turistas? –le preguntó intentando cambiar de tema.

–Puede ser divertido. También he pensado en abrir una escuela de vuelo. Ahí arriba hay mucha libertad, pero tienes que tener cuidado. Mi padre solía decir que sólo sabía que yo no estaba cometiendo locuras cuando estaba volando –se rió–. Aunque, claro, se equivocaba. Aun así, te enseña responsabilidad.

–Parece que es tu vocación.

–En cierto modo, sí –la miró–. Has sido muy agradable conmigo. Sé que no tenías motivos y agradezco tus consejos.

¿Agradable? Genial. Quería que la viera sexy e irresistible, alguien a quien estuviera deseando meter en su cama. El primer hombre que le había llamado la atención en un año y sólo le parecía agradable.

–Hago lo que puedo. Si necesitas algo, dímelo.

Él posó su oscura mirada azul en su rostro y curvó su boca en una de esas sonrisas diseñadas para lograr que una mujer hiciera cualquier cosa.

–He estado buscando un sitio para cenar. Un lugar tranquilo. Un lugar donde pueda tener una conversación con una bella mujer.

Si ella hubiera estado de pie, habría corrido el peligro de caerse del susto. ¿Estaba Finn invitándola a cenar? ¿O estaría refiriéndose a otra? Era muy presuntuoso por su parte dar por hecho que ella era esa bella mujer; si, por el contrario, Finn hubiera dicho «razonablemente atractiva», eso sí que podría habérselo creído.

–Bueno, yo... –se detuvo, no sabía qué decir.

Finn sacudió la cabeza.

–Está claro que no tengo práctica. Estaba invitándote a cenar, Dakota.

–Oh –ahora fue ella la que sonrió–. Me gustaría –y entonces, antes de poder evitarlo, añadió–: ¿Y si cocino yo? Quiero decir, podrías venir a mi casa. No es que sea una cocinera *gourmet* ni nada parecido, pero conozco unas cuantas buenas recetas.

–Me parece perfecto. Tan sólo dime cuándo y allí estaré.

–¿Qué te parece mañana?

–A mí me va bien.

Fijaron una hora y ella le dio la dirección. Cuando se marchó, Dakota se vio sonriendo un poco más al levantar el teléfono para llamar a otro hotel de San Diego.

Aurelia estaba frente a la mesa de Geoff haciendo todo lo posible por parecer más segura de sí misma que aterrada. A pesar de sus vaqueros y de su camiseta desgastada, ese productor de Hollywood la intimidaba. Y no era de extrañar: la mayoría de la gente la intimidaba. El único lugar en el que se sentía segura era en el trabajo, en su despacho, con su ordenador y sus cuentas. Fuera de allí, sólo le faltaba pedir disculpas por respirar.

–Ha habido un error –dijo obligándose a mirarlo a los ojos–. Agradezco que me hayáis elegido para el programa, no me lo esperaba, pero…

¿Cómo decirlo? ¿Cómo explicar la verdad sin confesar sus más profundos y oscuros secretos?

–No soy una devora jóvenes –dijo hablando muy deprisa y sonrojándose–. Y no soy un imán para los hombres –¡qué comentario tan ridículo!

El productor levantó la mirada de su portátil y frunció el ceño, como si no se hubiera dado cuenta de que estaba allí.

–¿Quién eres?

–Aurelia. Soy la pareja de Stephen, uno de los gemelos. Tienen veintiún años. Puede que sea un error, o tal vez podamos hacer algún cambio. ¿Y si me pusierais con alguien más mayor? ¿Qué tal un viudo con un hijo? Eso me iría mejor.

Geoff volvió a centrar su atención en el portátil.

–Eso no va a pasar. Necesitamos audiencia. No hay audiencia con un viudo con un hijo. Ahora lo que se llevan son las mujeres mayores que salen con jovencitos. Será divertido.

Normalmente, ella aceptaba las circunstancias sin más, pero en esa ocasión no podía hacerlo. En esa ocasión tenía que luchar.

Se puso recta y miró al hombre que tenía su destino en sus manos.

–No –le dijo con firmeza–. No soy una de esas mujeres. Mírame –y cuando él no levantó la mirada del ordenador, le gritó–: ¡Mírame!

A regañadientes, Geoff apartó la mirada de la pantalla.

–No tengo tiempo para esto.

–Pues tendrás que sacarlo de algún lado –le contestó Aurelia–. Sólo estoy en el programa porque mi madre insistió. Hace que mi vida sea un infierno y tú no vas a hacerlo también. Está claro que quiero conocer a alguien, que quiero casarme y tener hijos. Quiero una vida normal, pero nunca la tendré con ella hundiéndome. Pensé que si hacía esto, tal vez podría tener un descanso.

Sintió cómo le ardían los ojos por las lágrimas e hizo lo que pudo por reprimirlas.

–Y mira lo que ha pasado. ¡Me habéis emparejado con un crío!

Cuando terminó, se esperaba que Geoff le dijera que se largara, pero él se recostó en su silla, se colocó las manos detrás de la cabeza y la observó.

Sintió su lenta mirada deslizándose por su melena castaña y bajar hasta sus rodillas.

Había ido directa del trabajo y por eso llevaba uno de sus conservadores trajes azules. Eran como un uniforme. Tenía cinco, junto con dos trajes negros y uno gris para los días de excesivo calor.

Junto a ellos en su armario tenía toda una variedad de camisas y, debajo, varios pares de zapatos de tacón bajo. El suyo no era el armario de una devora jóvenes.

–Tienes razón, no eres una de esas mujeres. Pero el sexo vende y a los telespectadores les gusta ver a una mujer al acecho.

–No cuando esa mujer soy yo. Yo nunca he ido al acecho de ningún hombre.

–Nunca se sabe. La gente podría sentir lástima por ti.

¡Qué bien! Votos por pena.

–No puedo hacerlo.

Geoff sacudió la cabeza.

–Odio tener que ser un fastidio, Aurelia, pero o estás con Stephen o estás fuera.

Aunque esas palabras no fueron una sorpresa, había estado esperando un milagro.

–Tengo que hacer esto –dijo con empeño. A los concursantes se les pagaba veinte mi dólares. No era una cantidad enorme, pero sí suficiente, y si la añadía a la pequeña cantidad que había logrado ahorrar, por fin podría comprarse un piso. Tendría su propia casa.

El sueño era aún mejor con un marido y un hijo,

pero ahora mismo estaba dispuesta a conformarse con eso.

–Pues hazlo –le dijo él–. Si tienes que salir en el programa para que tu madre te deje tranquila, tienes que correr el riesgo. ¿Qué es lo peor que te podría pasar?

Las humillantes posibilidades eran infinitas, pero ésa no era la cuestión. Geoff tenía razón. Si creía que el programa era su válvula de escape, entonces tenía que estar dispuesta a hacerlo.

–Stephen no es un mal tipo –añadió Geoff.

–¿Me puedes poner eso por escrito?

Él se rió.

–En absoluto. Y ahora, márchate.

Aurelia se sintió un poco mejor al salir del despacho de Geoff. Podía hacerlo, se dijo. Podía ser fuerte, e incluso podía fingir ser una…

En ese mismo momento se topó contra alguien alto y fuerte.

–Oh, lo siento –dijo y se vio frente a los ojos azules de Stephen Andersson.

Sólo lo había visto otra vez y en aquellos minutos apenas lo había mirado porque sólo había podido pensar en la humillación que estaba sufriendo, en el hecho de que ése era el último hombre con el que se había imaginado salir.

–¿De verdad crees que va a ser tan malo? –le preguntó él–. ¿Estar conmigo?

La pregunta era horrible, pero más aún lo era saber que él había oído parte de la conversación que había tenido con Geoff. Sintió cómo se sonrojaba.

–No es por ti. Es por mí. Seguro que eres un buen chico.

–No digas «buen chico». No hace más que empeorar las cosas.

—De acuerdo. Seguro que no eres un buen chico. ¿Mejor así?

La sorprendió al sonreír. Fue una sonrisa natural y afable; una que hizo que se le olvidara respirar.

—No mucho —la agarró del codo y la llevó a una sala de reuniones vacía—. Bueno, ¿qué pasa? ¿Por qué no quieres estar en el programa conmigo?

Era difícil pensar cuando él estaba agarrándola así. En su mundo, los hombres no la tocaban. Apenas sabían que estaba viva.

Estaba demasiado cerca. ¿Cómo podía pensar cuando él le estaba arrebatando el aire?

—Mírate. Eres un chico guapísimo. Podrías tener a cualquiera. Jamás te interesaría nadie como yo. Incluso obviando la diferencia de edad, no soy tu tipo. ¿Sabes a qué me dedico? Soy contable. Busca la palabra «aburrida» en el diccionario, y verás mi foto al lado.

Sabiendo que si seguía hablando se adentraría en un hoyo más profundo, Aurelia se soltó y dio un paso atrás.

Pero Stephen parecía estar divirtiéndose. Sus ojos lo reflejaban y también su sonrisa.

—Es una lista bastante larga. ¿Por dónde empiezo?

—No —dijo ella con un suspiro—. Sé que es culpa mía. Jamás debería haberme apuntado como concursante. Lo cierto es que no quería, pero… Aun corriendo el riesgo de que suene como un cliché, mi madre me obligó. Pensé que si… encontraba a alguien… me sería más fácil enfrentarme a ella —resopló—. Todo esto me hace parecer patética.

—Ey, lo entiendo. Sé lo que es que alguien de tu familia piense que puede dirigir tu vida. No querer hacer lo que ellos dicen no significa que no los quieras.

Aurelia no estaba segura de lo que sentía por su madre. Amor, por supuesto, pero a veces ese amor parecía más obligado que sincero, lo cual la convertía en una persona horrible.

–Mi hermano ha venido desde Alaska para gritarme por haber dejado los estudios –dijo Stephen–. Para que veas la poca gracia que le hace que haga esto.

–¿Qué tiene de malo que estés en el programa? –echó las cuentas en su cabeza y añadió–: Estás a punto de graduarte, ¿verdad?

Stephen, más de metro ochenta de tío bueno, respondió algo incómodo:

–Estaba en el último semestre.

–¿Antes de graduarte? –le preguntó casi chillando–. ¿Has dejado la facultad por esto?

–Ahora hablas como mi hermano.

–Puede que tenga razón.

–No podía seguir. Tenía que alejarme de todo.

Ella sacudió la cabeza.

–¿Ves que es una tontería?

Él sonrió de nuevo.

–Tal vez, pero no pienso volver.

–Siento que tengo que estar de parte de tu hermano en esto.

–Pero no te pondrás de su parte, ¿verdad? –se metió las manos en los bolsillos–. Porque si me marcho, no saldrás en el programa.

Y eso era algo en lo que ella no había pensado.

–¿Por qué estás aquí? No me creo que la facultad te resultara tan difícil.

–No era difícil –suspiró–. Nuestros padres murieron hace ocho años y desde entonces hemos estado solos Sasha, Finn y yo. Antes estábamos muy unidos, pero perderlos lo cambió todo. Fue muy duro.

Aurelia imaginaba que la palabra «duro» no podía llegar a abarcar todo lo que debieron de sufrir.

–Por lo menos eso os uniría –dijo pensando que el abandono de su padre no las había unido a su madre y a ella.

–Finn estaba siendo demasiado protector y exigente con nosotros y entonces Sasha vio el anuncio en el periódico. Es él el que quiere trabajar en televisión. Yo sólo quiero estar lejos de South Salmon –la miró a los ojos–. Me parece que podríamos ayudarnos. Yo hago que tu madre te deje tranquila y tú me proteges de Finn.

–No estoy segura de que necesites protección.

–Todo el mundo necesita protección de vez en cuando.

Hubo algo en el modo en que pronunció esas palabras, cierta vulnerabilidad, que lo hizo más atractivo todavía.

A lo mejor Stephen no era tan malo como se había imaginado, pero lo fuera o no, estaba corriendo un gran riesgo. Las cosas podrían salir mal.

–No dejaré que te suceda nada malo –le dijo él con una suave voz.

Sus palabras la impresionaron. Fue como si pudiera leerle la mente. Nunca nadie había hecho eso antes, probablemente porque nunca nadie se había tomado la molestia de conocerla.

–Eso no puedes saberlo –respondió ella, queriendo creerlo, pero temerosa de intentarlo.

–Claro que puedo. ¿Por qué no intentamos estar el uno al lado del otro?

Tentadora oferta, pensó ella.

Lo miró a los ojos en busca de la verdad y, al hacerlo, se dio cuenta de que la respuesta no podía encontrarla en Stephen, sino en ella misma. O reunía el valor suficiente para dar el siguiente paso o quedaría atrapada para siempre.

–Hagámoslo –dijo y se prometió que no se arrepentiría.

Dakota miró el pollo sin estar segura de si debía meterlo ya al horno o esperar a que Finn llegara. ¿En qué había estado pensando al invitarlo a cenar? A decir verdad, en cierto modo él se había invitado a sí mismo, pero aun así… La noche era claramente una cita y debería haber sido algo bueno de no ser porque estaba nerviosísima. Las piernas llevaban temblándole todo el día.

Antes de poder decidir qué hacer con el pollo, sonó el timbre. Corrió hacia la puerta, volvió corriendo a la cocina, abrió el horno y metió dentro la bandeja. La cena estaría lista en cuarenta minutos y tendrían que pensar en algo que los mantuviera ocupados ese rato.

Respiró hondo, se puso recta y abrió la puerta.

–Hola –dijo.

Fue positivo que lo saludara tan rápidamente, antes de poder verlo, porque una vez que se fijó en ese alto y esbelto cuerpo, en ese hermoso rostro y en la camisa de algodón que esta vez no era de cuadros, se sintió algo desorientada.

–Hola –respondió Finn con una sonrisa al darle una botella de vino–. Espero que esté bueno. He parado en una tienda para comprarlo y el tipo me ha dado algunas recomendaciones. No soy muy de vinos, aunque no me importaría aprender un poco. Seguro que tú sabes algo con todos los viñedos que hay por aquí.

Mientras esas palabras danzaban a su alrededor, notó que Finn estaba hablando demasiado deprisa. ¿Era posible que él también estuviera nervioso? La idea hizo que se sintiera mucho más cómoda.

–No sé nada de vinos –contestó–. Excepto que me gustan. Pasa.

Fueron hasta la cocina, donde sólo tuvo que buscar en dos cajones antes de encontrar el sacacorchos. Finn le quitó la botella y la abrió. Ella colocó dos copas sobre la encimera y él las sirvió. Después de brindar, fueron al salón.

La casa era pequeña, con dos dormitorios, y de alquiler. Su lado más práctico le había dicho que se comprara una casa, pero era bastante tradicional como para querer comprarse su primera casa junto al hombre al que amara. De ahí lo del alquiler.

Finn se sentó en el sillón que había comprado tras dejarse convencer por su hermano Ethan. En aquel entonces le había parecido que era demasiado grande para esa habitación, pero ahora que veía a Finn sentado en él supo que su hermano no se había equivocado.

–Es bonita –dijo él mirando a su alrededor.

–Gracias.

Se miraron y al instante desviaron la mirada. Dakota sintió el desastre acechando. Sabía que ninguno de los dos solía tener citas, así que la cosa podía terminar muy mal.

–Espero que no te importe no comer carne. Soy vegetariana.

Él se quedó un poco atrapado, pero asintió y respondió:

–Me parece bien.

–Oh, genial. Entonces te gusta el tofu. Muchos chicos se niegan a comerlo.

–¿Tofu?

–Ajá. Es uno de mis platos favoritos. Una pasta especial hecha de verduras. Y de postre tenemos helado de soja.

–Suena delicioso.

Dakota vio el pánico en sus ojos y no pudo evitar reírse.

–Estoy de broma. He hecho pollo.

–¿En serio? ¿Así es como te diviertes? ¿Torturándome?

–Todo el mundo necesita una afición.

Él se recostó en el sillón y la observó.

–No eres nada previsible, ¿verdad?

–Intento no serlo. Además, has sido muy fácil.

–Ha sido la pasta ésa de verduras lo que me ha puesto los nervios de punta.

–¿No el helado de soja?

–Supongo que me habría marchado antes de que lo sirvieras.

–Cobarde.

Se sonrieron y ella sintió cómo una agradable sensación la invadía.

–Creciste con hermanos, ¿verdad? Con chicos, quiero decir.

–¿Cómo lo sabes?

–No te preocupa mi ego.

–Interesante observación –contestó ella y dio un trago de vino–. No había pensado en eso, pero tienes razón. Tengo tres hermanos mayores.

Él enarcó las cejas.

–¿Seis hijos?

–Sí. Creo que mi madre estaba deseando una niña y al final tuvo tres por el precio de una.

–Tuvo que ser un impacto al principio.

–Seguro que sí. Al parecer, tener trillizos es muy duro para el cuerpo de una mujer. Estuvo en el hospital después de darnos a luz y durante un tiempo los médicos pensaron que no saldría adelante. Mi padre tenía que estar aterrado y mis hermanos eran muy pequeños y echaban de menos a mamá. Por si eso no era suficiente, se acercaba la Navidad y para distraerlos, mi padre les dijo que podían elegir nuestros nombres, pero que los tres tenían que ponerse de acuerdo.

Se detuvo y arrugó la nariz.

—Por eso somos Dakota, Nevada y Montana.

—Muy patriotas.

Ella se rió.

—Cuando me enfadaba por los nombres que habían elegido, mi madre me recordaba que podría haber sido peor. Al parecer, Oceanía estaba entre los candidatos.

—Parecéis una familia muy divertida.

—Lo somos. ¿Cómo era la tuya antes de perder a tus padres?

—Buena. Divertida. Estábamos muy unidos —se encogió de hombros—. Mis hermanos eran mucho más pequeños que yo y eso marcó la relación.

—Debiste de quedarte hundido cuando tus padres murieron.

Asintió.

—Sí. No sabía cómo iba a hacerlo. No sabía cómo criar a los chicos y hacerlo bien.

—Puedes estar orgulloso de lo que has conseguido. Yo no creo que pudiera haberlo hecho. Perdimos a mi padre hace diez años. Mis hermanas y yo acabábamos de salir del instituto e íbamos a ir a la universidad. Mis hermanos estaban ya en la facultad y otros habían terminado. Fue muy duro seguir adelante, así que no puedo imaginarme tener que enfrentarme a esa pérdida emocional y además criar a dos hermanos pequeños.

Finn parecía incómodo con los cumplidos.

—Hice lo que tenía que hacer. Algunos días pienso que lo hice bien, y otros, como cuando estoy en el hotel, aquí en Fool's Gold, pienso que lo he estropeado todo completamente.

–No es así. Lo que están haciendo ahora no tiene nada que ver contigo.

La miró.

–Quiero creerte.

–Pues deberías.

–Eres una mandona. ¿No te lo han dicho nunca?

–¿Estás de broma? ¿Con tres hermanos? Tengo una corona y todo. Soy la reina de los mandones.

Finn se rió y ese cálido sonido llenó la habitación y la hizo sonreír. Siguieron hablando hasta que sonó el timbre del horno.

–Vamos –le dijo ella levantándose–. Nuestra sorpresa de tofu nos espera.

Finn disfrutó de la cena. No sólo por el pollo y el puré de patatas, que fueron lo mejor que había comido en meses... y tal vez en años..., sino también por la conversación. Dakota le contó divertidas historias sobre su vida en Fool's Gold.

Él sabía cómo eran los pueblos pequeños, pero South Salmon hacía que Fool's Gold pareciera Nueva York. Dónde él vivía, la gente solía ser muy reservada. Sí, claro que podías contar con la ayuda de los vecinos, pero nadie se metía en tus asuntos. Por lo que Dakota había dicho, Fool's Gold era un pueblo que se entrometía en todo.

–Si hubieras venido aquí en otras circunstancias, estoy segura de que te habría gustado mucho más.

–Me gusta Fool's Gold.

–Para ti, éste siempre será el lugar al que huyeron tus hermanos.

—Míralo de este modo: cuando Sasha se mude a Los Ángeles, en lugar de odiar este lugar, odiaré aquello.

—Eso no es muy reconfortante.

Se sonrieron. A Finn le gustaba cómo la luz parecía juguetear con el cabello de Dakota marcando en él distintas tonalidades de rubio. Cuando ella se reía, sus ojos se arrugaban de un modo que lo hacían querer reír a él también. Era una mujer con la que resultaba sencillo hablar. Ya había olvidado lo agradable que podía ser disfrutar de la compañía de una mujer.

—¿Cómo es que tienes un jefe tan comprensivo? Me dijiste que tenías otro trabajo. ¿Qué hace mientras tú trabajas en el programa?

Dakota arrugó la nariz.

—No me echa de menos —farfulló—. Raúl está ocupado jugando a las casitas con su mujer, acaban de casarse. ¿Te gusta el fútbol?

—Un poco. ¿Por qué?

—Mi jefe es Raúl Moreno.

—¿El quarterback de los Cowboys de Dallas?

—Eso es. Cuando se retiró, se vino a vivir aquí. Había un campamento abandonado en las montañas y lo compró y lo reconstruyó. Me contrató para coordinar los distintos programas educativos y tuvo la idea de tenerlo abierto todo el año. En invierno íbamos a ofrecer programas de Matemáticas y Ciencias. Cursos intensivos para chicos de secundaria, para que se interesen en las posibilidades que tienen.

—¿Y qué pasó?

—Una de las escuelas de primaria se incendió y Raúl se ofreció a ceder el campamento para dar las clases. Fue en septiembre. Hasta que se construya una nueva escuela y los niños regresen a ella, el campamento estará lleno, así que nuestros grandes planes están en suspenso, lo cual es una de las razones por las que no le importó que ayudara con el programa.

Se inclinó hacia él.

–La otra razón es que acaba de casarse. Pia, su mujer, está embarazada de gemelos. Dará a luz en pocos meses y eso lo tiene muy ocupado.

–¿Qué harás cuando acabe el programa y hasta que la escuela deje de utilizar el campamento?

–Raúl quiere que siga trabajando para él. Hay mucho que hacer. Tenemos que solicitar subvenciones, encontrar patrocinadores, redactar un plan de estudios.

–Y preferirías estar haciendo todo eso ahora.

Ella sonrió.

–Totalmente.

–¿Marcharte es una opción? ¿Alguna vez has pensado en vivir en otra parte?

–He vivido en otras partes. Me gradué en la universidad de California, hice el máster y el doctorado en Berkeley. Pero Fool's Gold es mi hogar. Es el lugar al que pertenezco. ¿Tú piensas en marcharte de South Salmon?

Durante un tiempo lo hizo, cuando había tenido la edad de sus hermanos y había soñado con ver mundo. Pero entonces sus padres habían muerto y él se había quedado con dos hermanos que criar. No había tenido tiempo para soñar.

–Tengo un negocio allí, así que marcharme no es una opción. No sería muy práctico.

–¿Y tú eres un tipo práctico?

–He aprendido a serlo.

–Dijiste que habías sido un rebelde –lo miró a los ojos–. ¿Me habrías gustado?

–Te habría gustado.

Todo en Dakota lo atraía. Era preciosa, sin duda, pero había mucho más que eso. Le gustaba escucharla, le gustaban sus opiniones y cómo veía el mundo. Tal vez a una parte de él le gustaba que estuviera tan unida a Fool's Gold como él lo estaba a South Salmon. Sin embargo, no podían cometer un error porque aquello no podía ir a ninguna parte.

El deseo salió a la superficie. Había pasado mucho tiempo desde que había tenido el tiempo o la energía para sentirse atraído por una mujer, y, dado lo preocupado que estaba por sus hermanos, era algo extraordinario que ahora lo estuviese. Por eso, la pregunta era: ¿Qué tenía que hacer ahora?

–Tengo postre –dijo Dakota al levantarse–. Y no está hecho de soja. ¿Te apetece?

Él también se levantó y rodeó la mesa. Supuso que debía preguntar, porque, después de todo, no se trataba sólo de él. Dakota era una mujer racional, sensata. Pero en lugar de preguntarle, se acercó, tomó su cara entre sus manos y la besó.

cabeza y él se acercó más. Finn sabía al vino que habían tomado en la cena, olía a limpio, a un aroma masculino. Y cuando Dakota deslizó las manos sobre sus brazos, pudo sentir lo fuerte que era.

El beso continuó. Piel contra piel, calidez. Atracción. Y entonces algo cambió. Tal vez fue el modo en que él movía las manos y le acariciaba la espalda, tal vez fue el hecho de que sus muslos se rozaran, tal vez la posición de la luna en el cielo, o tal vez que por fin había llegado el momento de que le sucediera algo bueno.

Fuera cual fuera la razón, pasó de estar disfrutando del decente beso de un encantador hombre a verse invadida por un fuego que arrasó su cuerpo. Fue tan inesperado como intenso. El calor estaba por todas partes. El calor y un deseo que podía hacer suplicar a una mujer.

La necesidad de acercarse más y más a él fue aumentando hasta hacerse abrumadora. Separó los labios esperando que el beso se intensificara y por suerte, él pareció leerle la mente. Su lengua acarició la suya y se coló dentro.

Fue como el paraíso. Cada caricia la hacía estremecerse de placer por dentro, hacía que le temblaran las piernas. Le devolvió el beso con una excitación cada vez mayor. Quería dejarse llevar, quería recordar todo lo que podía hacer su cuerpo.

Se dio cuenta de que llevaba mucho tiempo aletargada, desconectada de todo menos del dolor. Había bloqueado casi todas sus emociones, tanto que había acabado engañándose a sí misma.

Finn la besó con más intensidad. Ella cerró los labios alrededor de su lengua y él tensó su abrazo.

Iba a detenerse, pero no podía. Ella lo necesitaba. Tenía que...

Pero no, él no tenía por qué hacer nada. Ésa no era ella; ella no asaltaba a hombres en su cocina… ni en ninguna otra parte. Lo más educado era dar un paso atrás.

Oh, pero cuánto lo deseaba. Le ardían los pechos. Tenía los pezones tan sensibles que sólo el roce del sujetador era como una agonía. Entre sus piernas, estaba inflamada y hambrienta. Quería que esas grandes manos la tocaran por todas partes. Quería verlo desnudo y excitado en su cama. Quería que él la llenara por dentro una y otra vez.

Necesitó todo su autocontrol, pero de algún modo logró apartar las manos de él y poner algo de espacio entre los dos. Era consciente de su respiración acelerada y esperaba no parecer demasiado desesperada. La confianza en el terreno sexual resultaba atractiva; la desesperación hacía que un hombre saliera corriendo.

Los ojos de Finn estaban oscuros de pasión, y eso era agradable. Se vio tentada a bajar la mirada para comprobar si había alguna prueba física de lo que estaba sintiendo, pero no sabía cómo hacerlo sin resultar demasiado obvia. Aun así, era muy probable que él no hubiera querido más que ofrecerle un educado beso y que ella se hubiera lanzado a por él como un mono hambriento de sexo.

—Yo… eh… no sé qué decir… —admitió ella sin mirarlo a los ojos.

—No debería haberlo hecho —murmuró Finn—. Tú no… no es la razón por la que… —se aclaró la voz.

Ella frunció el ceño, no estaba segura de si estaba disculpándose o intentando escapar.

—Me alegra que lo hayas hecho —dijo ella diciéndose que lo mejor era mostrar valentía.

—¿De verdad?

Se obligó a mirarlo y vio que él estaba mirándola. Oh, sí. Eso sí que era pasión.

–Me alegro mucho.

Finn enarcó una ceja.

–Yo también.

El calor teñía las mejillas de Dakota, pero aun así se lanzó otra vez.

–Podríamos repetirlo.

–Podríamos, pero hay un problema.

¿Estaba casado? ¿Habría sido una mujer antes? ¿Era gay?

–No estoy seguro de que pudiera parar –admitió.

El alivio que Dakota sintió fue casi tan bueno como el beso en sí. Dakota fue hacia él y no se detuvo hasta que sus cuerpos estuvieron pegados el uno contra el otro… y con lo que obtuvo una respuesta a la pregunta que se había hecho antes sobre lo que sentía Finn.

–Por mí, está bien –susurró.

Ella había pensado decir más, proponerle que fueran a su dormitorio, pero no quería correr el riesgo.

Una vez más, Finn la besó. Y aunque no fue algo tan inesperado como la primera vez, ella quedó abrumada de nuevo.

Se entregó a su fuerte abrazo queriendo sentir sus brazos rodeándola. Separó la boca y él se coló dentro, provocándola, mientras con las manos recorría todo su cuerpo. Le acarició la espalda y desde ahí fue descendiendo hasta sus nalgas, las cuales apretó hasta hacerla arquearse hacia él.

El vientre de Dakota rozaba su erección. Estaba muy excitado y la imagen que ese contacto dibujó en su mente le hizo gemir. Sin pensarlo, le agarró las manos y las llevó hasta sus pechos.

En cuanto él la tocó, comenzó a derretirse. Las manos de Finn cubrían sus curvas, acariciaban su piel mientras la recorrían centímetro a centímetro. Sus dedos jugueteaban con sus pezones. Y entonces, él le quitó el jersey.

Apenas había tenido tiempo de dejarlo caer y ella ya estaba desabrochándose el sujetador. Sólo esperaba que el horno estuviera apagado para que, si aterrizaba ahí, no sucediera nada.

Mientras, Finn se quitó la camisa y se descalzó. A continuación, se agachó y comenzó a besarle un pezón produciendo en Dakota un cosquilleo que le llegó hasta el vientre.

La combinación del movimiento, el calor y la humedad casi la hicieron caer de rodillas. Se aferró a él con fuerza para mantenerse en pie. Él pasó al otro pecho y utilizó sus dedos para acariciarla primero mientras ella deslizaba los suyos por su pelo y lo acercaba a su cara para besarlo.

Cuando sus lenguas se entrelazaron, él le desabrochó el botón de los vaqueros y ella se descalzó. Segundos después, los pantalones y sus braguitas cayeron al suelo. Finn se puso de rodillas y le separó los muslos para besarla íntimamente. Así, sin previo aviso. Nada podía haberla preparado para ese cálido ataque de sus labios y de su lengua. Estaba indefensa mientras la exploraba una y otra vez.

Con cada erótico movimiento de su lengua, ella iba acercándose más al clímax. Le temblaron las piernas hasta que le fue imposible mantenerse en pie. Hundió los dedos en sus hombros, pero eso no le bastó. Podía notar cómo iba cayéndose.

Él la agarró y la llevó contra su pecho. Su piel ardía contra la de ella. Y entonces, Finn la levantó en brazos. Dakota pensó en darle indicaciones, pero sólo había dos habitaciones y una única planta, así que pensó que podría encontrar el camino solo. Y, cómo no, él fue directo al dormitorio y la tendió sobre la colcha. Antes de reunirse con ella en la cama, terminó de desnudarse y tiró la ropa.

Se tumbó a su lado y posó las manos sobre su cuerpo. Comenzó por la frente y fue recorriendo suavemente su piel. Le tocó las mejillas, las orejas, la mandíbula, los hombros, la clavícula… antes de posarse sobre sus pechos.

De ahí, pasó a su cintura, pasando por encima de las caderas hasta la «v» que quedaba formada entre sus piernas. Dakota pensó que se quedaría ahí un momento para terminar lo que había empezado, pero él siguió descendiendo hasta sus muslos y sus tobillos.

Hizo el camino de vuelta muy lentamente y cuando llegó a la suave piel del interior de sus muslos, se situó entre ellos y se agachó para besarla.

Inmediatamente su lengua se detuvo sobre su punto más sensible y ahí comenzaron las caricias a un ritmo diseñado para arrastrarla a la locura y hacerla gemir. Era como si su cuerpo no fuera suyo y él controlara cada reacción, cada sensación. Una y otra vez.

Sus músculos se tensaron y se vio de nuevo acercándose al final.

Pero no. Aún no. Era demasiado bueno. Tenía que hacer que durara. Sin embargo, era imposible no ir dirigiéndose hacia lo inevitable.

Entonces él hundió un dedo en su interior y ella estuvo perdida. Su cuerpo se retorció de placer, un placer que la invadió por todas partes. Pero gradualmente esas sacudidas fueron deteniéndose y ella fue regresando al mundo real. Aletargada y satisfecha. Hacía mucho tiempo que no se había sentido tan bien.

Y justo cuando su clímax estaba disipándose, Finn se adentró en ella con un suave pero firme movimiento y la llenó por completo.

Una vez estuvo dentro, ella abrió los ojos y le sonrió.

–Qué bien –le susurró.

Él también sonrió.

–¿Te gusta?

–Sí.

Lo rodeó por la cintura con las piernas y lo acercó a sí. Cuando él se retiró para volver a hundirse en ella, Dakota lo instó a adentrarse más y más. Lo quería todo de él. Quería perderse en lo que estaban haciendo. Así era la vida. Eso era lo que hacía la gente que estaba viva.

Cada vez que la llenó, su excitado cuerpo lo aceptó y Dakota pudo sentir cómo Finn se perdía en ella y en el placer.

Sasha y Lani estaban sentados sobre la única cama de la habitación del motel de ella. Una vez que habían sido elegidos para el programa, la productora les pagaba la comida y el alojamiento y ya que Geoff no veía la necesidad de pagar por nada extravagante, seguían en el mismo sitio donde se habían alojado al llegar.

Cuando terminara el programa, a cada uno les darían veinte mil dólares; más que suficiente para mudarse a Los Ángeles.

Lani extendió varios papeles sobre la cama. Unos parecían nuevos, pero otros tenían manchas, rajas y arrugas por haber sido doblados una y otra vez.

–Quiero ser muy famosa para cuando cumpla los veintidós –dijo Lani con su marrón mirada cargada de convicción–. Sería genial hacer películas, pero la televisión me parece algo más seguro. El año pasado fui a Los Ángeles para una audición de una serie piloto –se detuvo y lo miró.

Sasha asintió. Sabía que cada año las productoras producían capítulos piloto para series de televisión. Después, los ejecutivos de distintas cadenas decidían cuáles podían emitirse y cuáles eran eliminadas antes siquiera de empezar. Las audiciones eran una parte importante del proceso de grabación de un piloto y los desconocidos eran bienvenidos.

Participar en un piloto era genial, pero no te daba garantías. Incluso aunque la serie se eligiera para emitirse, podían sustituirte por otra persona. Era como jugar a la lotería.

–¿Qué tal te fue?

Ella suspiró.

–Participé en dos pilotos, pero ninguno llegó a ninguna parte.

Alzó los brazos por encima de la cabeza y se estiró. Al moverse, su camiseta se tensó sobre sus pechos.

Sasha la miró, aunque más que nada por inercia. Lani era preciosa. Tenía unos rasgos muy exóticos y seguro que era muy fotogénica.

–¿Y qué me dices de ser modelo?

–Soy demasiado baja. Jamás lo lograría. He hecho algunos anuncios de bañadores, catálogos y cosas así. Claro que me han hecho montones de ofertas para hacer desnudos, pero de ninguna manera. No querría que esas fotografías me persiguieran dentro de unos años, cuando me nominen para un Óscar.

Él quería salir de Alaska, ser famoso y muy rico, y ser una estrella era el modo de lograrlo. Pero Lani lo quería todo. Una carrera seria, premios y hordas de paparazzi siguiéndola a todas partes.

–Tenemos que trazar bien nuestro plan –dijo ella hojeando los papeles. Su larga y oscura melena le caía sobre los hombros.

Él supuso que debería apetecerle tener sexo con ella y si ella se quitaba la ropa y se ofrecía, no se negaría, pero no estaba tan interesado en esa chica. Lani era la primera persona que había conocido que quería lo mismo que él, más incluso. Sabía que si colaboraban el uno con el otro, tendrían mayores oportunidades de conseguirlo todo.

–Si ganamos, nos darán ciento veinticinco mil dólares a cada uno –dijo él recostándose contra la almohada–. Además de los veinte mil. Quiero alquilar una casa en Malibú.

–No seas idiota. Eso es sin descontar los impuestos. Tendremos suerte de acabar con setenta mil. Y es un dinero que te tiene que durar. Yo voy a alquilar un apartamento en el Valle de San Fernando, cerca de los estudios de Burbank. Así puedo estar en Century City o en Hollywood enseguida. Sé que si no me contratan nada más llegar, tendré que encontrar un trabajo –lo miró–. ¿Tienes tu lista soñada de agentes?

¿Agentes?

–Eh… la verdad es que no.

–Yo sí. Una vez que este programa empiece a emitirse, haré unas llamadas y les pediré a sus ayudantes que me vean. No habrá modo de contactar con el agente que quiero, pero a los ayudantes les encanta recibir esas llamadas. Siempre están buscando a alguien y quieren encontrarlo y presentarle a su jefe a ese cliente potencial.

Sasha la miró. Lani y él debían de tener la misma edad, pero de pronto, él se sintió como un crío. ¿Cómo sabía todo eso?

Su rostro debió de reflejar todas sus dudas porque ella le sonrió y le dijo:

–No estés tan sorprendido. He estado preparando esto desde que tenía trece años.

–Supongo que eso debería hacerme sentir mejor.

Ella sacudió la cabeza.

–Ya te pondrás al día. No es tan difícil. Todo se trata de captar la atención, de conseguir tus quince minutos de fama y hacer que se conviertan en una hora. He estado pensando que necesitamos un guión.

–¿Qué quieres decir?

–Unas citas típicas no es algo interesante. ¿Quién quiere ver eso? ¿Nos vamos a sentar a charlar sin más? –sacudió la cabeza–. No. Necesitamos algo mejor. Necesitamos una razón mejor para que los telespectadores quieran que ganemos.

Él se inclinó hacia ella.

–De acuerdo. ¿Como qué? ¿Algo de una película?

–He pensado en una de las historias de amor clásicas –admitió–. Pero no estoy segura de por dónde llevar la historia. Demasiada gente estaría familiarizada con el argumento. Además, no es suficiente. No podemos hacer que nadie nos rapte, aunque eso sería fabuloso.

Ella agarró uno de los papeles y lo agitó ante sus ojos.

–He visto culebrones y algunos de los argumentos son muy buenos. La gente ve esas series porque en ellas siempre pasa algo, así que tenemos que hacer que se fijen en nosotros y tenemos que darles algo interesante que ver –lo miró–. El sexo vende.

–Eso puedo hacerlo –dijo él con una sonrisa.

Lani volteó los ojos.

–Ya te he dicho que nada de porno, pero eso no significa que no podamos ser románticos y apasionados. A la gente le encanta eso. Estoy pensando que podríamos tener una de esas relaciones en las que nos enamoramos, discutimos, rompemos y volvemos juntos. A la cámara le encanta el drama. A la cámara le encanta la acción. Si le damos al director algo interesante que grabar, tendremos muchas horas en pantalla y eso es lo que queremos.

–Se me da bien la acción –dijo Sasha, aún un poco impresionado por la determinación de Lani de hacer lo que fuera para conseguir lo que quería. Lo máximo que él había hecho había sido dejar la facultad y alejarse de su hermano mayor. En ese momento, le había parecido toda una hazaña, pero ahora no estaba tan seguro.

–Seremos la pareja de la que todo el mundo hablará –dijo ella emocionada.

–Totalmente. Bueno, ¿cuál es el plan?

Lani sonrió.

–No estoy segura. ¿Es que tienes miedo?

Grabar un programa de televisión era mucho más complicado de lo que Dakota se habría imaginado. Con diez parejas concursantes, casi el mismo número de localizaciones distintas y lo que a ella le parecía un equipo de grabación muy pequeño, el caos reinaba. Cada pareja tendría una cita local y algunas tendrían citas fuera de allí. En su opinión, que la primera semana de concurso te eligieran para tener una cita fuera del pueblo, te facilitaba mucho la permanencia en el programa.

Siempre había sido seguidora de programas como Súper Modelo y Top Chef, pero no podía imaginarse que cuarenta y cinco minutos de programa llevaran tanto trabajo. Ese día, dos parejas se conocerían mientras paseaban por Fool's Gold; una primera cita que sería muy agradable en la vida real, pero que, por lo que veía por los monitores, no debía de resultar muy excitante por televisión.

Miró su carpeta para comprobar cuánto tenía que durar la cita y al volver a mirar a la pareja vio a un alto y guapísimo hombre caminando hacia ella.

Hacía casi dos días que no veía a Finn, no desde que había estado en su casa y habían hecho algo que la había hecho flotar. Una cualidad que podía gustarle mucho en un hombre.

Mientras se preguntaba si se sentiría avergonzada o incómoda a su lado, su cuerpo se vio invadido por un cosquilleo.

—Buenos días —dijo él.

—Hola.

Lo miró a los ojos y sonrió. Por su parte, no había ninguna sensación desagradable y su cosquilleo mejoró aún más cuando él le devolvió la sonrisa.

—¿Qué tal?

—Mejor. He estado ocupándome de alguna que otra crisis en casa, he volado a Eugene y a Oregón transportando mercancías y ayer pasé la mayor parte del día intentando convencer a los gemelos de que volvieran a Alaska.

—¿Y cómo te ha ido?

—Cuando terminamos de hablar, me golpeé la cabeza contra un muro para sentirme mejor.

—¡Ay! ¿De verdad esperabas que tus hermanos se subieran a un avión para volver contigo?

Él se encogió de hombros.

—Todo hombre puede soñar, ¿no? —sacudió la cabeza—. No, no esperaba que vinieran conmigo. Sabía que no funcionaría, pero me veía obligado a intentarlo. Puedes llamarme idiota.

–Lo cierto es que creo que eres una persona que se preocupa mucho por su familia. No lo estás haciendo bien, pero eso nos pasa a todos.

Él se rió.

–Gracias… creo.

–Estaba siendo simpática –le dijo ella.

–De un modo muy sutil.

Dakota se rió. No se había imaginado que estar con Finn pudiera ser divertido. «La mañana después» podía resultar algo embarazosa, incluso habiendo pasado varios días, pero se sentía tan cómoda con él como antes de que hubieran hecho el amor.

–Sobre lo de la otra noche… –comenzó a decir él.

–Lo pasé genial.

–Yo también. Fue una sorpresa, y no es que me esté quejando –la miró–. ¿Tú te quejas?

–Nunca me había sentido mejor.

La sexy sonrisa de Finn regresó.

–Bien. Y el hecho de que fuera tan inesperado y todo eso… no utilicé nada… ¿supone algún problema?

Ella tardó un segundo en darse cuenta de lo que estaba queriendo decir. Protección, métodos anticonceptivos.

–No hay problema.

–¿Estás tomando la píldora?

Lo más sencillo habría sido decir que sí, pero por alguna razón, no quería mentir a Finn.

–No me hace falta. No puedo tener hijos. Una cuestión médica. Técnicamente, si todos los planetas se alinearan un día de eclipse y aterrizaran los alienígenas, tal vez podría pasar.

Finn ni dio un paso atrás ni se mostró ridículamente aliviado. Por el contrario, su rostro reflejó compasión y comprensión.

—Lo siento.

—Yo también. Siempre he querido tener hijos, una familia. Siempre he querido ser madre.

Ahí estaba, pensó. La tristeza. Cuando se enteró de lo que le pasaba, la tristeza la había invadido, le había arrebatado la vida. A pesar de todas sus clases, de las conferencias, nunca había llegado a comprender la depresión. Nunca había comprendido cómo alguien podía llegar a perder toda esperanza.

Pero ahora lo sabía. Había tenido días en los que apenas había sido capaz de moverse. Quitarse la vida o hacerse daño no era algo que entrara dentro de su personalidad, pero salir de un estado constante de apatía le había resultado una de las cosas más difíciles que había hecho nunca.

—Hay más de un modo de obtener lo que quieres, pero eso ya lo sabes.

—Sí. Me lo digo todo el tiempo y, si tengo un buen día, me creo —lo observó—. Tú, por otro lado, no pareces estar buscando familia.

—¿Es una evaluación profesional?

—¿Me equivoco?

—No. Ya he pasado por eso.

Y tenía razón. Finn se había visto obligado a responsabilizarse de sus hermanos siendo muy joven, así que, ¿por qué iba a querer empezar de nuevo con una nueva familia?

Le gustaba Finn. Se habían divertido juntos, pero querían cosas distintas y, ahora, lo último que necesitaba era un corazón roto.

—¿Te he asustado? —le preguntó ella.

—No. ¿Lo pretendías?

Dakota se rió.

—No, la verdad es que no. Es que no quiero que las

cosas se tensen entre nosotros ni que estemos incómodos.

–No pasará.

–Bien –se acercó un poco y lo miró–. Porque la otra noche fue divertidísima.

–A mí me pareció lo mismo. ¿Quieres repetirla?

¿Sexo con un hombre que no se quedaría a su lado? ¿Diversión y nada de compromiso? Nunca había sido esa clase de chica, pero tal vez había llegado el momento de un cambio.

Sonrió.

–Creo que sí.

Capítulo 6

Dakota no podía recordar la última vez que había tenido tanto frío. Aunque el calendario decía que estaban a mitad de primavera, un frente polar había tocado la zona haciendo que la temperatura cayera varios grados y depositando una capa de nieve en las montañas.

Se abrochó la chaqueta y deseó haberse llevado los guantes. Por desgracia, ya había guardado casi todas las prendas de invierno y tendría que conformarse con ponerse encima capas y capas de ropa. La espesa manta de nubes tampoco ayudaba, pensó mientras miraba al grisáceo cielo.

Oyó a alguien decir su nombre y se dio la vuelta. Montana la saludaba mientras corría por la calle, y parecía ir muy calentita con su abrigo. Un colorido gorro de punto le cubría la cabeza y llevaba manoplas a juego.

–Parece que tienes frío –le dijo su hermana–. ¿Por qué no llevas algo de más abrigo?

–Lo tengo todo guardado.

Montana sonrió.

–A veces es mejor dejar las cosas para más tarde.

–Eso parece.

–Se supone que subirán las temperaturas en unos días.

–Qué suerte tengo.

Montana se acercó y se agarraron del brazo.

–Nos daremos calor corporal –señaló al lago–. ¿Qué está pasando?

–Estamos grabando una cita.

–¿En exteriores? ¿Van a hacer que los concursantes estén en el agua cuando casi está helando?

–A alguien se le olvidó consultar el tiempo y lo peor de todo es que es una de las parejas más mayores. Se suponía que iban a tener un picnic romántico. He oído que el chico de sonido se queja de que no puede entender nada; entre lo fuerte que sopla el viento y cómo les castañetean los dientes, no se oye mucha conversación.

Montana miró la pequeña barca que había en mitad de las oscuras aguas.

–La televisión no es como yo pensaba.

–Grabar segmentos lleva mucho tiempo. Cuando se vayan de aquí, no les echaré de menos.

–Entiendo por qué. Oye, no hay música. ¿La añaden después?

–Probablemente –Dakota tembló de frío–. Las siguientes citas son fuera del pueblo. Stephen y Aurelia irán a Las Vegas y se suponía que Sasha y Lani iban a ir a San Diego, pero Geoff se ha asustado con el precio de las habitaciones, así que es probable que se queden aquí.

–Son los gemelos, ¿verdad? –preguntó Montana–. Son guapísimos.

–Un poco jóvenes para ti, ¿no? –dijo Dakota secamente.

–Oh, ya lo sé. No me interesan. Sólo digo que es muy agradable mirarlos.

Dakota se rió.

–Se permite mirar, pero que no te vea Finn. Está decidido a llevarse a sus hermanos a casa.

–¿Cómo lleva el plan?

–No muy bien, pero no porque no lo esté intentando.

Finn era un hombre decidido, además de muchas otras cosas, pero eso no iba a compartirlo con Montana. Lo último que necesitaba era que sus hermanas especularan sobre su vida privada porque, aunque no lo hicieran con mala intención, no podría soportarlo.

–Entonces, ¿va a quedarse?

–Sospecho que hasta el final.

–Pobre chico –Montana miró a su izquierda y le dio un codazo a Dakota–. ¿Es él?

Dakota se giró y vio a Finn caminando hacia ellas. Vestía una cazadora de cuero y, aunque no llevaba ni gorro ni guantes, no parecía tener el más mínimo frío. Probablemente porque, comparado con la fría primavera de South Salmon, esas temperaturas para él serían suaves.

–Es él. No me avergüences.

Montana le soltó el brazo.

–¿Cuándo he hecho yo eso?

–No tenemos tiempo suficiente para que empiece a hacer la lista.

Su hermana empezó a decir algo, pero por suerte se calló antes de que Finn estuviera lo suficientemente cerca.

–¿De quién ha sido la idea? –preguntó él–. Hace demasiado frío para que estén en el lago. ¿Quién planea estas cosas?

Dakota hizo lo que pudo por no sonreír.

–Finn, te presento a mi hermana Montana. Montana, él es Finn. Sus dos hermanos están en el programa.

Finn las miró a las dos.

–Lo siento, estaba distraído. Encantado de conocerte –le dijo a Montana y le estrechó la mano.

–Lo mismo digo. No parece que lo estés pasando bien.

–¿Tan obvio es? Bueno, qué más da. No creo que quiera que respondas –las miró de nuevo–. Sois idénticas, ¿verdad? Mis hermanos son gemelos idénticos y siempre han dicho que tienen una relación que yo no puedo entender. ¿Es verdad?

–Lo siento –contestó Montana–, pero sí. Es algo extraño ser idéntico a otra persona. Siempre sabes qué está pensando y no me puedo imaginar la vida de otro modo.

–Imaginaba que dirías eso. Dakota me dijo lo mismo.

–¿Pero no querías creerme? –preguntó Dakota, no segura de si debería enfadarse o no.

Finn la miró.

–Te creí, pero quería que estuvieras equivocada.

–Por lo menos es sincero –dijo Montana–. El último hombre sincero del mundo.

–No digas eso. No podría soportar tanta presión –miró a Dakota–. He oído que mañana vamos a Las Vegas.

–¿Has estado allí alguna vez? –no le parecía que fuera una ciudad que pudiera gustarle a Finn.

–No. No me va, aunque seguro que a Stephen le encantará –suspiró–. ¡Maldito programa!

–Todo se solucionará –le dijo.

–¿Puedes decirme cuándo para poder estar deseando que llegue ese momento?

–Ojalá lo supiera.

Se giró hacia Montana.

–Ha sido un placer conocerte.

–Lo mismo digo.

Finn se despidió y se marchó.

Dakota lo vio alejarse. Le gustaba cómo se movía y esa sencilla seguridad en sí mismo que tenía. Y aunque se sentía mal porque estuviera tan preocupado por sus hermanos, había una parte de ella que estaba deseando estar con él en Las Vegas. Había estado allí con sus amigas un par de veces y había sido divertido, así que podía imaginarse cómo sería esa ciudad con un hombre como Finn.

—Interesante —dijo Montana—. Muy, muy interesante. ¿Qué tal el sexo?

Dakota casi se atragantó.

—¿Cómo dices? ¿Qué clase de pregunta es ésa?

—Una muy obvia. No intentes fingir que no ha pasado nada. Te conozco. Finn y tú os habéis acostado. No voy a preguntarte por los detalles, sólo quiero saber cómo estuvo.

—Yo… eh… —Dakota tragó saliva. Sabía muy bien que no debía fingir para librarse de decir la verdad, no con una de sus hermanas.

—Bien. Sí, he estado con Finn. Fue genial —sonrió—. Mejor que genial.

—¿Vas a repetirlo? —preguntó Montana.

—La posibilidad está sobre la mesa. Me gustaría.

Montana la observó.

—¿Va en serio?

—No. Por muy tentada que me viera, no puede ser. Finn no va a quedarse aquí, prácticamente vive en otro planeta y mi vida está aquí. Además, ninguno de los dos está buscando nada importante ni duradero. Así que estaremos bien.

—Espero que tengas razón, porque a veces cuando las cosas van muy bien encontramos lo único que fingimos no estar buscando.

—¿Qué quieres decir con que la mercancía ha llegado

antes? ¿Trescientas ochenta cajas? ¿Estás diciéndome que hay trescientas ochenta cajas en nuestro almacén? –preguntó Finn.

–No son cajas –contestó su socio–. Son cajones de madera. ¡Malditos cajones de madera! ¿Qué va a construir? ¿Un arca?

Eso no podía estar pasando, pensó Finn. No podía ser. Ahora no. No, mientras estuviera allí.

Uno de sus mayores clientes había decidido construir un barco a mano. Lo había encargado de Dios sabía dónde y había hecho que le enviaran las piezas a South Salmon. Ahora tenían que llevarlos hasta su propiedad, a quinientos kilómetros al norte.

Cuando Finn se había enterado, había pensado que se trataría de una docena de cajas como mucho, pero al parecer, se había equivocado.

–El peso está anotado en el lateral de cada cajón –dijo Bill–. Estamos hablando de entre tres y cuatro cajones por viaje, en el mejor de los casos. ¿Quieres echar las cuentas?

Finn maldijo. ¿Cien viajes?

–No es posible. Tenemos más clientes.

–Está dispuesto a pagar. Finn, no podemos perder a este tipo. Hace que salgamos adelante durante el invierno.

Su socio tenía razón. La mayor parte de su trabajo llegaba entre abril y octubre, pero ¿cien viajes?

–Ya he corrido la voz y tenemos los aviones, pero lo que necesitamos son pilotos. Tienes que volver.

Finn miró el avión de Aerolíneas Suroeste; los pasajeros ya estaban embarcando. Stephen y la devora jóvenes iban a Las Vegas y él tenía que estar allí para asegurarse de que todo iba bien. No confiaba en esa mujer, ni en Geoff ni en nadie relacionado con el programa… a excepción de Dakota. Igual que él, ella sólo hacía lo que tenía que hacer.

–No puedo. Sasha y Stephen me necesitan.

–Tonterías. Tienen veintiún años. Estarán bien solos. Tú tienes que estar aquí, Finn. Vuelve.

Había sido responsable de sus hermanos desde hacía ocho años y ahora no podía abandonarlos sin más.

–¿A quién has llamado? ¿Has probado con Spencer? Es un buen piloto y suele estar disponible en esta época del año.

Hubo un largo silencio antes de que Bill volviera a hablar.

–Bueno, ¿ésa es tu respuesta? ¿Que contrate a otro?

Finn dio la espalda al resto de pasajeros y bajó la voz.

–¿Cuántas veces has necesitado que te cubra? Antes de casarte, ¿cuántas veces tenías una cita ardiente en Anchorage o querías ir detrás de turistas solitarias en Juneau? Siempre accedí a todo lo que me pediste. Ahora yo estoy pidiéndote que me des un respiro. Volveré cuando pueda y, hasta entonces, tú tendrás que ocuparte.

–De acuerdo –respondió Bill enfadado–. Pero será mejor que vuelvas pronto o habrá problemas.

–Lo haré –contestó Finn preguntándose si estaría diciendo la verdad.

Cerró el teléfono y se lo metió en el bolsillo antes de unirse a la fila de pasajeros que esperaban a embarcar. La culpa batallaba con la furia en su interior. Y para empeorar las cosas, iba a viajar en un vuelo comercial. Odiaba volar cuando él no estaba al mando, pero en aquella ocasión, los billetes a Las Vegas habían sido más baratos que alquilar un avión y Geoff estaba intentando ahorrar dinero.

Finn subió al avión y metió su bolsa en el primer compartimento superior.

–Señor, tal vez quiera llevarla con usted –dijo la azafata–. Así estará más cerca de su asiento.

–De acuerdo –farfulló Finn.

Agarró la bolsa y siguió avanzando por el pasillo. Cuando vio a Dakota con un asiento vacío a su lado, se detuvo. Seguro que ahí ya no quedaba sitio para su bolsa. Maldiciendo, pasó por encima de los pies de Dakota, ocupó el asiento central y metió la bolsa en el hueco donde deberían ir sus pies.

–Dime que no es un vuelo de cinco horas –gruñó.

–Esta mañana no estás muy contento, ¿no? ¿Por qué estás tan gruñón?

Él se recostó en su asiento y cerró los ojos.

–¿«Gruñón» es el término técnico? ¿Estás preguntándomelo como psicóloga?

–¿Quieres que lo haga?

–A lo mejor podríamos saltarnos la charla terapéutica y pasar directamente al tratamiento de *electroshock* –miles de voltios de electricidad recorriéndole el cuerpo lo pondrían todo en perspectiva, pensó.

Dakota le tocó el brazo.

–¿En serio? ¿Tan malo es? ¿No estás sacando las cosas de quicio?

–A ver… Acabo de hablar con mi socio y tenemos un reparto con el que no contábamos de casi cuatrocientos cajones de madera que hay que llevar a varios cientos de kilómetros. En cada avión podemos llevar unos cuatro cajones. Debería estar allí ayudando, y en cambio estoy aquí en un avión que no piloto yo y rumbo a Las Vegas. ¿Por qué?, te preguntarás. Porque mis hermanos han decidido dejar los estudios en el último semestre. Mientras hablamos, Sasha está planeando destruir su vida al mudarse a Hollywood y Stephen está a punto de ser devorado por una mujer mayor. Tú me dirás… ¿estoy sacando las cosas de quicio o no?

Ella arrugó la boca, como conteniendo una sonrisa, y él estrechó la mirada.

—Esto no es divertido.

—Es un poco divertido. Si no te estuviera pasando a ti, también te parecería divertido.

—Déjame.

—Lo siento —le dijo ella—. Me tomaré esto más en serio, te lo prometo. No puedo ayudarte con tus problemas de trabajo, aunque la buena noticia es que tienes mucho trabajo. ¿Tu socio va a contratar a otro piloto?

—Tiene que hacerlo, aunque seguro que yo corro con los gastos. Yo también se lo haría a él.

—Podrías irte a casa. No tienes por qué estar aquí.

—Sí. Alguien tiene que cuidar de ellos —vaciló y miró a su alrededor para asegurarse de que nadie los oía—. Hace años, cuando nuestros padres murieron, fue un desastre. Hubo un accidente de avión y los medios se involucraron. Había periodistas por todas partes, éramos la noticia de la semana, al menos en Alaska. Hay quien incluso nos envió dinero para ayudarnos.

Dakota lo miró.

—Me da la sensación de que odiaste que pasara eso.

—Sí. Sabía que era algo temporal, pero Sasha no lo entendió así. Quiere ser famoso porque cree que el hecho de importarle al mundo lo mantendrá protegido. Ahora tiene veintiún años, pero ese chico de trece que perdió a sus padres no se fue nunca. Stephen, por su parte, se deja llevar, supongo que para asegurarse de que Sasha está bien. Sé que técnicamente son adultos, pero vivieron en un pueblo pequeño hasta que fueron a la facultad. No saben nada de este mundo. Son demasiado confiados y no saben cómo protegerse. Tengo que estar a su lado.

–Lo siento –dijo Dakota poniendo la mano sobre la suya–. No lo sabía.

Él se encogió de hombros.

–Tengo que dejarles libertad, pero así no. No, cuando están tratando con gente como Geoff.

–Estoy de acuerdo, pero has de ser consciente de que en algún momento tendrás que darles libertad. En algún momento tendrás que confiar en ellos y confiar en que toman las decisiones correctas.

–Puede que tengas razón, pero hoy no –miró a su alrededor–. ¿La has visto?

–¿A quién?

–A la devora jóvenes que quiere destruir a mi hermano. La que dijiste que se quedaría embarazada para atraparlo –quería pensar que la chica habría perdido el avión, pero no tenía tanta suerte.

Dakota abrió los ojos de par en par.

–Ah, sí, Aurelia está en el avión. Es más, está sentada justo delante de nosotros. Si hubieras prestado atención, te habrías dado cuenta –le dio un codazo–. Y yo nunca he dicho que fuera a quedarse embarazada. Oh, mira –señaló–. Ahí está tu hermano. Va a sentarse a su lado. A lo mejor él puede explicar por qué eres tan idiota.

Finn casi lamentó lo que había dicho. Casi. Estaba seguro de que en circunstancias normales, Aurelia sería una mujer absolutamente decente, pero no podía confiar en una mujer que había entrado en un programa de televisión para encontrar a un hombre. ¿Quién hacía eso? Era demasiado mayor para Stephen y él haría todo lo posible para mantenerlos alejados.

Se asomó por la ventanilla.

–¿Cuándo sale el vuelo?

–Te juro que si piensas pasarte toda la hora preguntando si ya hemos llegado, dejaré caer en tu entrepierna algo que pese mucho.

A pesar de todo lo que estaba pasando y de lo furioso que estaba, Finn se rió.

–De acuerdo, tú ganas. Me comportaré.

–¿Puedes ponerlo por escrito?

–Claro.

Ella se acomodó en su asiento y le agarró la mano.

–Qué mentiroso eres.

–A lo mejor no.

–Lo creeré cuando lo vea. Bueno, dime, ¿qué estarías haciendo ahora si estuvieras en Alaska? ¿Volando?

–Probablemente.

–Ahora estás en un avión. Es prácticamente lo mismo.

Entrelazaron los dedos.

–No es lo mismo. Cuando tú eres el piloto, tú estás al mando.

–Podríamos preguntarle a la azafata si pueden darte un par de alas de ésas que les dan a los niños. Podrías colgártelas de la camiseta. Así te sentirías mejor.

–Te crees muy graciosa, ¿verdad, guapita?

–Soy muy graciosa.

–Dejémoslo en guapita. Por ahora lo dejaremos ahí.

Ella sonrió.

–Podré vivir con ello.

Aurelia nunca había estado en Las Vegas. Había visto la ciudad por televisión y en las películas, pero la vida real era mucho, mucho, mejor. El trayecto en avión se le había hecho muy largo y había querido hundirse en su asiento. Las crueles críticas de Finn sobre ella y por qué estaba en el programa la habían hecho sentirse horrible y se había pasado todo el viaje reprendiéndose a sí misma por no enfrentarse a su madre. Porque era ella la razón por la que estaba metida en esa situación.

Ahora que habían llegado al enorme aeropuerto de Las Vegas, estaba decidida a desprenderse de sus malos sentimientos y a disfrutar la experiencia. Tal vez no volvería nunca allí y quería poder recordarlo todo.

Stephen estaba a su lado mientras esperaban a recoger su equipaje. Geoff les había dicho que prepararan ropa para salir una noche por la ciudad, que sería al día siguiente, y esa tarde los grabarían en el casino.

Cuando la cinta transportadora comenzó a moverse, vio a Finn y a Dakota dirigiéndose a la parada de taxis. Como ellos no saldrían en televisión, habían podido llevar un equipaje más ligero y les había bastado con una bolsa. Ella había tenido que pedir unos vestidos bonitos a algunas compañeras del trabajo esperando que uno de ellos le sirviera para la noche de la cena.

Vio a Finn posar la mano sobre la espalda baja de Dakota. Fue un gesto simple, educado, pero uno que hizo que deseara tener un hombre en su vida. Alguien que estuviera a su lado, igual que ella estaría al suyo. Alguien a quien le importara.

—Señálame tu maleta y te la bajaré —dijo Stephen.

Ella asintió.

Qué chico más dulce, pensó. Aunque demasiado joven. Eso era lo que quería decirle a Finn, que ya sabía que su hermano y ella sólo podían ser amigos. Pero temía que si se lo decía a Stephen, él actuara de manera diferente y Geoff se diera cuenta. Ella no quería que la echaran del programa demasiado pronto, porque cuanto más tiempo estuviera dentro, menos tendría que enfrentarse a su madre. Por extraño que pareciera, cuanto más tiempo pasaba con Stephen, más fuerte se sentía.

Vio su maleta y Stephen la recogió de la cinta. Ya tenía la suya. Karen, una de las asistentes de producción, les dijo que fueran a la limusina. El chico de la cámara ya estaba esperándolos.

—No estés tan asustada —le dijo Stephen en voz baja—. Se van a pensar que no quieres estar conmigo.

—Eso no es verdad —respondió ella haciendo todo lo posible por no recordar las horribles palabras de Finn.

—¿Porque soy la persona que llevas esperando toda tu vida?

Ella sonrió.

—Siempre he deseado desesperadamente a alguien que pudiera distinguir a Hilary Duff de Lindsay Lohan.

Él le guiñó un ojo.

—Lo sabía.

Seguían mirándose al entrar en la limusina.

Nunca se le había dado bien hablar con los hombres, y mucho menos flirtear, pero Stephen se lo ponía muy fácil. Tal vez porque sabía que estaba a salvo a su lado. Era… agradable, un buen chico. Quizá no eran unos adjetivos que a él le gustaran mucho, pero para ella era suficiente.

Salieron del aeropuerto y se dirigieron hacia la Strip, la calle principal de la ciudad. Podía ver todos los hoteles alzándose al cielo, con sus distintas alturas y formas perfilándose contra las rojizas montañas. Según se acercaban, fue distinguiendo las distintas estructuras: la gran pirámide del Luxor, la Torre Eiffel delante del Hotel París y la vasta extensión que ocupaba el César Palace.

—¿Sabes dónde nos alojamos? —preguntó ella.

–Ahí.

Stephen señaló a la derecha. Según doblaban una curva, Aurelia vio las altas torres del Hotel Venecia. La limusina se detuvo junto a la entrada cubierta y les abrieron la puerta.

Apenas fue consciente de que las cámaras estaban filmándolo todo, pero aun así no podía prestarles atención. No, cuando había tanto que ver.

Entraron en un impresionante vestíbulo con un techo pintado. Cada centímetro de aquel lugar era una belleza, desde los enormes ramos de flores hasta las columnas doradas. Incluso las alfombras.

Había gente por todas partes. Podía oír distintos idiomas a su alrededor y en el ambiente flotaba un aroma con una suave fragancia cítrica.

–Ya estáis registrados –le dijo Geoff y le dio las llaves–. Tenéis habitaciones contiguas. Si decidís hacer algo interesante, llamadnos a alguno. Querremos estar presentes.

Aurelia sintió cómo se le salieron los ojos de las órbitas. ¿Que lo llamaran? ¿Si alguno de los concursantes quería tener sexo, él quería grabarlo?

–No creo que eso vaya a pasar –murmuró ella.

Geoff suspiró.

–Yo tampoco. Aun así, si os emborracháis demasiado, puede que tengamos suerte.

Y con eso, se marchó.

Aurelia estaba en el centro del vestíbulo. La multitud se movía a su alrededor, como si ella no estuviera allí… Nada extraño… Se había pasado gran parte de su vida siendo invisible.

–¿Preparada para ir a las habitaciones? –le preguntó Stephen–. Geoff ha dicho que ya estamos registrados.

Ella alzó su llave.

Él miró el número.

–Estamos el uno al lado del otro. Genial. Podemos enviarnos mensajes cifrados por la pared.

Ella lo miró a los ojos y se dijo que era una suerte que Stephen fuera tan buen chico. ¡Habría sido insoportable vivir todo eso al lado de un cretino!

–¿Conoces algún código? –preguntó ella.

–No, pero podríamos aprender uno. O inventarnos uno. Se te dan bien los números, ¿verdad?

Ella sonrió.

–Pensaré en ello.

Fueron hacia los ascensores y el cámara se subió a uno distinto, dejándolos a los dos solos unos minutos.

Cuando llegaron a su planta, fueron a las habitaciones. Más que una al lado de la otra, estaban una frente a la otra, pero aun así bastante cerca. Allí los esperaba otro cámara.

–¿Con quién quieres entrar? –le preguntó ella.

Él se encogió de hombros.

–Vamos a tu habitación. Stephen, ve con ella.

¡Como si fueran a compartir habitación! Se sonrojó ante la idea y abrió la puerta.

Aurelia no había viajado mucho y rara vez se había alojado en un hotel; no obstante, sabía cómo era una habitación normal y aquélla, desde luego, no lo era.

A su derecha tenía un precioso baño hecho de mármol y cristal equipado con una ducha y una gran bañera, dos lavabos, un armario y muchos espejos. Era como el plató de una película o algo sacado de un cuento de hadas. Después del baño estaba la zona del dormitorio, con la diferencia de que era más que un dormitorio. Tenía una cama gigante con preciosas sábanas y grandes mesillas de noche. Detrás, tres escalones conducían a un salón situado en un nivel inferior. Unos ventanales que iban de suelo a techo ofrecían una vista de un barco pirata flotando frente a la Isla del Tesoro.

Dio una vuelta sobre sí misma para ver toda la habitación y miró a Stephen.

—No lo entiendo. Ésta no puede ser mi habitación. ¡Es preciosa! —se rió—. Dime que nunca tenemos que irnos.

—Si ganamos mucho dinero abajo, podremos quedarnos todo el tiempo que quieras.

Aurelia sonrió.

—Me gustaría.

Quedaron en verse en media hora y bajar al casino. Aurelia se puso los rulos y rezó por que le quedara bien el peinado. Se enfundó unos vaqueros blancos y una blusa de seda color turquesa que se había comprado de rebajas hacía un año.

Normalmente no se gastaba mucho dinero en ropa informal, casi todo su presupuesto para vestuario lo invertía en trajes para trabajar, y lo que no se gastaba iba a parar a la cuenta de ahorro de su madre. Pero la camisa era tan preciosa que no había podido resistirse.

Después de colocar sus nuevos cosméticos sobre la encimera de mármol, se aplicó cuidadosamente la hidratante y después el corrector. El fondo de maquillaje se deslizó sobre su piel con tanta suavidad como le había prometido la dependienta. En los ojos se aplicó una discreta sombra color topo y después de la máscara de pestañas, les llegó el turno al colorete y al brillo de labios. El último paso fue quitarse los rulos y peinarse con los dedos. Se echó el pelo hacia delante y se roció laca. Después, echó la cabeza hacia atrás y comprobó el aspecto que tenía.

En un cuarto de baño lleno de espejos, no había forma de escapar a la realidad, pero en esa ocasión la realidad no fue tan mala. Se miró desde distintos ángulos.

Jamás sería una mujer impactante, pero por una vez en su vida se vio guapa. Por lo menos, se sintió guapa, y con eso le bastaba.

Apenas se había calzado cuando Stephen llamó a la puerta. Recogió su bolso y fue a recibirlo.

–Hola –le dijo.

–Hola –él se detuvo en seco antes de añadir–: ¡Vaya! Estás genial.

–Gracias.

Era consciente del cámara que Stephen tenía detrás del hombro y por un momento deseó que pudieran estar los dos solos, que una pequeña parte del tiempo que pasaban juntos fuera real. Pero no lo era. Eso no podía dejar de recordárselo.

–¿Qué quieres hacer primero? –le preguntó Stephen–. ¿Máquinas tragaperras, blackjack o prefieres la ruleta?

–Nunca he jugado. ¿Qué sugieres?

Mientras hablaban iban hacia los ascensores. Stephen pulsó el botón y las puertas se abrieron inmediatamente. Al entrar, ella sintió su mano en la parte baja de su espalda.

No es nada, se dijo. Los hombres hacían eso todo el tiempo; precisamente acababa de ver a Finn hacerlo con Dakota. Pero no pudo evitar sentir esa caricia y la seda de su blusa pareció intensificar el calor de la mano de él. Cuando el ascensor comenzó a descender, se sintió un poco mareada y se dijo que era por el movimiento vertical, no por nada más.

Salieron del ascensor y se adentraron en la locura. Allí todo era diversión, ruido y color. Aurelia no sabía donde mirar primero.

–¿Tienes hambre? –le preguntó Stephen señalando al Grand Lux Café.

–Tal vez luego –respondió. Ahora mismo estaba demasiado emocionada como para comer. ¡Había mucho que ver!

Una pareja mayor pasó por delante de ellos.

–¿No te encanta ver a una familia viajando junta, George? –le preguntó la mujer al marido–. Mira, se ha traído a su hermano pequeño a Las Vegas. ¿No es una cosa muy bonita?

Aurelia se apartó de Stephen. No sabía si él habría oído o no el comentario. El cámara estaba enfocando a los ancianos, así que sabía que ese momento saldría en el programa.

Comenzó a caminar sin saber dónde ir. La humillación hacía que le ardieran las mejillas y le robó el placer que le suponía estar allí. Pensó en correr detrás de la pareja y contarles qué estaba pasando, pero ¿de qué serviría?

Stephen la siguió.

–¿Estás bien?

Obviamente, él no había oído nada, aún no. Y recordarse que sólo eran amigos no la hacía sentir mejor.

Se detuvo en mitad del casino y lo miró. ¡Qué agradable era!, pensó. Un buen chico. Pero no había forma de…

–Disculpen, ¿qué están haciendo?

Aurelia y Stephen se giraron hacia el musculoso hombre del traje oscuro que llevaba una chapa informando de que pertenecía al personal de seguridad. La expresión de su rostro les decía que se tomaba muy en serio su trabajo.

Señaló al tipo de la cámara.

–No pueden filmar aquí.

–Estamos grabando un *reality show* –dijo Stephen–. ¿No ha hablado la productora con ustedes?

–No –el guardia de seguridad se movió hacia la cámara–. Apague eso o lo apagaré yo.

–Iré a buscar a Geoff –dijo el cámara y prácticamente salió corriendo.

–¿Va a volver o tengo que salir detrás de él?

Aurelia no sabía si el guardia estaba hablándoles a ellos o no. Al parecer, no importó. Sacó un intercomunicador del bolsillo de su chaqueta y habló por él.

–Nos vamos –dijo ella agarrando a Stephen de la mano.

Stephen miró al tipo de seguridad, con su furioso rostro, y asintió.

–No creo que nos gustara estar en la cárcel.

Se dieron la vuelta y no pasó nada mientras subían por una escalera mecánica.

Respiró hondo.

–¿Estás bien? Parecía que ibas a desmayarte –le dijo Stephen.

–Estaba aterrorizada –admitió–. No me puedo creer que Geoff nos haya traído aquí sin pedir permiso al hotel. No me sorprende que no nos dejen grabar. No saben qué vamos a hacer con las imágenes. Podría ser una estafa o un truco para hacer trampas con las tragaperras.

Tenía más que decir, pero de pronto no pudo hablar. Stephen estaba detrás de ella y, sin previo aviso, le puso una mano sobre la cadera y la llevó hacia él.

Aurelia hizo lo que pudo por no inmutarse, gritar de sorpresa no era apropiado. Además, ella había sido la que lo había agarrado de la mano para alejarse del guardia de seguridad, aunque eso era diferente. No podía explicar por qué, pero sabía que era distinto.

Cuando llegaron al siguiente piso, bajaron de la escalera y fue como si hubieran entrado en otro mundo.

Sobre ellos, el techo estaba pintado de color cielo con nubes que casi parecían flotar. Estaban en el hotel, pero perfectamente era como si estuvieran en la calle. Había tiendas, restaurantes y...

–¡Mira! –dijo señalando hacia las pequeñas barcas que flotaban en el canal–. Góndolas.

–¿Quieres subir? Vamos, será divertido.

No había demasiada cola, así que en cuestión de minutos ya estaban subiendo a la góndola. Se bamboleó en el agua, pero Aurelia logró sentarse sin caerse. Stephen se sentó a su lado.

No había mucho espacio, así que él estaba cerca. Lo suficientemente cerca como para que ella sintiera la suavidad de su camisa contra su mano y la presión de su muslo contra el suyo.

–¿Alguna vez habías hecho algo así? –preguntó él mirando a su alrededor.

–No.

Nunca. Ni en sueños.

La gente que pasaba caminando se detenía a saludarlos. La música resonaba en el techo y reverberaba a su alrededor. Mientras, ella podía ver las tiendas cuyos nombres antes sólo había visto en las revistas. Todo era perfecto.

Y entonces Stephen la rodeó con su brazo y fue incluso mejor.

Cuando doblaron una esquina, un hombre estaba esperando con una cámara. Les dijo que sonrieran, y les tomó una foto. Al terminar el paseo, fueron a ver la imagen digital mostrada en una pantalla de ordenador.

–Estás preciosa –le dijo Stephen.

Aurelia sabía que estaba siendo amable, pero de todos modos le gustó cómo había salido la foto. Los dos estaban mirando a la cámara con sonrisas sinceras. Estaban el uno apoyado en el otro y parecían una auténtica pareja... si no se tenía en cuenta la diferencia de edad.

—Nos llevamos dos —dijo él y las pagó.

—Debería pagarlas yo.

—¿Por qué?

Porque ella ganaba más que él, porque él seguía estudiando y aquello no era una cita... Pero no quería decir eso, así que simplemente dijo:

—Gracias.

—¿Tienes hambre? —preguntó Stephen, señalando a uno de los restaurantes.

—Sí.

—Bien. Yo también.

Aún no había anochecido y no había mucha gente, de modo que inmediatamente los sentaron en una pequeña mesa situada en una esquina junto a una planta. A pesar de ser un espacio abierto, resultaba muy acogedor y discreto. Íntimo.

El camarero les dio la carta.

Aunque estaba hambrienta, Aurelia no podía pensar en comer, así que simplemente pidió una ligera ensalada y té helado. Stephen optó por pizza y un refresco.

—Ya sabes por qué decidí participar en el programa, pero ¿por qué lo hiciste tú? —preguntó ella.

Stephen jugueteaba con su tenedor.

—Por muchas razones. Quería salir de South Salmon y ésta me parecía una buena forma de hacerlo.

—¿Una buena forma? Dejaste la facultad en el último semestre. ¿Qué sentido tiene?

Stephen puso los ojos en blanco, pero Aurelia insistió.

—Tener estudios no puede hacerte daño. ¿Qué harás cuando termine el programa?

Stephen soltó el tenedor y se inclinó hacia ella.

—No quiero volar.

—No lo entiendo. ¿Quieres volver a Alaska conduciendo?

Él se rió.

—No. Quiero decir que no quiero ser piloto como mi hermano. No quiero entrar en el negocio familiar.

—Ah —ella sabía mucho sobre eso. A pesar de tener casi treinta años, nunca había podido complacer a su madre—. ¿Es eso lo que quiere Finn? ¿Espera que entres en el negocio familiar?

—Se da por hecho.

—¿Le has dicho lo que piensas?

—No. A él eso no le importa.

Aurelia sacudió la cabeza.

—Estás hablando de un hombre que ha volado miles de kilómetros para asegurarse de que sus hermanos están bien. Creo que le importas mucho.

—Eso es distinto. Quiere que esté en casa para controlarme. Si le dijera que quiero ser ingeniero, me subiría hasta una altura de tres mil metros y me echaría del avión de una patada.

—Ahora estás hablando como un crío.

—¡Ey! ¿Por qué dices eso?

—Fíjate en lo que haces. No estás dispuesto a sentarte a hablar con Finn y, por eso, has huido. ¿Te parece algo maduro?

—Se supone que tienes que estar de mi parte.

—Soy una tercera parte desinteresada —«desinteresada» tal vez no era la palabra más apropiada. Por mucha vergüenza que le diera, estaba más que interesada en Stephen. ¿Por qué no podía tener treinta años en lugar de veinte?

¡Qué cruel era la vida!

—Además —continuó—, si te falta un semestre para graduarte, él ya sabrá en qué quieres especializarte.

—Eso no le importa siempre que vuelva a casa —sacudió la cabeza—. Cuando nuestros padres murieron, las cosas fueron mal y Finn se ocupó de nosotros. Ahora no puede quitarse ese papel de encima y cree que seguimos siendo unos niños que lo necesitan.

—Deberías hablar con él. ¿Por qué no iba a alegrarse de que fueras ingeniero? Es una buena profesión.

—Lo conozco de siempre, Aurelia. Tendrás que fiarte de mí. Finn jamás lo aprobaría.

Ella quiso discutir ese punto, pero no lo hizo. Después de todo, había mucha gente que le diría que se enfrentara a su madre. Desde fuera parecía muy sencillo, pero por dentro todo era distinto. No podía superar la culpabilidad que la invadía cada vez que lo intentaba. Era como si a su madre le hubieran dado un manual de instrucciones sobre cómo manipularla y hubiera memorizado cada página.

Stephen había sido una de las pocas personas que habían aceptado sus limitaciones.

—Confío en ti.

De repente, alguien gritó sus nombres y Stephen y ella se giraron hacia el sonido que hacían varias personas que iban corriendo. Una de las asistentes de producción corría hacia ellos.

—¡Aquí estáis! —dijo Karen con la respiración entrecortada—. Hemos estado buscándoos por todas partes. Geoff está furioso. Nos vamos a casa. Tenéis que venir ahora mismo.

Aurelia miró a Stephen, que se encogió de hombros.

—Supongo que podremos comer algo en el aeropuerto.

—Deprisa. Tenemos que llegar al aeropuerto. Geoff está furioso porque no ha habido una cita.

Aurelia y Stephen salieron del restaurante y, mientras seguían a la asistente de producción, él se acercó para decirle a ella:

–Geoff se equivoca –le susurró–. Sí que ha habido una cita y lo he pasado genial.

En su interior, Aurelia sintió cómo el corazón le dio un vuelco.

–Yo también.

Stephen le sonrió y le agarró la mano.

Capítulo 7

Dakota abrió la puerta principal y se encontró allí a Finn, de pie en el porche. Eran poco más de las siete de la tarde. Finn y ella habían logrado subir al avión de las cuatro treinta y eso significaba que no llevaba en casa más de una hora.

–Lo sé, lo sé –dijo él–. Tienes cosas que hacer. No debería molestarte.

–Pero aun así estás aquí –respondió ella con una sonrisa–. No pasa nada. No tenía planes.

No se lamentaba de verlo allí. Y en cuanto a si tenía o no otros planes, con él le bastaba.

Finn entró y le dio una botella de vino.

–Te traigo un obsequio, por si eso ayuda.

–Sí que ayuda.

–Estoy pasando tanto tiempo en la bodega que el tipo de allí quiere saber si los dos vamos a planear fugarnos juntos.

Ella se rió.

–Sabes que está de broma, ¿verdad?

–Espero que sí. La gente no bromea de ese modo en South Salmon.

–Pues entonces la gente de South Salmon tiene que

trabajar para mejorar su sentido del humor –fue a la cocina y dejó el vino sobre la encimera–. ¿Es suficiente con el vino o también quieres algo de comer?

–No tienes que alimentarme –dijo él.

–Ésa no es la cuestión –fue a la nevera y la abrió. Tenía ingredientes para preparar ensaladas, yogur y unas cuantas almendras crudas en un cuenco. No era exactamente comida para hombres.

Se giró hacia él.

–No tengo nada que pueda gustarte. ¿Quieres que pidamos pizza?

Finn ya había abierto el cajón donde guardaba el sacacorchos.

–La pizza me parece genial. Incluso te dejaré poner algo saludable en tu mitad.

–¿Me dejarás? Qué generoso.

Él se encogió de hombros.

–Yo soy así.

–Qué suerte tengo.

Pidieron pizza y llevaron el vino al salón. Mientras, ella intentaba ignorar el hecho de que le gustaba tener a Finn en su casa. Era como un recorrido sin un destino feliz. Y para no pensar en ello decidió preguntarse cuál sería la razón de su visita.

–No ha habido cita, así que Aurelia y Stephen corren el peligro de que los echen. ¿No estás contento?

–Sí, siempre que vuelva a la facultad.

–No puedes seguirlo por todas partes el resto de su vida. En algún momento tendrás que dejar que sea un adulto.

–Cuando actúe como un adulto, lo trataré como tal. Hasta entonces, no es más que un crío.

Dakota se recostó en su sillón y lo miró por encima del borde de la copa. Seguía sin entenderlo. El modo en que actuaban sus hermanos tenía mucho que ver con el modo en que los había criado y nada que ver con su presencia en el pueblo. Tanto si se quedaba como si se marchaba, los gemelos no cambiarían de opinión. Pero, ¿cómo conseguir que lo entendiera?

–Aparte de que vuelvan a la facultad sin que los lleves a rastras, ¿qué consigues con esto?

–No lo sé. Supongo que algo. ¿Y si nunca vuelven a la universidad? Tengo que saber que están bien y que nadie se aprovecha de ellos –levantó su vaso–. Es algo en lo que no quiero pensar. Cambiemos de tema. ¿Te da pena que hayamos tenido que marcharnos de Las Vegas tan pronto?

–No lloraré hasta quedarme dormida esta noche, si eso es lo que me estás preguntando. Pero habría sido divertido estar allí. He oído que en ese hotel había muchas tiendas estupendas.

–¿Te gusta ir de compras?

Ella se rió.

–Soy una chica. Es prácticamente genético. Tú, en cambio, compras la misma camisa una y otra vez y tus calcetines vienen en paquetes de diez o doce.

–Así es más sencillo. ¿Y qué tienes en contra de mis camisas? Esta vez no llevo cuadros, es azul claro. Deberías haberte fijado.

–Ah, sí, ya lo veo. No tengo nada en contra de tu camisa. Creo que estás guapo.

Él suspiró dramáticamente.

–Lo dices por decir. Has herido mis sentimientos. No creo que pueda seguir hablando de esto. Es muy duro cuando un hombre intenta estar especial y nadie se da cuenta.

Ella dejó la copa en la mesa para no derramar el vino porque, aunque intentó no reírse, no lo logró. Ese lado bromista de Finn era muy atractivo.

–¿Quieres que diga que eres guapo?

–Si lo piensas de verdad... De lo contrario, estarás jugando con mis sentimientos.

Dakota se levantó y rodeó la mesa de café. Después de quitarle la copa de vino y dejarla sobre la mesa, lo puso de pie. Le agarró las manos y lo miró a los ojos.

–Me gusta mucho tu camisa.

–Seguro que eso se lo dices a todos.

–Sólo a ti.

Esperaba que Finn siguiera con el juego, pero por el contrario, él la acercó a sí y la besó.

El beso tuvo una intensidad que la dejó sin aliento; en sus caricias había deseo, un deseo que se igualaba a la poderosa pasión que sentía ella. Lo rodeó con sus brazos y se dejó llevar por el placer de sentir su cuerpo contra el suyo.

Él era fuerte y todo lo que ella deseaba en un hombre. Separó los labios y recibió su boca.

Se vio invadida por el deseo, sus pechos se inflamaron a la espera de sus caricias y su vientre palpitaba y la instaba a acercarse más a él. Cuando Finn comenzó a llevarla hacia el sofá, ella no se resistió.

Pero entonces oyó algo. Una insistente llamada a la puerta.

–El repartidor de pizza –murmuró contra la boca de Finn.

–Que se busque a su propia chica.

Ella se rió.

–Tengo que ir a pagarle.

–Ya voy yo.

La soltó y fue hacia la puerta.

Cuando se dio la vuelta, ella salió corriendo del salón y recorrió el pequeño pasillo hasta su dormitorio. Unos segundos después, estaba descalza y con la lamparita encendida. Finn apareció enseguida en la puerta de su habitación.

–¿Es ésta tu manera de decirme que no tienes hambre?

Ella ladeó la cabeza.

–Sí que tengo hambre, pero no de pizza.

La sexy sonrisa de Finn hizo que se le encogieran los dedos de los pies.

–Eres la clase de chica que me gusta –le dijo él mientras se acercaba.

–Seguro que eso se lo dices a todas.

–Sólo a ti –le susurró antes de volver a besarla.

–Charlie es un chico encantador, pero me preocupa que no sea lo suficientemente inteligente como para entrar en el programa –dijo Montana.

–¿Cuándo lo sabrás con seguridad? –le preguntó Dakota.

–Max podrá hacerse una idea cuando Charlie tenga seis meses. Hasta entonces, le enseñaré lo básico y veremos cómo va –se giró y frotó la barriga de Charlie–. Pero tú quieres a todo el mundo, ¿verdad, chico grande?

El «chico grande» en cuestión era un cachorro de labrador de tres meses con unas pezuñas del tamaño de pelotas de béisbol. No sería pequeño en absoluto.

–¿Qué le pasará si no entra en el programa? –preguntó Nevada.

–Se le entregará en adopción. Los perros de Max son criados y educados para ser unos perros cariñosos y amigables, así que siempre hay lista de espera. Charlie encontrará un hogar, aunque odiaría verlo marcharse. Es el primer perro que entreno desde su nacimiento.

Bueno, desde que tenía seis semanas. No se puede hacer mucho con ellos cuando aún tienen los ojos cerrados.

Las tres hermanas estaban tumbadas en mantas en el jardín de Montana. Era sábado y las temperaturas habían vuelto a recuperarse. Otros dos perros jugaban por allí: una caniche color melocotón llamada Cece y una labrador llamada Buddy olfateaban la hierba y perseguían mariposas.

–No entiendo lo del caniche. ¿No es demasiado pequeño? –preguntó Nevada.

–Cece está muy bien entrenada y trabaja muy bien con niños enfermos. Como es tan pequeña, puede sentarse sobre las camas. Muchas veces, los niños ni siquiera tienen fuerza para acariciarla. Se sienta cerca de ellos o se acurruca. Tenerla a su lado los hace sentirse mejor. Y al ser un caniche, no suelta pelo como los otros perros. Se la baña antes de ir al hospital y se la lleva en brazos para que no recoja gérmenes con las pezuñas. Por eso puede entrar en algunas de las guardias especiales.

Dakota se incorporó.

–¿Es eso lo que haces todos los días? ¿Llevar a perros a visitar a niños enfermos?

–A veces. Hay perros que visitan guarderías. Los llevó allí y me paso parte del día entrenándolos. Los perros más viejos no necesitan mucha instrucción, pero los más jóvenes reciben formación constante. Los cachorros llevan mucho tiempo y estoy trabajando con el programa de lectura.

Cuando Montana había dicho que empezaría a trabajar con la terapia de perros, Dakota no se había imaginado cuánto supondría.

–Estás muy volcada en tu trabajo.

Montana se giró.

–Creo que por fin sé lo que tengo que hacer. Jamás me haré rica haciendo esto, pero no me importa. Me encantan los perros y me encanta trabajar con la gente. Cuando estás solo, tener a alguien que te quiera es muy importante. Incluso aunque ese alguien sea un perro.

Nevada se incorporó.

–Ahora yo me siento fatal. Lo único que hago es diseñar cosas.

–Pero esas cosas son casas –dijo Montana–. Todo el mundo necesita un lugar donde vivir.

–Yo no diseño casas. Trabajo en remodelaciones o mejoro diseños ya existentes.

Dakota miró a su hermana. Nevada siempre había querido ser ingeniero. ¿Estaba lamentando ahora haber tomado esa decisión?

–¿Es que no te gusta trabajar para Ethan?

–No me disgusta. Es sólo que… –se llevó las rodillas contra el pecho y rodeó las piernas con sus brazos–. ¿Sabéis que nunca he solicitado un puesto de trabajo? Sí, es verdad que trabajé mientras estuve en el instituto, pero me refiero a un trabajo de verdad. Cuando me decanté por la ingeniería todos dieron por hecho que trabajaría para Ethan. Me gradué y al día siguiente no tuve que demostrar nada.

–Que hubiera nepotismo no significa que no estés haciendo un buen trabajo –le dijo Dakota–. Ethan no te tendría a su lado si no quisiera que trabajaras allí.

Nevada sacudió la cabeza.

–Tiene razón. Ethan no puede despedirla.

–¿Quieres que lo haga? –preguntó Dakota.

–No. Trabajo mucho para él, sé que está contento con mi trabajo, pero ésa no es la cuestión. Me metí en el negocio familiar porque jamás me imaginé haciendo otra cosa, pero ahora quiero saber si estoy en el lugar correcto. Si estoy haciendo lo correcto.

–¿Será una maldición de trillizas? –preguntó Montana–. Durante mucho tiempo no sabía qué quería hacer, y ahora, por fin, estoy feliz de saberlo, ¿tú estás confusa?

–No hay ninguna maldición –le dijo Dakota.

–Llevo un tiempo pensando en esto –admitió Nevada–. La cuestión es que no quiero marcharme de Fool's Gold. Me gusta estar aquí. Es mi hogar, pero no ofrece muchas oportunidades. No me sentiría cómoda trabajando para otra constructora. No quiero estar compitiendo con Ethan.

–Entonces, ¿cuál es la solución? –preguntó Dakota.

Nevada se puso recta.

–¿Habéis oído hablar de Construcciones Janack?

Dakota frunció el ceño.

–El nombre me resulta familiar, ¿no había un chico en el colegio llamado Tucker Janack? Era amigo de Josh y de Ethan. Fueron juntos a un campamento de ciclismo, aunque no recuerdo todos los detalles.

–Yo sí lo recuerdo –dijo Montana–. El padre de Tucker es riquísimo. ¿No enviaba un helicóptero para recoger a Tucker?

–Sí y sí –contestó Nevada–. Es una de las empresas de construcción más grande del país. Al parecer, al padre de Tucker le gustó lo que vio cuando visitó todo esto hace años y compró muchas tierras al norte del pueblo.

–¿Cómo pudo hacerlo? –preguntó Dakota–. ¿No es eso tierra india? No puede comprarse.

–El padre de Tucker tiene algo de Máa-zib y, al parecer, la madre también.

Dakota se preguntó cómo podía su hermana saber tanto sobre la familia Janack.

–¿Los has visto, que nosotras no sepamos?

–¿A los padres? No, no los he visto en mi vida.

–¿Qué van a construir ahí? –preguntó Montana.

–He oído que será un complejo turístico exclusivo –dijo Nevada–. Un gran hotel con spa, casino y algunos campos de golf. Se invertirá mucho dinero en el proyecto y van a contratar a mucha gente.

–Entonces, ¿trabajarías para ellos? –preguntó Dakota.

–No lo he decidido. Puede que solicite el puesto y ya veremos qué pasa. Así al menos podré decir que he tenido una entrevista de trabajo.

Dakota se preguntó si habría algo más que Nevada no quisiera contarles. ¿Es que no se llevaba bien con Ethan? ¿O era la situación exactamente como había dicho y tenía necesidad de probarse a sí misma?

–No he oído a nadie hablar de este proyecto –dijo Montana–. Supongo que si están en tierras indias, no necesitan aprobación del concejo municipal. Pero es de esperar que al menos hablen con la alcaldesa.

–A lo mejor ya lo han hecho y Marsha no se lo ha contado a nadie –dijo Dakota–. Están pasando muchas cosas ahora mismo con todo esto del programa y los hombres que están llegando a la ciudad.

–¿Cuándo vas a decidir qué hacer? –preguntó Montana.

–Aún no –respondió Nevada–. Aún están en la fase de diseño y podría llevar meses o incluso un año. Una vez que sepa que están avanzando con el trabajo, pensaré en lo que quiero hacer. Por favor, no le digáis nada a Ethan. No es que no me guste trabajar con él, es que tengo que saber que también podría trabajar en otra parte.

–Yo no voy a decir nada –dijo Montana–. Comprendo perfectamente que necesites saber qué hacer.

–Yo tampoco diré nada –prometió Dakota–. Si necesitas que alguien te escuche, si quieres alguna idea, siempre estoy disponible.

–Lo sé –le dijo Nevada–. Gracias.

–¿Habéis pensado que ninguna hemos tenido una cita en meses? –preguntó Montana–. A lo mejor es por la tontería esa de la escasez de hombres.

–Yo sí estoy saliendo con alguien –dijo Dakota.

–No. Estás acostándote con Finn. Eso no es salir con alguien.

–Esto yo no lo sabía. ¿Cuándo empezaste a acostarte con Finn? –preguntó Nevada.

Dakota le explicó brevemente sus recientes encuentros con el hermano de los gemelos.

–No es nada serio. Cuando vea que sus hermanos son más que capaces de cuidarse solos, volverá a South Salmon. No es una relación a largo plazo. Y técnicamente, como ha dicho Montana, en realidad no estamos saliendo.

–Entendido –dijo Nevada con una sonrisa–. Así que la pregunta es: ¿queréis una cita o preferís sexo?

–¿No se puede tener ambas cosas? –preguntó Montana–. ¿Hay que elegir?

–Encuentra al chico correcto y podrás tener ambas cosas –le respondió Nevada.

–¿Es eso lo que quieres tú? –preguntó Dakota.

Nevada se rió.

–Yo me quedo con el sexo, al menos por ahora. El amor es demasiado complicado.

–A veces el sexo también es complicado –le recordó Montana.

Nevada sacudió la cabeza.

–Estoy dispuesta a correr riesgos –miró a Dakota–. ¿Y tú qué? ¿Te basta con el sexo?

Había cosas que sus hermanas no sabían, pensó Dakota, como por ejemplo que no podía tener hijos y que eso lo cambiaba todo. Se lo contaría con el tiempo, no ahora. No cuando estaban divirtiéndose, disfrutando de un precioso día.

Por eso les sonrió y respondió:

–¿Que si es suficiente el sexo con Finn? Absolutamente.

Finn esperaba con Sasha en el vestíbulo del hotel Gold Rush de la estación de esquí. Era un lugar muy bonito, aunque preferiría estar en casa.

Cuando Geoff se enteró de lo que costaría llevar a todo el mundo hasta San Diego, decidió dejar a Sasha y a Lani en el pueblo.

La zona de la piscina del Lodge se había transformado en un paraíso tropical, con palmeras de mentira, luces titilantes y antorchas. Por desgracia, ese día, el clima no era tropical y todo el mundo llevaba abrigo e iba temblando de frío.

–¿Y si os doy diez mil dólares? –le preguntó a su hermano–. Para volver a casa y terminar los estudios. ¿Lo haríais?

Sasha le sonrió.

–El programa nos paga veinte mil, hermanito.

–De acuerdo, que sean treinta. Volved a la facultad y ese mismo día tendréis un cheque –su negocio marchaba muy bien y no tenía muchos gastos. Además, la casa en la que habían crecido sus hermanos y él ya estaba pagada.

–¿Qué te ha dicho Stephen cuando se lo has ofrecido?

–Que me lo metiera por donde me cupiera.

Sasha sonrió con mayor amplitud.

–Me ha leído la mente.

–Me lo imaginaba, pero tenía que preguntártelo. ¿Qué planes tenéis para hoy?

–Todo sucederá esta noche. Íbamos a dar una vuelta por la ciudad, pero como estamos fingiendo que no estamos en Fool's Gold, no creo que eso suceda.

Finn miró todas las plantas falsas que lo rodeaban.

–Esto es una locura.

–Me gusta.

Pensó en destacar que el amor de Sasha por la fama estaba vinculado a la muerte de sus padres, pero su hermano y él ya habían tenido esa conversación muchas veces. Sospechaba que Sasha tendría que vivir la experiencia y aprender de sus errores, aunque fuera por las malas.

Y ésa era precisamente la parte en la que él objetaba. No en el aprendizaje, sino en el inevitable dolor que seguiría. Si pudiera estar seguro de que sus hermanos podían estar solos, que había hecho todo lo posible por mantenerlos a salvo… entonces podría irse. Pero, ¿cómo saberlo?

–Deberías relajarte –le dijo Sasha.

–Me parece que has pasado demasiado tiempo con la chica Hawái.

Su hermano se rió.

–Me gusta la chica Hawái. Es divertida.

Finn estaba seguro de que a Sasha le gustaba Lani, pero sospechaba que su relación era más bien un medio para llegar a un fin que algo romántico. La idea de Sasha de una relación estable era una cita que durara dos horas. Por otro lado, Stephen siempre había preferido las relaciones largas. A pesar de ser gemelos idénticos, los hermanos eran muy distintos.

–Deberías hacer algo divertido –le dijo Sasha–. Piensa en esto como si fueran unas vacaciones.

–Con la diferencia de que no lo son. Me relajaré cuando Stephen y tú volváis a Alaska a terminar vuestros estudios.

Sasha suspiró.

–Lo siento, pero no lo haremos.

Antes de que Finn pudiera decir nada, una de las asistentes de producción llamó a Sasha para que se preparara para una prueba de luz. Su hermano se despidió de él y siguió a la chica hacia el hotel.

Finn miró el reloj. Tenía que trasladar a un grupo de turistas dentro de un par de horas. Serían los segundos de esa semana. El grupo anterior había sido una familia, incluido un chico de trece años que se había mostrado fascinado con la idea de pilotar un avión. Finn había hablado con él sobre dar clases.

–Estás muy serio.

Alzó la mirada y vio a Dakota caminando hacia él. Llevaba una carpeta y se detuvo delante.

–Por una vez, no estoy pensando en lo de siempre.

–¿Va todo bien en South Salmon?

–Por lo que sé, sí.

Ella se quedó allí, como esperando alguna explicación más.

–Estaba pensando en el viaje que tengo en un rato y en el del otro día. Estaba ese chico, entusiasmado con la idea de volar. A veces pienso en abrir una escuela de aviación centrada en jóvenes y niños –se encogió de hombros–. ¿Quién sabe si funcionaría?

–¿No se tiene que tener cierta edad para obtener la licencia de piloto?

–Puedes volar solo con dieciséis años, pero el entrenamiento puede empezar antes. Tendría que haber un modo de sacar dinero para cubrir las clases, o becas o algo –sacudió la cabeza–. Es algo que no dejo de pensar.

Ella ladeó la cabeza.

–Deberías hablar con Raúl, mi jefe. Está volcado en ayudar a niños. Su campamento se centraba en traer a las montañas a niños de las grandes ciudades del interior para sacarlos de aquel ambiente. Puede que tenga alguna idea sobre cómo empezar.

–Lo haré, gracias.

Ella le dio el número de contacto.

–Le diré que lo llamarás.

Se preguntó si lo que había pensado hacer sería posible. No había muchos niños de ciudad en South Salmon, aunque su negocio de transportes estaba allí.

Pero la idea de hacer algo un poco distinto lo emocionaba. El transporte de mercancía le pagaba las facturas, pero dar vueltas por los alrededores era mucho más interesante. Y hacer algo útil por los niños lo atraía también. Aunque le preocupaban sus hermanos, por dentro se sentía satisfecho de haber sido él el que los había educado... Claro que aún desconocía si lo habría hecho bien o no.

Dakota miró hacia la decorada zona de la piscina.

–En San Diego habría hecho más calor. Podría haberme tumbado al sol junto a la piscina y haberme tomado unos cócteles con sombrillitas –dijo suspirando.

–Creía que te encantaba Fool's Gold.

–Y me encanta, pero me gusta mucho más cuando hace más calor. Es primavera, tendría que hacer mucho calor –la recorrió un escalofrío–. He tenido que sacar la ropa de invierno.

–A mí me parece que está bien.

–Eres de Alaska. Tu opinión no cuenta.

Él se rió.

—Vamos. Te invito a un café.

—¿En Starbucks? Un café de moca me ayudaría a sentirme mejor.

Él la agarró de la mano.

—Y hasta puedes echarte nata, si quieres.

Dakota se apoyó contra él.

—¡Mi héroe!

Capítulo 8

El insistente sonido del teléfono sacó a Dakota de un sueño en el que había un panda, una balsa y un helado. Se giró en la cama y levantó el teléfono.

–¿Diga?

–¿Dakota? Soy Karen.

Dakota miró el reloj preguntándose por qué estaría llamándola la ayudante de producción.

–Es la una de la mañana.

–Lo sé –Karen hablaba en tono bajo–. Estoy junto a la piscina y aquí hay un grupo de baile tahitiano o cómo se llamen.

Dakota se dejó caer en la cama y cerró los ojos.

–Gracias por la noticia, pero estoy muy cansada. Ya veré a los bailarines mañana.

–No quiero que los veas. Sasha está aquí y también Lani. Creo que ella conoce a algunos de los bailarines y Geoff lo está grabando todo.

–Entonces lo veré cuando emitan el programa. Seguro que Sasha y Lani bailan de maravilla. Gracias por decírmelo, Karen.

–¡No cuelgues! He llamado para hablar con Finn.

Dakota se incorporó agarrando con fuerza el teléfono.

–¿Y qué te ha hecho pensar que estaría conmigo?

–Oh, por favor. ¿Sabes lo pequeño que es Fool's Gold? Todo el mundo sabe que estás acostándote con él, aunque ésa no es la cuestión. Tengo que hablar con él. Me temo que esto se nos va a ir de las manos. Sasha está haciendo el *Fire Poi*, la danza del fuego.

Dakota quería volver al tema de «todo el mundo sabe que estás acostándote con él», pero eso del *Fire Poi* le llamó la atención.

–¿*Fire Poi*?

–Ahora mismo están enfocándolos. Geoff cree que será genial para el programa, pero me asusta que Sasha pueda resultar herido.

Dakota ya estaba saliendo de la cama.

–Finn está en su hotel. ¿Tienes su móvil?

–No.

Dakota se lo dio.

–Dile que me reuniré con él allí.

–Lo haré. Date prisa –dijo Karen.

Colgó el teléfono y encendió la luz. Unos segundos después, ya se había puesto los vaqueros y unas deportivas. Agarró las llaves y su teléfono móvil, y salió por la puerta en dirección al coche.

Condujo todo lo rápido que pudo y entró en el aparcamiento. Un coche se detuvo junto al suyo y Finn salió de él. Ya estaba maldiciendo.

–¡Voy a matarlo! –bramó mientras se dirigía a la parte trasera del hotel, donde estaba la piscina.

Dakota corrió tras él.

–Están grabando… por si quieres saberlo.

Finn la agarró de la mano.

–Lo que significa que Sasha se negará a cualquier intento de ayudarlo. Quiero culpar a Geoff de esto, pero mi hermano es el verdadero idiota –la miró–. No lo llaman *Fire Poi* porque tenga una simple semejanza con el fuego, ¿verdad?

–Karen dijo que había llamas de verdad.

Finn aceleró el paso y para cuando llegaron a la piscina a ella casi le costó alcanzarlo de lo deprisa que iba. Llegó sin aliento y se recordó que tendría que empezar a hacer ejercicio.

Sin embargo, lo del ejercicio quedó en un segundo plano dentro de su cabeza cuando vio a un grupo de bailarines tahitianos junto a la piscina. Dos de ellos estaban girando bolas de fuego a una velocidad mareante. Sasha sólo tenía una unida a una cadena. Dakota pudo ver horrorizada cómo alzó el brazo hasta la altura del hombro y comenzó a darle vueltas.

Lo que debería ser oscuridad estaba iluminado por las luces de las cámaras.

Lo único que faltaba eran los insistentes tambores de la jungla. Eso, y alguien sensato que supiera lo que estaba haciendo.

Animado por el resto de bailarines y por Lani, Sasha giró la cadena más y más deprisa haciendo que el fuego creará unos fantasmagóricos círculos de luz. A Dakota le pareció ver a Geoff escondido entre los arbustos. Si Finn lo agarraba, lo tendría crudo. Por lo general, ella no toleraba ninguna forma de violencia, pero Geoff había dejado claro que lo único que le importaba era el programa. El hecho de que Sasha pudiera resultar gravemente herido le daba igual.

Finn avanzó hacia los bailarines. Dakota lo siguió, no segura de qué hacer porque aunque creía firmemente que Finn debería dejar que sus hermanos vivieran su propia vida, aquello era distinto.

–¿Qué demonios estás haciendo? –le preguntó Finn al acercarse–. ¿Quieres matarte? Suelta eso.

Sasha se giró hacia su hermano y por un momento fue como si hubiera olvidado que en la mano tenía una cadena con una bola de fuego en el extremo. Dejó de girarla y la bola cayó al suelo.

Ella no fue la única que se fijó; Lani gritó y uno de los bailarines le gritó que tuviera cuidado.

Pero era demasiado tarde. La camiseta de Sasha se prendió fuego y él, inmediatamente, soltó la cadena y comenzó a gritar. Al instante, y mientras Dakota aún intentaba reaccionar, Finn se abalanzó sobre su hermano y juntos cayeron a la piscina.

–¡Voy a matarlo! –decía Finn mientras caminaba de un lado a otro del salón de Dakota. Se había duchado y se había secado, pero no se había calmado–. No me importan las consecuencias. Me declararé culpable. Me enfrentaré al juez. ¿Crees que hay algún juez en este país que no entendería por qué tengo que matar a mi hermano? Y a Geoff. ¡Qué demonios! Si voy a ir a la cárcel, ¿qué más da otro más? ¿No le gusta a todo el mundo el dos por uno?

Dakota estaba sentada en el sofá y, por primera vez en su vida, no sabía qué decir. Creía que Finn era demasiado exigente con los chicos, pero esa noche, Sasha había sobrepasado los límites. Legalmente, era un adulto, aunque estúpido, al parecer. ¿Qué clase de idiota se ponía a darle vueltas a una bola de fuego en mitad de la noche? Seguro que en televisión daba mucho juego, pero jamás tendría una carrera profesional si terminaba con quemaduras de tercer grado.

Aunque los paramédicos habían dicho que se pondría bien, lo habían llevado al hospital para que le hicieran una revisión. Dakota se había quedado aliviada al ver que Finn no había subido a la ambulancia... y es que habría sido peligroso que hubieran estado los dos solos en un espacio tan pequeño.

–No puedo seguir haciendo esto –dijo Finn–. Voy a atarlos y a meterlos en un avión. Sé que crees que acabaré en la cárcel por ello, pero no me importa. Si los llevo de vuelta a Alaska y a la universidad, con mucho gusto iré a la cárcel.

–Si estás en la cárcel, dejarán la universidad. Y en cuanto a lo de atarlos, son de tu tamaño, Finn. Probablemente podrías llevarte a uno, pero no a los dos.

Él se detuvo junto a la ventana y la miró.

–¿Quieres apostar? Estoy lo suficientemente furioso como para enfrentarme a un oso Kodiak.

Probablemente, ése no era el momento de señalar que el oso Kodiak acabaría venciendo...

–No puedo creer lo que ha hecho Sasha –admitió ella–. No puedo creer que sea tan estúpido.

–¿A pesar de la demostración visual que ha hecho?

–A pesar de eso. Estoy muy decepcionada.

–Pues imagínate cómo me siento yo –se sentó a su lado–. Sé que piensas que estoy siendo demasiado controlador, pero ¿ves ahora cómo Sasha es capaz de poner en peligro su vida por esa fama que tanto desea? Tengo que detenerlo. Es mi familia –sacudió la cabeza–. Nunca voy a terminar de criarlos, ¿verdad?

Ella apoyó la cabeza en su hombro.

–Sí, ya verás como sí. Pero nunca dejarás de preocuparte. Ésa es la diferencia.

–¡Y yo que pensaba que ya había terminado! –la abrazó–. Por eso no quiero más hijos, porque esto nunca termina. No puedes liberarte de la responsabilidad. ¿Cómo sabes si has hecho un buen trabajo? ¿Cómo sabes que no les pasará nada? Es demasiado. ¡Dios mío! Quiero irme a casa.

Una inesperada emoción la invadió junto con el afilado dolor del recordatorio de que en su futuro no habría niños. Decepción porque Finn no compartiera ese sueño con ella.

Finn y ella no tenían futuro juntos. El hecho de que él no quisiera tener hijos y tuviera planes de regresar a South Salmon no era algo nuevo. Ella había sabido desde el principio que no quería estar en Fool's Gold. Y en cuanto a lo de los hijos…, eso también lo sabía.

Pero era posible que en algún momento durante la última semana se hubiera permitido olvidar que Finn no era una parte permanente de su vida. Era posible que ese hombre hubiera logrado atravesar los muros que ella había levantado para protegerse, que se hubiera colado y que ahora ella sintiera algo por él. Lo cual significaba que tenía que controlar sus sentimientos porque, de lo contrario, correría el riesgo de ver cómo su ya de por sí frágil corazón quedaba hecho pedazos.

—Lo siento —dijo con un suspiro—. No es problema tuyo.

—Somos amigos. Me alegra escuchar. Además, en esto soy profesional.

—Sé lo que piensas —la besó suavemente—. No eres exactamente reticente a la hora de compartir tu opinión.

—Voy a tomarme eso como un cumplido.

—Bien, porque eso es lo que pretendía —miró el reloj de la pared—. Es tarde. Deberíamos dormir un poco.

—¿Quieres quedarte aquí? —le preguntó ella antes de poder evitarlo. ¿En qué estaba pensando? ¿Acababa de darse cuenta de que corría un riesgo emocional estando junto a Finn y aun así le había pedido que pasara la noche en su casa? No era que temiera que fueran a tener sexo, porque los dos estaban cansados y estresados, el verdadero peligro venía del hecho de dormir juntos y lo que eso implicaba: compartir. Conectar.

–Me gustaría.

Fueron al dormitorio y se desvistieron. Finn lo tiró todo al suelo. Se metieron en la enorme cama y se reunieron en el centro. Después de que ella apagara la luz, Finn se tumbó boca arriba y ella se acurrucó contra él, que la rodeó con su brazo.

–Gracias –le susurró en la oscuridad–. Me has sido de gran apoyo.

–Me alegra poder ayudar –y era cierto. Ayudar era fácil. Protegerse sería lo más complicado.

Sasha estaba sentado en una cama en la sala de Urgencias esperando a que el médico le diera el alta. Tenía quemaduras leves en el costado derecho y en el brazo. Nada que no se curara en unos cuantos días.

Le dolían a rabiar, pero se lo merecía. En la ambulancia, Lani le había dicho que Geoff ya había llamado a un par de periodistas para contarles lo que había pasado. Su accidente le daría mucha publicidad al programa, y eso era genial para ambos.

Lo único negativo de todo era lo furioso que Finn estaría con él. ¡Para variar! Pero bueno, ya había sobrevivido antes a sus enfados y volvería a hacerlo. Finn era un hombre que no podía recordar lo que era ser joven y tener sueños, mientras que él tenía toda su vida por delante.

La cortina del pequeño compartimento se descorrió y allí apareció Lani.

–¿Cómo estás?

Él le indicó que se acercara.

–¿Están ahí fuera?

Ella asintió.

–Los dos cámaras. No deberían poder filmar en el hospital sin los permisos adecuados, pero ya conoces a Geoff. Les está diciendo que graben todo lo que puedan.

Se sentó en un lado de la cama y le sonrió.

–Esto es genial, van a sacar un montón de imágenes nuestras. Estaba pensando que, cuando volvamos, deberíamos tener una gran pelea. Pueden editarla para que parezca que tú querías hacer el *Fire Poi* para demostrarme algo.

–¿Has estado hablando con Geoff?

–¡Claro! Venga, todos queremos lo mismo: grandes audiencias. Y éste es un modo de conseguirlas. Geoff ha dicho que ya ha recibido una llamada del *Inside Edition*. Están hablando de hacer una exclusiva y eso sería increíble.

¿Inside Edition?

Desde hacía años, lo que más había deseado Sasha había sido salir de South Salmon sin ningún destino en mente; había tenido un ferviente deseo de estar en cualquier parte menos allí.

Después, según había ido creciendo, había empezado a darse cuenta de que necesitaba un objetivo mejor. Un lugar al que llegar, en vez de un lugar del que alejarse, y ahí se había gestado su idea de ser una estrella. Ahora quería salir en series de televisión o en películas. Quería ser alguien, que millones de personas lo admiraran. Y si el precio que tenía que pagar por ello eran unas cuantas quemaduras, ¡que así fuera!

–¿Así que grabaremos la pelea y después saldrán esas escenas?

–Ajá –bajó la voz todavía más–. Por eso estoy pensando que debería llorar y suplicarte que sobrevivas.

Él se rió.

–¡Claro! Y después… ¿unos besos?

Ella asintió y se levantó.

–Deja que vaya a decírselo a los chicos.

Sasha la vio marcharse. Era muy guapa, pensó, pero no existía química entre ellos. Había muchas otras mujeres a las que preferiría besar para después acostarse con ellas, pero no le importaba lo que tuviera que hacer para pasar al siguiente nivel…

Lani regresó y se quedó junto a la cama, respiró hondo y empezó a llorar.

–Sasha –dijo con la voz cargada de emoción–. Sasha, tienes que ponerte bien. Por favor, por favor, tienes que vivir. ¿Sa… Sasha? –se le rompió la voz al pronunciar su nombre.

Su talento lo impresionó y se quedó mirándola un instante mientras pensaba cómo sería si todo eso fuera verdad, si de verdad la amara y ella pensara que iba a morir.

–No te vayas –dijo él con la voz ronca, como si tuviera un extremo dolor–. Lani, te necesito.

–Estoy aquí mismo. Sabes que estoy aquí –sollozó–. No puedo creer que estés herido. ¿Necesitas algo para el dolor?

–Me han dado algo. No voy a rendirme porque te tengo aquí.

–¿De verdad? ¿Tú también lo sientes? ¿Nuestra conexión? Creía que… –otro sollozo–. Oh, Sasha, me daba miedo decir algo y antes, cuando nos hemos peleado, he pensado que no te importaba.

–Claro que me importas. Que te pusieran como mi pareja ha sido lo más afortunado que me ha pasado en la vida.

—¿Lo dices en serio?

—Eres mi chica.

—¡Oh, Sasha!

Ella se tapó la boca para ocultar una carcajada y después se metió en la cama con él.

—No quiero hacerte daño.

—No podrías. Sólo estar a tu lado hace que sepa que todo saldrá bien.

—Quiero besarte.

Él contuvo la risa.

—Sí, cielo. Abrazarte me hace sentir mejor.

Y comenzaron a besarse, haciendo demasiado ruido más que mostrando pasión. Sasha oyó los ganchos de metal de la cortina deslizarse por la barra cuando el cámara se asomó para grabarlos.

Mantuvo los ojos cerrados y pensó en lo que haría con la mitad de su dinero. En cómo todas las mujeres querrían estar con él y todo hombre querría ser como él. Después, echó a Lani hacia atrás y le añadió un poco de lengua al beso.

Finn vio el material en directo del programa. La mezcla de lo que pasaba en el plató y las piezas grabadas era interesante. Alguien tenía que planear todo eso, saber qué y qué no poner. Algunos de los fragmentos grabados mostraban un juego en el que las distintas parejas tenían que montar unas estanterías.

Sasha y Lani se reían más que trabajaban y no terminaron en el tiempo establecido. Stephen y Aurelia fueron los primeros. Trabajaron juntos rápidamente, compartiendo tareas y terminando con algo que verdaderamente parecía una librería.

Después del fragmento grabado sobre Sasha y el *Fire*

Poi, a los televidentes se les pidió que votaran a su pareja favorita. Los resultados se anunciarían en un par de horas.

Cuando el programa terminó, Finn sabía que Sasha y Lani se quedarían. Por otro lado, tenía la sensación de que construir una librería no sería suficiente para atraer al público, con lo que Aurelia y Stephen corrían peligro.

Dakota se acercó a él.

—¿Qué tal ha ido?

—Sasha y Lani van a arrasar esta semana, aunque no estoy tan seguro con Stephen y Aurelia.

—¿Aún crees que es demasiado pronto para que quiera volver a casa?

—Estoy seguro.

—¿Le has preguntado a Stephen lo que haría?

—Soy un chico. Y él también. No hablamos de nada.

—Ahí está parte del problema.

—Debe de ser genial tener siempre la respuesta —dijo algo furioso por la seguridad con que ella hablaba.

Dakota alzó la barbilla ligeramente.

—No soy la mala aquí. Estoy de tu lado.

—Entonces, ¿por qué siempre me dices lo que hago mal?

—Porque estás actuando como si estuvieras intentando razonar contigo mismo en lugar de con tus hermanos. No estás mirando la situación desde su punto de vista.

—Los conozco mucho mejor que tú.

—Y ésa no es la cuestión. Hacer las cosas a tu modo no les ha hecho cambiar de opinión, y a lo mejor haría falta otro punto de vista.

—Pero sólo si es el tuyo, ¿verdad?

Ella exhaló exageradamente.

—Yo no he dicho eso. Me preocupo por ti y por ellos.

Quiero que estés unido a tus hermanos para que tu familia se mantenga intacta. No sé por qué no puedes entenderlo. Estás tan decidido a protegerlos del mundo que no te das cuenta de que no puedes.

–Pero sí que puedo intentarlo.

–No tienen siete años. No dejas de decir que los gemelos tienen que crecer, pero tal vez eres tú el que no puede dejar atrás el pasado.

La miró.

–¿Este consejo es gratuito o tengo que pagarte? Porque no vale una mierda.

Ella se quedó mirándolo.

–De acuerdo. Creía que querías mi opinión. Ha sido error mío. Puedo ver que sólo te interesa llevar la razón.

Y con eso, se dio la vuelta y se marchó.

Finn la dejó ir. No la necesitaba. No necesitaba a nadie. Sin embargo, sabía que en realidad no era así. Si no le importara nada, podría subirse a un avión y olvidarse de sus hermanos. Si no le importara nada, no estaría preguntándose cómo poder solucionar lo que acababa de pasar con Dakota sin sumirse aún más en una relación que no tenía futuro.

<h1 style="text-align:center">Capítulo 9</h1>

—Tenéis que darme algo con lo que pueda trabajar —les dijo Karen—. Me parecéis una pareja encantadora con mucho potencial, pero no hay nada. Ni peleas, ni besos… y mucho menos toqueteos. No hay nada interesante que grabar. Ya sabéis cómo es Geoff. Habéis quedado los penúltimos en los votos y eso significa que corréis el riesgo de que os echen. Creo que, si queréis seguir en el programa, tenéis que darnos algo. De lo contrario, os marcharéis.

—Gracias por decírnoslo —agradeció Aurelia.

Estaba haciendo todo lo posible por aceptar la información sin sentirse afectada por ello, pero era difícil no sentirse más románticamente inepta de lo habitual. Allí estaba, fracasando en un relación fingida. Si no podía hacerlo cuando no era real, ¿cómo iba a encontrar un hombre y enamorarse?

—Creo que os gustáis —dijo Karen—. Quizás deberíais pensar en eso y dejar de preocuparos por las cámaras.

Aurelia asintió. Sabía que muchas parejas no tenían ningún problema por estar rodeados de cámaras, pero ella siempre era consciente de que las tenía delante y tenía miedo de cómo saldría en pantalla, miedo de lo que la gente pensaría y diría. Después del estreno del programa, su madre había llamado para criticarla y no había sido algo agradable. No le gustó ni la ropa que se había puesto, ni el pelo, ni lo que había dicho. Y tampoco le gustó lo joven que era Stephen, aunque había reconocido que no se podía hacer nada al respecto, ya que no había sido Aurelia la que lo había elegido.

Lo único positivo de todo era que, gracias al programa, no tenía que ir a visitar a su madre tan a menudo.

—Tengo que volver a la oficina —dijo Karen—. Por favor, no digáis nada. No debería deciros nada, pero quería hacerlo.

—No diremos nada —prometió Stephen—. Lo haremos mejor la próxima vez.

Aurelia esperó hasta que la ayudante de producción se marchó y después se giró hacia él.

—Supongo que ya está. Lo de los gemelos nos ayudó las primeras semanas, pero ya no está funcionando.

¿O era ella la que fallaba…? Pero ésa no era una conversación que quisiera mantener con Stephen.

Estaban sentados en la hierba de un gran parque del centro del pueblo. La parte en directo del programa se había emitido la noche antes y ahora tenían unos días libres que, para Aurelia, significaban volver al trabajo.

—No estoy preparado para que esto termine —dijo Stephen—. ¿Quieres salir del programa?

—No, pero no somos como tu hermano y Lani. ¿Quieres hacer el *Fire Poi* para conseguir más votos?

—Preferiría salir del programa indemne —contestó con una sonrisa—, pero podríamos hacer algo.

—Lo que yo debería hacer es enfrentarme a mi madre. Me asusta mucho más que Geoff.

Stephen la miró con unos ojos azules cargados de preocupación.

–¿Por qué te asusta?

–Asustar no es la palabra adecuada. Cuando estoy con ella, me siento mal. Me siento culpable. Como si siempre lo hiciera todo mal. Cuando era pequeña, estábamos solas y éramos como un equipo. Lo hacíamos todo juntas, pero entonces algo cambió. No estoy segura de cuándo fue exactamente, pero un buen día de pronto, en lugar de salir con mis amigas, tuve que volver a casa para estar con ella. En el instituto no salí con ningún chico; en parte por mí, que era una empollona y nada guapa, pero en parte por ella. Cuando me pedían salir, siempre tenía un montón de razones por las que no podía ir.

–¿Porque te quería para ella sola?

Aurelia vaciló.

–No estoy segura. Aunque siempre está quejándose de que ni estoy casada ni tengo hijos, no estoy segura de que se alegrara si fuera así. Cree que tengo la responsabilidad de cuidar de ella.

–¿Está enferma?

–No. Trabaja, pero cree que tengo que pagarle casi todos sus gastos. Es como si sólo existiera para servirle. No le gusta que tenga una vida y de algún modo yo se lo he permitido. Habla sobre todo lo que hizo por mí y me dice una y otra vez que debería estarle agradecida. Y lo estoy. Pero, ¿cuándo voy a tener yo una vida?

Stephen se inclinó hacia ella y le tomó las manos.

–Ahora. Ahora tendrás una vida. Cuanto más le dejes que te haga esto, más difícil será alejarte. ¿No quieres más?

Lo que quería era alguien que la mirara como él la estaba mirando ahora. Con preocupación y cariño. Con una intensidad que hizo que le temblaran los dedos.

Pero debía de estar deshidratada o algo así, porque

era Stephen, un chico lo suficientemente joven como para ser su hermano. No había nada en él que debiera hacerla temblar o verlo como más que un amigo. ¡Era prácticamente un adolescente!

–Quiero más. Quiero lo que quieren la mayoría de las mujeres. Quiero un marido e hijos.

–Eso no pasará hasta que estés dispuesta a hacerle frente a tu madre. Así que, ¿qué es más grande? ¿El miedo que le tienes o cuánto deseas tus sueños? Porque ahí está la clave.

En cuestión de minutos, él había logrado decir todo lo que ella llevaba cinco años pensando.

–Tienes razón –le susurró–. Tengo que enfrentarme a ella –lo miró y se mordió el labio–. Pero… ¿tiene que ser hoy?

Stephen se rió.

–No.

–Bien, porque tengo que trabajar un poco con mi coraje.

–Entonces, ¿no estás preparada para salir del concurso aún?

Ella sacudió la cabeza. Sólo una semana más con Stephen sería algo maravilloso. Era alguien con quien podía hablar, alguien con quien se sentía… segura. Probablemente a él esa descripción no le gustaría, pero para ella significaba un mundo.

–Entonces tendremos que trabajar para darle algo a la cámara –añadió moviéndose hacia ella–. Sugiero que empecemos con esto.

Antes de saber de qué estaba hablando, Stephen la había tomado en sus brazos y estaba besándola.

Aurelia no supo qué la impresionó más; si el beso, o el hecho de que estuvieran fuera, en mitad del parque, donde cualquier podía verlos. Y, además, ella no había besado nunca a nadie a la luz del día; sus escasos besos siempre los había dado por la noche.

No pudo protestar. No, cuando él tenía una mano sobre su hombro y la otra sobre su muslo. No, cuando podía sentir el calor de su cuerpo y cómo le latía el corazón. No, cuando era tan agradable tener sus labios sobre los suyos.

Tímidamente, alzó un brazo y lo posó sobre su hombro. Despacio, muy despacio, ladeó la cabeza y se acercó más a él… quería más que un simple beso.

Y entonces sucedió. En algún rincón muy dentro de ella, un pequeño espacio frío y vacío recobró vida. ¡Y se sintió poderosa! En lugar de preguntarse qué pensaría todo el mundo, se vio pensando en todo lo que deseaba. En lugar de reprimirse y asustarse, se recostó contra él y acarició sus labios con su lengua.

Stephen respondió envolviéndola en sus brazos, tumbándola sobre la hierba y besándola con una intensidad que le robó el aliento.

Ella saboreó la calidez que la invadió y sintió cómo sus miembros, que tanto tiempo llevaban aletargados, fueron despertando. En ese momento no le importó que él fuera nueve años más joven, o que ella no hubiera tenido una cita en seis años. En los brazos de Stephen, y con el sol iluminándolos, era una mujer, él era un hombre, y todo era perfecto.

Dakota cruzó las oficinas de producción en busca de Finn. Hacía días que no lo veía y se sentía mal por su última conversación. A decir verdad, debería ser él el que estuviera buscándola a ella, pero prefería no esperar a que eso pasara. Le gustaba Finn y quería asegurarse de que seguían siendo amigos.

Lo encontró en uno de los despachos vacíos trabajando con un documento lleno de cifras y una calculadora.

–Hola –le dijo al apoyarse contra el marco de la puerta–. ¿Qué tal?

Él alzó la mirada.

–Las cosas van bien –sonrió–. He hablado con tu jefe sobre la escuela de aviación.

–¿Y qué tal ha ido?

–Genial. Tenía mucha información sobre cómo crear un negocio no lucrativo. Hará falta mucho dinero, pero me ha dado ideas para empezar.

–Pareces emocionado.

–Lo estoy. Llevo un tiempo dándole vueltas a la idea, pero nunca había pensado que pudiera hacerse realidad.

–¿Ves lo que pasa cuando uno sale de Alaska?

–Sí, ya lo veo. Tengo muchas cosas en la cabeza: mi negocio, los gemelos y ese maldito programa, pero estoy pensando que quiero tomarme en serio lo de la escuela de aviación. No sé por dónde empezar, pero sé que es importante.

Se le veía feliz y no tan preocupado por sus hermanos. Por lo menos, no tanto como antes. La idea de la escuela de aviación tenía interesantes consecuencias. Como él había mencionado antes, en South Salmon no había muchos niños de ciudad y eso significaba que Finn tendría que pensar en mudarse. Tal vez Fool's Gold estaba en su lista...

–Me preguntaba si te apetecería venir a cenar. Tengo otra receta de pollo muy buena.

Él se levantó, se sacudió las manos contra los vaqueros y se balanceó sobre sus talones.

–Gracias por la invitación, pero voy a tener que pasar.

–Ah.. vale... claro.

La negativa la sorprendió, pero se dijo que no se lo tomaría como algo personal, que no podía saber todo lo que estaba pasando en la vida de Finn. Decir «no» no era un rechazo personal, aunque por mucha experiencia que tenía en el terreno de la psicología, no pudo evitar sentirse dolida.

—Supongo que ya nos veremos por ahí —le dijo ella.

—Dakota, espera.

Se dio la vuelta para mirarlo.

—No es buena idea… que estemos juntos. Esto no puede ir a ninguna parte.

¿Estaba dejándola? Ni siquiera habían estado saliendo técnicamente, así que, ¿cómo podía dejarla?

—No esperaba que fuera a ninguna parte —le respondió ella, haciendo todo lo posible por mantener la voz firme. ¡Con la esperanza que tenía de que él se mudara allí!–. Sé que vas a volver a Alaska y que yo me quedaré aquí, pero sólo estábamos divirtiéndonos.

—Creía que querrías algo más serio.

—¿Qué te ha dado esa idea?

Él se encogió de hombros y ella pasó de estar dolida a estar furiosa.

—Tenía las cosas muy claras así que, por favor, no te preocupes por mis sentimientos.

—No lo haré.

—Bien.

La furia de Dakota iba en aumento. Quería gritar o tirarle algo.

—Que pases buena noche —le dijo apretando los dientes y se marchó.

Una vez fuera, se puso en camino hacia casa, pero cambió de dirección y se dirigió al bar de Jo. Sin duda, esa noche merecía un margarita. Bebería tequila, se tomaría una ensalada y vería la televisión. Después, cuando estuviera en su casa, se daría un baño, se metería en la cama y en ningún momento dejaría de recordarse que Finn Andersson era un cretino y que estaba mejor habiéndose librado de él.

Y entonces, cuando pasaran unos días, tal vez empezaría a creérselo.

La invitación de Nevada a cenar llegó en el momento perfecto. Dakota agradeció la oportunidad de salir de su casa y pasar algo de tiempo con sus hermanas. Tres bistecs a la brasa y una botella de vino tinto después, ya se sentía mucho mejor. Odió tener que romper el agradable momento, pero sabía que había llegado el momento de hablar.

Sus hermanas estaban tiradas en el sofá rojo, tenían la chimenea encendida y de fondo se oía la banda sonora de *Mamma Mia*. Montana ya se había burlado de su hermana por la elección, así que Dakota no se molestó en hacerlo también, aunque sí que esperó a que terminara la canción sobre el dinero antes de sacar el tema de la infertilidad.

—Tengo que contaros una cosa —dijo aprovechando el breve silencio entre canción y canción.

—Ya sabemos que estás acostándote con Finn —le dijo Montana—. No sé si quiero saber o no los detalles. Por un lado, por lo menos una de las tres está comiéndose un rosco. Por otro, no me gustaría que me recordaran lo patética que soy. Es una decisión difícil.

—Yo no quiero saberlo —dijo Nevada—. No quiero un recordatorio de lo que me estoy perdiendo.

Tendría que acabar diciéndoles que Finn la había dejado, pero no era algo de lo que quisiera hablar esa noche. Sin embargo, sí que tenía que encontrar un modo de explicarles que probablemente jamás tendría hijos. Por lo menos, no del modo tradicional.

Montana se incorporó y la miró.

–¿Qué pasa?

–¿Qué es? –preguntó Nevada casi al mismo tiempo.

Era como si le estuvieran leyendo la mente; una de las únicas verdades de ser trilliza.

–El otoño pasado fui a ver a la doctora Galloway –no había razón de explicar quién era esa doctora ya que las tres iban a su consulta, como suponía que hacían casi todas las mujeres del pueblo–. El dolor de mi menstruación era cada vez peor, me hizo unas pruebas y resultó que había algunos problemas –siguió explicándoselo todo–. Ahora mismo tengo más probabilidades de que me caiga un rayo que de quedarme embarazada de la manera tradicional –dijo con tono animado–. Ni siquiera podría ayudarme una operación. Estoy pensando en probar con la lotería porque lo del rayo no me suena muy divertido.

Nevada y Montana se movieron como si fueran una sola persona. Cruzaron el salón y se pusieron de cuclillas delante de su sillón.

–¿Estás bien?

–¿Por qué no nos lo has contado?

–¿Podemos hacer algo? ¿Donar algo?

–¿Mejorará con el tiempo?

–¿Por eso quieres adoptar?

Las preguntas se solaparon unas encima de otras, pero a Dakota no le importó. Lo único importante era que el amor de sus hermanas estaba arropándola, arropando su alma.

–Estoy muy bien –les respondió–. En serio. Estoy perfectamente.

–No me lo creo –dijo Nevada–. ¿Cómo puede ser? Siempre has querido tener hijos. Muchos.

–Y por eso voy a adoptar. Estoy en la lista. Podrían llamarme cualquier día.

Lo cual era una exageración. Hasta el momento, su experiencia con la adopción había sido nefasta, pero podía cambiar. Se negaba a perder la esperanza.

Montana la abrazó.

—Hay otros modos de quedarse embarazada, ¿no?

—Necesitaría mucha ayuda si quisiera tener a mi propio hijo.

—¿Te has dado por vencida? —le preguntó Montana.

—¿Sobre tener hijos? No. Tendré un hijo —no sabía cómo, pero sabía que sucedería.

—Esto no cambia nada —le dijo Nevada—. Eres genial, inteligente y preciosa y con una gran personalidad. Cualquier hombre sería afortunado de tenerte.

Agradeció ese voto de confianza, sobre todo porque sabía que Nevada no se veía nada atractiva, lo cual era un interesante cisma mental: si Nevada creía que ella era muy guapa y las dos eran idénticas, ¿cómo no podía admitir que ella también lo era? Tal vez ése debería haber sido el tema principal de su tesis.

—Los hombres parecen estar ciegos —dijo Montana—. Es irritante.

—¿Quién te ha gustado que no haya sentido nada por ti? —preguntó Dakota.

—Ahora mismo no se me ocurre nadie, pero seguro que me ha pasado —se sentó sobre la alfombra y apoyó la barbilla en las manos—. ¿Qué nos pasa? ¿Por qué no podemos encontrar un tipo del que nos enamoremos? Todo el mundo tiene una relación, incluso mamá está pensando en salir con alguien. Pero aquí estamos nosotras… solas.

Montana miró a Dakota.

—Lo siento. No pretendía desviarme del tema. Podemos seguir hablando de lo de los niños.

Dakota se rió.

–Me parece bien haberlo zanjado ya. Y en cuanto al tema de los hombres, no tengo respuesta.

–No la necesitas. Tú tienes a Finn.

No tanto como ellas pensaban...

–Pero está aquí de manera temporal. En cuanto logre que sus hermanos vuelvan a casa o él comprenda que ha llegado el momento de dejarlos tranquilos, volverá a South Salmon.

–¿Y qué pasa con las relaciones a larga distancia? –preguntó Montana.

Dakota sacudió la cabeza.

–Finn y yo queremos cosas distintas. Está cansado de ser responsable y yo quiero algo serio. Es más, me ha dicho que le preocupa que me vincule demasiado a él, así que no creo que vayamos a seguir viéndonos.

Sus dos hermanas la miraron.

–Capullo –farfulló Montana–. Me caía bien. ¿Por qué todos los hombres tienen que comportarse como unos cretinos?

–Max no es un cretino –dijo Nevada.

–¿Te acostarías con Max? Podría ser mi padre y aunque es muy simpático y todo eso... em... ¡Es mi jefe!

–Los romances entre secretaria y jefes son muy populares –dijo Dakota con voz jocosa–. ¿Qué me dices de ese momento: «señorita Jones, está usted preciosa»? Podría ser divertido.

–No quiero acostarme con Max. ¡Jamás!

Nevada miró a Dakota.

–Espero que se decida pronto porque tanta indecisión me agota.

Dakota suspiró y se recostó en su sillón.

–A mí también.

–Os estoy ignorando.

Nevada se rió.

–Todas encontraremos a alguien –les dijo Dakota a sus hermanas–. Estadísticamente, tiene que pasar.

–Me encantan las matemáticas como a la que más –apuntó Nevada–, pero no me siento muy cómoda cuando se aplican a la vida amorosa.

–Podrías irte a South Salmon con Finn–sugirió Montana.

Dakota negó con la cabeza.

–Primero, no me lo ha pedido –le había dejado claro que no quería verla en los próximos días, así que mucho menos en los próximos veinte años–. Segundo, yo no quiero. Estoy segura de que es un lugar maravilloso, pero mi vida está aquí. Adoro Fool's Gold. Mi familia está aquí. Mi historia, mis amigos. Éste es mi sitio. Cuando termine el programa de Geoff, voy a volver al trabajo y desarrollaré el plan de estudios para el programa que quiero empezar.

También estaba pensando en abrir una consulta privada a tiempo parcial.

–¡Más pierde él! –dijo Nevada firmemente–. Creía que era listo, pero me equivoqué.

–Ojalá tuviera un perro al que le gustara morder a la gente –dijo Montana arrugando la nariz–. Un perro muy grande, que diera miedo y mordiera mucho. A lo mejor puedo entrenar a alguno para que muerda.

Dakota se inclinó hacia delante y las abrazó.

–Os quiero –susurró.

–Nosotras también te queremos.

Tenía suerte, se recordó. Pasara lo que pasara, jamás tendría que verse sola. Había gente a la que le importaba, gente que siempre estaría a su lado. Y con el tiempo... porque se negaba a perder la esperanza... tendría un hijo. Y con eso le bastaría.

Capítulo 10

Finn encontró a Sasha y a Lani jugando al voleibol en el parque. Su hermano se había recuperado de las quemaduras leves y parecía estar bien. Sasha lo vio y lo saludó, pero no dejó de jugar.

Después de mirarlos unos minutos, se alejó. Era sábado por la tarde de un cálido día de primavera. La mayor parte del pueblo había salido a pasear y a hacer recados.

Vio a padres con niños pequeños y a ancianas paseando a sus perros. Había niños por todas partes y los restaurantes y cafeterías habían colocado mesas fuera para aprovecharse del buen tiempo.

Dos de las parejas del programa estaban fuera, en el Lago Tahoe, o eso creía. Ese día no había grabaciones en el pueblo.

Paseó por el parque y recordó que Stephen le había dicho que Aurelia y él irían a tomar un picnic junto al lago. Veinte minutos después, los encontró en una manta bajo la sombra de un árbol. Aurelia estaba sentada con las piernas cruzadas y Stephen tumbado boca abajo, mirándola. Había intensidad en sus ojos, como si estuvieran hablando de algo serio.

Finn vaciló, dividido entre la educada actitud de no querer molestarlos y el deseo de interponerse entre una mujer mayor y sofisticada y su hermano. Entonces Aurelia lo vio y lo saludó indicándole que se acercara.

–¿Qué tal? –preguntó sin pisar la manta. No se sentía cómodo sentándose.

Stephen se incorporó.

–Bien. Estábamos hablando.

–Tengo una madre demasiado opresiva –admitió Aurelia–. Estamos hablando de cómo voy a enfrentarme a ella y a decirle que me deje tranquila –arrugó la nariz–. Aunque no soy tan valiente. Me siento valiente hasta que la veo y entonces me vengo abajo –miró a Finn–. ¿Alguna sugerencia para reunir valor a la vez que te enfrentas a tus demonios internos? Y no es que mi madre sea un demonio, sino que se cree que tiene motivos para arruinarme la vida.

A Finn le estaba costando seguir la conversación.

–Seguro que todo saldrá bien.

Stephen se rió.

–La típica respuesta masculina a un problema emocional. Ante la duda, distánciate y sal corriendo.

–Tú no estás corriendo –dijo Finn–. ¿Por qué?

–Porque me gusta Aurelia. Tenemos mucho en común. Somos los callados y los tranquilos de la familia, nos gustan las mismas películas y nos gusta leer.

–Yo he terminado la universidad, pero tú no –dijo Aurelia con una sonrisa–. Oh, espera... Eso cuenta como diferencia.

Su jocoso comentario sorprendió a Finn.

–¿Estás de mi parte en el tema de los estudios? –preguntó él incrédulo.

–Creo que es tener muy poca vista pasar hasta el último semestre y abandonar –en lugar de mirar a Stephen, Aurelia lo miró a él–. Stephen ha estado especializándose en ingeniería.

–Lo sé –respondió. No lo comprendía. Era como si ella pensara que esas palabras eran importantes. Era el hermano mayor de Stephen. ¡Claro que sabía lo que estaba estudiando!

Stephen le lanzó una mirada que la hizo callar y, cuando ella agachó la cabeza, él alargó una mano y le acarició el brazo.

Finn estaba allí de pie, sintiéndose como si sobrara. Había algo que no entendía y eso le hacía sentirse incómodo… lo cual le llevó a echar de menos a Dakota. Ella lo habría entendido y habría controlado la situación. Siempre lo hacía.

–Yo… eh… tengo que irme –dijo rápidamente–. Pasadlo bien, chicos.

Se marchó corriendo, sin saber dónde ir, sabiendo sólo que tenía que alejarse de allí.

¿Qué pasaba con esos dos? Y en cuanto al apoyo de Aurelia a la idea de que Stephen terminara los estudios, no sabía si lo hacía porque era buena persona, tal como le había dicho Dakota, o porque eso formaba parte de un papel.

Siguió caminando. El parque estaba lleno de residentes y turistas. Los niños le daban pan a los patos junto al estanque y entre ellos vio a alguien con el pelo rubio y una silueta familiar. ¡Dakota!

Se giró hacia ella y frunció el ceño al verla mejor. No. No era Dakota, era una de sus hermanas paseando a varios perros. Se quedó sin moverse hasta que ella se alejó y en ese momento sonó su teléfono.

Miró la pantalla y reconoció el número de Bill.

–¿Qué tal va todo?

–Genial. El nuevo chico es un piloto alucinante. Hace

su trabajo y se a va casa, no da ningún problema. Me gusta. Ya hemos repartido sesenta cajones.

–Qué rápido –dijo Finn sorprendido de que las cosas fueran tan bien.

–¡Y que lo digas! Si este chico quiere quedarse más tiempo, puedes estar allí todo el tiempo que quieras.

–Es bueno saberlo. No me gustaba la idea de dejarte con tanto trabajo.

–Ahora tengo mucha ayuda –le dijo Bill–. Bueno, tengo que colgar. Ya hablamos luego.

Finn escuchó a su compañero colgar y se quedó en medio del parque pensando que no tenía nada que hacer durante el resto del día. Miró a su alrededor. Todo el mundo tenía algún lugar adonde ir, todo el mundo tenía alguien con quien estar. A excepción de con sus hermanos, la única persona con la que él quería estar era Dakota, pero el problema era que la última vez que la había visto, se había comportado como un cretino.

Y no había sido por ella, sino por él. Quería decirle que había actuado así porque sabía que la relación no duraría y sólo intentaba protegerla, pero eso lo habría convertido en un mentiroso. La realidad era que se había sentido cada vez más unido a ella y que eso lo había aterrorizado. Por eso había actuado así, había reaccionado así. Por eso la había rechazado.

Y ahora tenía que hacer frente a las consecuencias.

Sabía que, tanto si ella lo perdonaba como si no, tenía que disculparse y por eso echó a andar en dirección a su casa.

Cuando llegó a la puerta delantera, llamó y esperó. Si no estaba en casa, volvería más tarde.

La puerta se abrió unos segundos más tarde y Dakota enarcó las cejas al verlo allí, pero no dijo nada. Llevaba unos vaqueros y una camiseta y estaba descalza. Tenía su melena rubia enmarañada, pero estaba guapa. Más que guapa. Estaba sexy y eso lo enfureció.

–Lo mejor es que sea el primero en hablar.

Ella apoyó un hombro contra el marco de la puerta.

–Me parece buena idea.

–Tengo una excusa para haberme comportado como un cretino.

–Estoy deseando oírla.

Se aclaró la voz.

–¿Bastaría con decir que soy un hombre?

–Probablemente no.

Había merecido la pena intentarlo…

–Estaba frustrado y furioso por lo de mis hermanos y, por otro lado, estaba empezando a sentir algo por ti. Esto último no debería haber pasado. Sabes que me marcharé y sé que me marcharé.

–Y por eso optaste por la respuesta más madura.

–Lo siento. No te merecías eso. Me equivoqué.

Ella dio un paso atrás.

–Venga, pasa.

–¿Así de fácil?

–Ha sido una buena disculpa. Te creo.

Él entró en la casa y ella cerró la puerta.

–Finn, lo he pasado muy bien contigo. Me gusta hablar contigo y el sexo es genial –sonrió–. Pero no dejes que eso último se te suba a la cabeza.

–No lo haré –prometió, aunque le habría gustado disfrutar del halago por un segundo al menos.

La sonrisa de Dakota se desvaneció.

–Tengo muy claro que tu estancia aquí es temporal y, cuando te marches, te echaré de menos. A pesar de eso, no voy a volverme loca ni intentaré convencerte para que te quedes.

–Lo sé. No debería haber dicho todo eso. Yo también te echaré de menos.

–Después de haber dejado claro cuánto vamos a echarnos de menos el uno al otro, ¿sigues queriendo pasar algo de tiempo conmigo mientras estás aquí?

Finn no había tenido muchas citas en los últimos ocho años porque después de la muerte de sus padres no había tenido mucho tiempo. Por eso no sabía si la actitud tan directa de Dakota era porque era una mujer madura o una mujer muy especial. Sin embargo, tenía la sensación de que era lo último.

–Me gustaría verte todo lo posible. Y si quieres suplicarme que me quede, tampoco me importaría.

Ella se rió.

–Tú y tu ego. Seguro que eso te encantaría. Tú en tu avión, preparado para partir, y yo llorando en la pista. Muy de los años cuarenta y del protagonista yéndose a la guerra.

–Me gustan las películas de guerra.

–Deja que me calce –cruzó el salón y se puso sus sandalias–. Te enseñaré el pueblo y después puedes quedarte a cenar. Y si tienes suerte, hasta podría utilizarte para practicar algo de sexo.

–Si hay algo que pueda hacer para fomentar esa última parte, dímelo.

–Seguro que hay algo –respondió ella con una sonrisa–. Deja que piense en ello.

Dakota pasó la tarde mostrándole el pueblo a Finn. Fueron a la librería de Morgan, se tomaron un café en el Starbucks y vieron los últimos minutos de un partido de la Pequeña Liga. Alrededor de las cinco, se pusieron camino a su casa.

–¿Quieres que compremos comida para llevar? –preguntó él.

–Aún tengo los ingredientes para esa receta de pollo –respondió ella disfrutando de la suave brisa y de la sensación de la mano de Finn en la suya.

–¿Quién te ha enseñado a cocinar? ¿Tu madre?

–Ajá. Es una gran cocinera. Siempre hemos celebrado grandes cenas familiares a las que teníamos que acudir siempre, pasara lo que pasara. Cuando era adolescente, odiaba esa regla, pero ahora me encanta.

–Parece que tienes una familia muy unida.

Ella lo miró.

–Y por lo que me has contado, parece que tú también la tenías.

–No era lo mismo. Papá y yo siempre estábamos volando por alguna parte, así que no comíamos todos juntos muchas veces. Pero tienes razón. Estábamos muy unidos.

Habían llegado a la casa y entraron. Mientras él elegía la música, ella preparó el pollo para meterlo al horno. Después, agarró una botella de vino y se reunió con él en el salón.

Se sentaron juntos en el sofá.

–¿Cuántos años tenías cuando aprendiste a pilotar?

–Siete u ocho. Papá empezó a llevarme con él cuando tenía cuatro. Me dejaba los mandos y decidí estudiar para ser piloto cuando tenía diez. Hay mucha teoría, pero la aprobé sin problema.

–¿Por qué te gusta tanto?

–En parte se debe a haber crecido en Alaska. Allí hay muchos lugares a los que sólo puedes acceder en barco o en avión. Algunos de los pueblos del extremo norte sólo son accesibles en avión.

–O en trineo –dijo ella en broma.

–Un trineo sólo funciona en invierno –posó una mano sobre la pierna de ella–. Cada día es distinto en ese trabajo. Un cargamento distinto, un clima distinto y un destino distinto. Me gusta ayudar a la gente que depende de mí. Me gusta la libertad. Y me gusta ser mi propio jefe.

–Podrías ser tu propio jefe en cualquier parte.

–Podría. Por mucho que me guste Alaska, no soy de esos tipos que no pueden imaginarse viviendo en otra parte. Hay cosas que me gustan de las ciudades, o de las ciudades no tan grandes. Pero la tradición juega un papel importante en esto. Mi abuelo levantó el negocio y desde entonces ha estado en la familia. A veces hay un socio y a veces estamos nosotros solos.

Dakota sabía de qué estaba hablando.

–Mi familia fue una de las primeras que se establecieron aquí. Estar en un sitio desde el principio hace que te sientas como una pequeña parte de la historia.

–Exacto. No sé qué va a pasar con la empresa. A Sasha no le interesa volar y siempre pensé que Stephen se haría cargo, pero ahora lo dudo. Bill, mi socio, tiene un hermano más pequeño y un primo. Los dos quieren estar dentro. Ahora mismo están trabajando para otra empresa de transportes y por eso no ha podido contratarlos mientras yo estoy aquí.

Se inclinó hacia delante y agarró su copa de vino.

–A veces pienso en venderlo. En tomar el dinero y empezar de cero en otro lugar. Antes era importante para mí estar en South Salmon, por mis hermanos.

–Y ahora ya no lo es tanto, ¿no?

Él asintió.

Dakota se dijo que no debía sacar demasiadas conclusiones de la conversación; Finn estaba charlando, simplemente. Y el hecho de que no estuviera decidido a seguir en Alaska para siempre no cambiaba la situación. Le había dejado claro en varias ocasiones que no se quedaría en Fool's Gold y cuando un hombre hablaba así, estaba diciendo la verdad. No era un mensaje cifrado que en realidad quisiera decir: «esfuérzate más en hacerme cambiar de opinión».

Pero había una parte de ella que quería que fuera así, lo cual la convertía en una tonta y a ella no le gustaba ser una tonta.

—No tienes que tomar la decisión hoy. Aunque no te quedes en South Salmon, hay otros lugares en Alaska.

Él la miró.

—¿Intentando asegurarte de que no cambio de opinión con respecto a lo de marcharme?

Dakota se rió.

—Jamás lo haría.

Él también se rió.

—Espero.

Soltó su copa de vino y la llevó hacia sí. Ella se acercó de buena gana y disfrutó de la sensación de estar tan cerca de él. Como siempre, la mezcla de fortaleza y ternura la excitó. Ese hombre podía hacer que se derritiera sin ni siquiera proponérselo. ¡Qué injusto era todo!

Él la besó suavemente.

—¿La cena está en el horno?

—Ajá.

—¿Cuánto tiempo tenemos?

Dakota miró el reloj.

—Unos quince minutos. Iba a preparar una ensalada.

—O podrías pasar los próximos quince minutos aquí conmigo.

Lo rodeó con los brazos y lo acercó.

—La ensalada está sobreestimada.

Se besaron de nuevo y ella abrió la boca para recibir

las sensuales caricias de su lengua. El deseo fue en aumento. Finn posó una mano sobre su rodilla y fue subiéndola hasta que sus dedos tocaron su pecho.

Se le endurecieron los pezones y entonces se desató el placer. Entre las piernas, ya estaba inflamada y húmeda.

¿Tanta hambre tenían? ¿No podía sacar el pollo del horno y terminar de cocinarlo más tarde?

Se apartó ligeramente y en ese momento el teléfono los interrumpió. Finn alargó la mano y le entregó el auricular.

Ella se incorporó.

–¿Diga?

–¿Dakota Hendrix? –preguntó una mujer.

–Sí.

–Soy Patricia Lee. Hablamos hace unos meses sobre su solicitud de adopción.

–¿Qué? ¡Oh, sí! Ya lo recuerdo –la agencia internacional se había dado prisa en aprobar su solicitud. A diferencia de las otras con las que había probado, a ésa en particular no le había importado que fuera soltera.

–He oído lo que pasó con aquel pequeño y lo lamento mucho. No sé si se lo dijeron, pero hubo una confusión con la documentación.

A Dakota le habían dicho lo mismo, aunque nunca había estado segura de si había sido verdad o si la agencia había preferido enviar al niño con una pareja casada. Fuera como fuese, era extraño recibir esa llamada tratándose de un sábado por la noche.

–Claro que sí. Quedé muy decepcionada.

–Entonces, ¿sigue interesada en adoptar?

–Por supuesto.

–Esperaba que lo dijera. Tenemos una niña. Tiene seis meses y es adorable. Me preguntaba si estaría interesada.

Dakota sintió una ráfaga de sangre subiéndole de pronto a la cabeza y se preguntó si iría a desmayarse.

–¿En serio? ¿Tienen un bebé para mí?

–Sí. Ahora mismo estoy enviándole el informe por correo electrónico. Hay unas cuantas fotografías. Me preguntaba si podría llamarme cuando las haya visto. Mañana regresa una de nuestros ayudantes y, si está usted interesada, pueden traer a la niña en ese mismo vuelo. De lo contrario, tendría que esperar un par de meses más para tenerla con usted. Sé que es algo muy apresurado, así que si quiere esperar, lo entenderé. Su decisión no afectará en absoluto al estado de su solicitud.

A Dakota le daba vueltas la cabeza. Estaban ofreciéndole lo que siempre había querido, la oportunidad de tener su propia familia. Y un bebé de seis meses, ¡qué pequeño! Sabía algo sobre los problemas de desarrollo de un niño criado en un orfanato y cuanto más pequeño fuera el bebé dado en adopción, mejor se solventarían esos problemas. El pequeño que le habían ofrecido la última vez tenía cinco años.

–¿Cuándo tiene que saberlo?

–En las próximas horas –respondió Patricia–. Lamento haberla avisado con tan poco tiempo. Nuestro contacto tiene que volver a casa por una emergencia familiar y siempre intentamos enviar a cada niño con un adulto de acompañante. Pero, una vez más, depende de usted. No queremos presionarla. Si no está preparada, llamaremos a la siguiente familia que esté en la lista.

Dakota entró en la cocina, agarró un boli y un bloc de notas adhesivas y se sentó en la mesa de la cocina.

–Déme su número. Veré el informe y la llamaré en una hora.

–Gracias –dijo Patricia.

Dakota anotó la información y colgó. Se quedó sentada en la cocina. Sabía que los pies le llegaban al suelo, pero tenía la sensación de estar volando. Volando y temblando y a punto de echarse a llorar. Aún debía de estar respirando porque estaba consciente, pero no podía sentir su cuerpo.

En alguna parte oyó un pitido. Finn entró en la cocina y sacó la olla del horno. Después, se giró hacia ella.

—¿Vas a adoptar un bebé? —le preguntó asombrado.

Ella asintió, aún incapaz de centrarse.

—Sí. Tienen una niña para mí. Es de Kazajistán. Tiene seis meses y me han enviado un informe sobre ella. Tengo que ir a mirarlo al ordenador.

Se levantó, aunque no podía recordar dónde tenía el ordenador. No podía estar pasando, ¿verdad? Se rió.

—¡Voy a tener una niña!

—Sé que querías hijos… —a Finn se le apagó la voz—. Bueno, tienes mucho que hacer. Será mejor que me vaya.

—¿Qué?

¡Adiós a la cena romántica!, pensó ella con tristeza. Y adiós a Finn. Le había dejado claro que no quería tener familia.

—Gracias. Tengo que tomar una decisión enseguida.

—No hay problema —se giró para marcharse y se detuvo—. ¿Me contarás lo que hayas decidido?

—Por supuesto.

—Bien.

Lo vio alejarse y, por un momento, la invadió la tristeza. Pero esa tristeza se desvaneció enseguida, en cuanto encendió el portátil. Tardó una eternidad en arrancar, pero cuando por fin abrió el archivo, vio la fotografía.

¡Y lo supo!

Capítulo 11

Tomar la decisión había sido sencillo, pensó Dakota a la mañana siguiente. Los preparativos, por otro lado, amenazaban con asfixiarla. Apenas había dormido. Cada vez que había cerrado los ojos, se le había ocurrido otra cosa más que tenía que hacer. De nada le había servido poner una libreta y un boli sobre la mesilla.

Aún no eran las ocho y ya estaba agotada. Tenía listas de todo lo que tenía que comprar y de las personas a las que tenía que llamar. Lo último que le quedaba por decidir era cómo ir a Los Ángeles, donde le entregarían a la niña: en avión o en coche.

Aunque volar era lo más rápido, tenía que enfrentarse a la realidad de viajar con un bebé de seis meses al que no conocía. ¿Y si se pasaba todo el trayecto llorando? No sabría qué hacer. Por eso conducir tenía más sentido… de no ser porque serían unas ocho horas de camino y eso supondría demasiado para la bebé.

En cuestión de minutos llamaría a su madre; quería contarle la buena noticia a Denise y pedirle consejo sobre el tema del transporte. Mientras tanto, podía revisar su lista de la compra. No sólo necesitaría pañales, sino también leche en polvo. Sabía que cambiar de leche podía provocarle problemas estomacales al bebé así que, por suerte, la persona que viajaba con la pequeña llevaría leche de sobra.

Fue a hacer la llamada, pero antes de poder levantar el teléfono, alguien llamó a la puerta. Cambió de dirección y fue a abrir; allí se encontró a Finn, de pie en su pequeño porche. Llevaba café para llevar, uno en cada mano.

–¿Qué haces aquí? Es muy temprano.

Le dio el café.

–Desnatada, ¿verdad?

–Sí, gracias –ella dio un paso atrás y sacudió la cabeza–. Lo siento, estoy un poco aturdida esta mañana. ¿Qué haces aquí?

–Vas a quedarte con el bebé.

–¿Cómo lo sabes?

Él sonrió.

–Te conozco. Me dijiste que no podías tener hijos, pero te gustan los niños. Ante la oportunidad de poder adoptar, sabía que lo harías sin dudarlo.

–Tienes razón.

Entró en la casa.

–No sé qué estoy haciendo. Apenas he dormido y tengo un montón de cosas por hacer.

Él la siguió hasta la cocina.

–Claro, es normal. La mayoría de la gente tiene nueve meses para planear qué hacer con un bebé. Tú, ¿cuánto tiempo has tenido? ¿Nueve horas?

¡Cuánta razón tenía!

No podía evitar estar sorprendida por verlo allí después del modo en que se había marchado la noche anterior.

–Estoy haciendo listas y en un rato llamaré a mi madre. Ha tenido seis hijos, así que si alguien sabe qué hacer, ésa es ella.

–¿Has elegido un nombre?

Ella sonrió.

–Estaba pensando en Hannah. Es el nombre que se me vino a la cabeza en cuanto vi su foto.

–Hannah Hendrix. Me gusta.

–A mí también. Todo es muy surrealista. Ni siquiera sé qué pensar.

–Todo saldrá bien, lo harás muy bien.

–Eso no puedes saberlo.

–Claro que sí. Eres de esas personas que se preocupan por los demás y, ¿no me dices siempre que los niños necesitan saber que están protegidos, que estás a su lado? –le sonrió–. Me alegro mucho por ti, Dakota.

Su apoyo fue algo inesperado, pero agradable. Tanto que pudo haber llorado de no ser porque estaba decidida a no perder el control.

–Para ser alguien que no quiere tener familia, eres muy sensible y comprensivo.

–Que no se corra la voz. Tengo una reputación que mantener. ¿Cómo vas a ir a Los Ángeles?

–¿Para recoger a Hannah? Aún no lo he decidido. Por eso quería hablar con mi madre. Volar es más rápido, pero me da miedo ir en avión con un bebé al que no conozco. Según eso, ir en coche tiene más sentido, pero es demasiado largo. Podría asustarse.

–Vamos en avión. Alquilaré uno. Llega a la terminal internacional, ¿verdad?

–Sí, pero no puedes llevarme hasta Los Ángeles.

–¿Por qué no? ¿Es que no te fías de mí?

Su preocupación no era su habilidad para volar, estaba segura de que era muy bueno.

–¿No es muy caro alquilar un avión?

–No es para tanto. Costará más que un vuelo comercial, pero voy a alquilar uno de cuatro plazas. Será más rápido que un coche y más que un vuelo comercial porque te evitas tener que estar en el aeropuerto dos horas antes y pasar por los controles de seguridad. Aterrizaremos en un aeropuerto para aviones privados que hay al este del aeropuerto de Los Ángeles y desde ahí tomaremos el autobús de enlace con la terminal internacional.

–Me parece perfecto –dijo ella aliviada por tener el problema resuelto–. Gracias. ¿Cómo pago el avión? ¿Quieres mi número de tarjeta?

–Ya nos ocuparemos de eso más tarde. Deja que vaya a preparar el alquiler.

Decidieron a qué hora saldrían y Finn la besó suavemente.

–Felicidades.

–Gracias por todo.

–Me alegra poder ayudar.

Cuando se marchó, Dakota se quedó en mitad de la habitación con su café en la mano. Seguía sorprendida por su oferta, aunque muy agradecida. No entendía por qué Finn quería involucrarse de ese modo, pero sabía que era mejor no preguntar.

Miró el reloj y supo que había llegado el momento de llamar a su madre. Sólo tenía un día para reorganizar su vida porque en menos de cuarenta y ocho horas, sería madre.

Al mediodía, su casa estaba llena de buenos deseos. Dakota había llamado a su madre y Denise había llamado a sus otras hijas, además de a la mayoría de la gente que conocía en Fool's Gold.

Nevada y Montana habían sido las primeras en aparecer por allí. Después había llegado su madre, seguida de Liz, Jo y Charity con su bebé recién nacido. Marsha, la alcaldesa, llegó con Alice, la jefa de policía. Amigos y vecinos abarrotaban la casa de Dakota.

Ya había impreso las fotografías de Hannah que le había enviado la agencia y estaban pasando de mano en mano.

—¿Estás nerviosa? —le preguntó Montana—. Yo estaría aterrorizada. Los perros se llevan lo mejor de mis habilidades maternales. No estoy segura de que pudiera hacer más.

—Estoy aterrorizada —admitió Dakota—. ¿Y si lo estropeo todo? ¿Y si no le gusto a la niña? ¿Y si quiere volver a Kazajistán?

—La buena noticia es que no sabe hablar —le dijo Nevada—. Así que no puede decirte que se quiere marchar.

—Es un consuelo —murmuró Dakota.

Su madre se sentó con ella en el sofá y la rodeó con un brazo.

—Todo saldrá bien. Al principio será difícil, pero aprenderás rápido. Tu hija te adorará y tú la adorarás a ella.

—Eso no puedes saberlo —le dijo Dakota, sintiendo el pánico.

—Claro que sí. Te lo garantizo. Y lo mejor de todo es que por fin voy a tener una nieta.

Nevada sonrió.

—No es que no adore a mis nietos, pero me muero por comprar algo rosa y lleno de volantes. Por favor, no conviertas a mi única nieta en un chicazo, te lo suplico.

—Haré lo que pueda.

Miró a su alrededor. La mayoría de las mujeres habían llevado comida para la improvisada reunión y algunas incluso le habían preparado cacerolas para que tuviera comida para toda la semana. Así era la vida allí. Todo el mundo cuidaba de los demás.

Una Pia muy embarazada y su marido, Raúl, el jefe de Dakota, se acercaron a ella.

–Te me has adelantado. Aquí estoy, me faltan dos meses para dar a luz y tú vas a tener a tu bebé primero –le dijo bromeando mientras la abrazaba.

–Enhorabuena –añadió Raúl besándola en la mejilla–. ¿Cómo lo llevas?

–Estoy aterrorizada. Tengo que ir de compras, necesito pañales y una cuna y un cambiador –sabía que había más cosas, pero no se le ocurría qué. Uno de esos libros de bebés la ayudaría. ¿No tenían listas de las cosas necesarias?–. ¿Hay cosas que no se necesitan cuando el bebé tiene seis meses?

–No te preocupes –le dijo su madre–. Yo iré a comprar contigo. Me aseguraré de que tengas todo lo que necesitas para el vuelo. Dame la llave de casa y para cuando vuelvas mañana, lo tendrás todo aquí.

Si cualquier otra persona le hubiera dicho eso, no le habría creído. Pero se trataba de su madre y Denise sabía cómo hacer las cosas. No se podía ser madre de seis hijos y no ser una experta en organización.

–Gracias –le susurró y la abrazó–. No podría pasar por esto sin ti.

Las emociones amenazaban con abrumarla. Nada de aquello le parecía real, pero estaba sucediendo. ¡Iba a tener un bebé! Un hijo propio. A pesar de su cuerpo estropeado, tendría su propia familia.

Al mirar a su alrededor y ver a todos sus amigos y familia, que lo habían dejado todo para desearle lo mejor, se dio cuenta de que se equivocaba. No es que fuera a tener su propia familia; siempre había tenido una familia. Lo que tendría ahora sería una maravillosa e inesperada bendición.

Dakota nunca había viajado en un avión pequeño, pero volar en algo del tamaño de una lata de sardinas no era nada comparado con el hecho de ir a convertirse en madre de una niña de seis meses a la que no había visto en su vida.

Mientras Finn los llevaba al suroeste en dirección a Los Ángeles, hojeó desesperadamente el libro que se había comprado el día antes. Los autores de *Qué esperar el primer año* se merecían algún premio y tal vez una casa en la playa. Gracias a ellos, por lo menos sabía por dónde empezar.

–Pañales –murmuró.

–¿Estás bien? –le preguntó Finn.

–No. Ayer Pia estuvo hablándome sobre las distintas clases de pañales. Creía que era una tontería y me burlé de ella, pero ¿qué sé yo sobre pañales? No puedo recordar la última vez que cambié a un bebé y cuando hice de canguro en el instituto siempre cuidé de niños mayores.

Lo miró, intentando respirar a pesar del pánico que la invadía.

–Esto es una locura. ¿Qué hace esa gente dejándome con una niña pequeña? ¿No deberían haberme investigado más? ¿No deberían haberme sometido a alguna especie de evaluación práctica? No sé qué leche darle ni cómo distribuir las tomas. Y las tomas son muy importantes, ¿sabes?

–Cálmate –le dijo Finn con voz suave–. Lo de los pañales no es tan difícil. Yo cambiaba a mis hermanos cuando eran pequeños. El hecho de que sean de usar y tirar lo hace muy sencillo.

–Claro. Hace veinte años eran sencillos, ahora las cosas podrían haber cambiado.

–¿Crees que ahora es más difícil cambiar un pañal que hace veinte años? No me parece una buena estrategia de marketing.

Ella sintió presión en el pecho. Se dijo que no pasaba nada, pero le costaba más y más respirar.

–No emplees la lógica conmigo. ¿De verdad quieres que me ponga histérica? Porque puedo hacerlo.

–No lo dudo. Dakota, vas a tener que confiar en ti misma. Y en cuanto a lo de la leche y las tomas, quien haya cuidado de Hannah te dará esa información. ¿Qué te dijeron cuando te llamaron?

–No mucho. Oíste casi toda la conversación.

–¿No te habían hecho otras entrevistas antes?

–Sí. Unas cuantas. Rellené formularios y charlamos y vinieron a Fool's Gold para conocer mi modo de vida. El proceso fue muy largo.

–Entonces te han investigado a fondo. Si confían en ti, deberías intentar confiar tú también.

–De acuerdo –respiró hondo–. Podría funcionar.

–Recuerda, tu madre te ayudará. Y también tus hermanas y tus amigos. Puedes pedirme lo que quieras.

Ella agarró el libro contra su pecho.

–¿Podrías dar la vuelta, por favor?

–Todo menos eso. Sabes que quieres a este bebé.

Tenía razón. Seguro que sería duro al principio, pero aprendería. Las madres habían aprendido durante miles de años y ella tenía una inteligencia que estaba por encima de la media. Eso tendría que ayudarla de algún modo.

Abrió el libro e intentó leer, pero las palabras estaban borrosas. Las ilustraciones la asustaban y las listas hacían que quisiera ponerse a gritar.

–Necesito más tiempo. ¿No puedo tener más tiempo?

–Aterrizaremos en unos cuarenta minutos. ¿Es suficiente?

Ella lo miró.

–No tiene gracia.

–No intentaba ser gracioso –conectó el micrófono y estableció comunicación con la torre de control.

Dakota no sabía mucho sobre aviación, pero comprobó que Finn le había dicho la verdad porque, al mirar por la ventanilla, vio Los Ángeles extendiéndose ante ellos.

Podía hacerlo, se dijo. Quería hacerlo. Miró las notas que su madre le había dado. Sabía que tenía lo necesario, aunque no supiera para qué servía todo. Estaba preparada a que Hannah estuviera cansada y de mal humor. Tenía mantas y pañales y animales de peluche en la bolsita. También, varias mudas de ropa de distintas tallas, por si la niña se mojaba la ropa.

Finn le había prometido ayudarla con los primeros cambios de pañales y en la terminal habría un aseo familiar donde podrían cambiar a la niña. Todo saldría bien. Lo único que tenía que hacer era no dejar de repetírselo.

Según lo prometido, cuarenta minutos después, el avión se detuvo. Finn agarró la bolsa de los pañales y salió del avión. Dakota lo siguió. Se sentía algo mareada y si el corazón le latía con más fuerza, se le saldría del pecho… y eso no sería nada agradable.

Finn explicó a los encargados que sólo estarían allí alrededor de una hora mientras Dakota comprobaba el estado del vuelo procedente de Europa. Hannah y su cuidadora ya estarían recogiendo el equipaje.

Tomaron el autobús que los transportó hasta la terminal internacional del aeropuerto de Los Ángeles. Finn llevaba la bolsa de la bebé colgada de un hombro y a Dakota agarrada de la mano. Ella se aferró a él con fuerza, consciente de que probablemente resultaba patética, pero sin importarle lo más mínimo.

La planta principal de la terminal estaba abarrotada de gente esperando a sus familiares y amigos. Gente de distintos países hablando en distintos idiomas. No estaba segura de cómo encontrar a la mujer con la que debían reunirse.

—Ojalá me hubieran enviado una fotografía de ella. Eso habría simplificado las cosas.

—¿Dakota Hendrix?

Dakota se giró y vio a una monja con el pelo canoso y sosteniendo a una bebé llorando. La niña era la misma de las fotografías. Tenía el rostro colorado y era mucho más pequeña de lo que Dakota se había imaginado.

—Soy Dakota —susurró.

—Soy la hermana Mary y ésta es tu niña.

Instintivamente, Dakota extendió los brazos y tomó a la pequeña. Hannah no protestó. Por el contrario, se acurrucó en sus brazos y la miró con unos oscuros ojos marrones.

Llevaba una chaquetita rosa con una camiseta debajo, ambas arrugadas y con algunas manchas. No le sorprendía, dado el largo viaje que había hecho. Tenía su pelo oscuro cortado con un estilo tazón nada favorecedor, pero era una preciosidad.

Sus mejillas eran sonrojadas y su boca se movía como si estuviera tomando energía para echarse a llorar. Incluso a través de la ropa, pudo sentir su calidez.

Finn los llevó hasta un rincón relativamente tranquilo de la terminal y mientras el gentío bullía a su alrededor, la hermana Mary comprobaba la identificación de

Dakota. Ambas firmaron un documento y ahí terminó todo.

—Alguien de la agencia te llamará en unos días para concertar una cita contigo —dijo la hermana Mary—. ¿Ya le has puesto un nombre?

—Hannah.

—Un nombre precioso —respondió la monja—. Ha tenido un viaje difícil. Tiene algunas décimas de fiebre y habrá que mirarle los oídos. Creo que tiene infección —le dio un bote de Tylenol infantil—. Es todo lo que tenemos. El dinero está muy limitado. Hay muchos niños y muy pocos recursos. Tiene que tomar otra dosis dentro de una hora.

Hannah había cerrado los ojos. Dakota la miró, dividida entre la belleza de su hija y el miedo a que estuviera enferma.

—¿Es pequeña para su edad?

—No, comparada con algunos de los otros niños. He traído un bote de la leche que toma, unos cuantos pañales y su ropa —la monja miró el reloj—. Lo lamento, pero tengo que tomar un avión.

—Sí, por supuesto —dijo Dakota—. Por favor, márchese tranquila. Llevaré a Hannah al médico lo antes posible.

—Tienes todos los números de la agencia —le dijo la hermana Mary mientras le daba una pequeña maleta a Finn—. Llama a cualquier hora, ya sea del día o de la noche.

—Gracias.

Finn le estrechó la mano y, cuando la monja se había ido, se giró hacia Dakota.

—¿Estás bien?

—No. ¿Has oído lo que ha dicho? Hannah podría estar enferma —la bebé tenía los ojos cerrados; su respiración era constante, pero estaba muy colorada. A Dakota le ardieron los dedos cuando le acarició las mejillas–. Tengo que llevarla a un médico.

–¿Quieres hacerlo aquí o prefieres volver a casa?

–Llevémosla a casa –miró el reloj.

De todos modos, había pedido cita con el pediatra para esa misma tarde a última hora. Mejor ocuparse de todo allí, en casa.

Volvieron por donde habían ido y Finn sólo tardó unos minutos en hablar con la torre de control y recibir permiso para despegar. Menos de una hora después de haber aterrizado, ya estaban de nuevo en el aire.

En esa ocasión, ella se sentó detrás del asiento del copiloto con Hannah a su lado, sentada en una sillita de coche y con el cinturón abrochado. Dakota la observaba nerviosa, contando cada bocanada de aire que la niña tomaba.

–¿Estás bien? –le preguntó Finn.

–Intento no ponerme histérica.

–Se pondrá bien.

–Eso espero –no apartaba la mirada de su hija–. Es tan pequeña… –demasiado pequeña–. Sé que viene de una parte muy pobre del mundo, que el orfanato no tiene ni dinero ni recursos. Sabía que podría haber problemas, ya me habían advertido de ello.

Cuando había enviado la solicitud, había acudido a varias reuniones en las que le habían mostrado vídeos de los distintos orfanatos con los que trabajaba la agencia. Además, había hablado con otros padres. Le habían hablando de los niños que eran pequeños para su edad, pero que después crecían a su ritmo normal. Habían despejado cualquier dificultad inicial.

Ahora, mientras palpaba la ardiente mejilla de su niña, tenía los ojos llenos de lágrimas.

–No quiero que le pase nada.

–La llevarás al médico. Sólo serán unas horas.

Ella asintió porque le era imposible hablar. Su hija podía estar muy enferma y no tenía forma de hacerla sentir mejor. Ni medicinas ni experiencia sobre cómo hacer un cataplasma.

–¿Sabes lo que es un cataplasma? –le preguntó a Finn.

–No, ¿por qué?

–Pensé que podría servir.

–Dakota, tienes que relajarte. No te preocupes hasta que haya una razón real para hacerlo, ¿de acuerdo? Vas a necesitar energía para cuidar de Hannah una vez que empiece a gatear por todas partes.

–Espero que tengas razón –respondió con una voz ronca y fue entonces cuando se dio cuenta de que estaba llorando.

Se tapó la cara con las manos y se echó a llorar con fuerza. Un par de segundos después, Hannah se despertó y empezó a llorar también. La bebé se tocaba las orejas, como si le dolieran.

–No pasa nada –dijo Dakota enseguida–. No pasa nada, cielo. Tengo tu medicina aquí.

Sacó el Tylenol y midió la dosis. Por suerte, el avión se mantenía absolutamente estable y en ese momento lo agradeció.

–Estás salvándome la vida –le dijo a Finn–. No podría haber hecho esto sola. No sé cómo agradecértelo.

–No pienses en eso ahora.

Ella asintió y le ofreció a Hannah la cucharita, pero la pequeña giró la cabeza.

–Vamos, cielo. Tómate la medicina, está muy rica. Te hará sentir mejor.

Después de ofrecérsela varias veces, Dakota tocó la

nariz de la niña y le acarició las mejillas. Hannah separó los labios y Dakota aprovechó para introducirle la medicina, que la pequeña tragó sin problema.

Pero lo que fuera que le pasaba necesitaba más que una simple medicina. O la niña estaba cansada o tal vez asustada. Después de todo, estaba rodeada de extraños. Fuera la razón que fuera, no paraba de llorar y su cuerpo se sacudía con cada sollozo. Dakota intentó mecer la silla del coche y le frotó la barriguita. También le cantó, pero no sirvió de nada.

Durante el resto del vuelo y el trayecto en coche hasta el pediatra, Hannah estuvo gritando y ese sonido hizo que a Dakota se le encogiera el alma. No sabía qué hacer y sabía que esa ignorancia podía poner en peligro la vida de un bebé. ¿En qué había estado pensando la agencia al entregarle un bebé a ella?

Por fin aparcaron frente a la consulta del pediatra. Sacó a Hannah del coche, la envolvió en una manta y la llevó hasta la sala de espera seguida por Finn.

Dakota, que también estaba llorando, apenas pudo decir su nombre. La recepcionista las miró a los dos y señaló una puerta a la izquierda.

—Vivian les acompañará a una sala.

—De acuerdo. Gracias.

Dakota miró a Finn.

—No sé cómo agradecértelo —dijo por encima del llanto del bebé—. No tienes que esperar. Llamaré a mi madre y ella vendrá a por mí.

Finn le acarició la mejilla.

—Ve. Esperaré aquí. No voy a dejarte sola. Tengo que ver cómo termina todo.

—Eres un buen hombre. De verdad. Hablaré con alguien para que te pongan una placa en el pueblo.

Él esbozó una pequeña sonrisa.

–Pero que no sea demasiado grande. Que tenga clase.

A pesar de todo, ella logró sonreír; después se dio la vuelta y siguió a la enfermera hasta la sala de exploraciones.

Capítulo 12

–La clave para ser un buen padre es no dejar de respirar –le dijo a Dakota la doctora Silverman–. De verdad, si te desmayas, no le serás de utilidad a nadie –la pediatra, una treintañera rubia y bajita, sonrió.

Dakota quiso gritarle. ¿Le parecía divertido? Nada era divertido. Era horroroso, no divertido.

En cuanto la doctora había entrado en la sala, Hannah había dejado de llorar. Se había quedado quieta durante el examen y ahora estaba en sus brazos, relajada.

–Está agotada –dijo la doctora–. Ese viaje no puede ser fácil para nadie. Seguro que está asustada y confusa. No ha tenido una vida fácil y, además de eso, están los otros problemas.

Dakota se preparó para lo peor.

–¿La fiebre?

La doctora asintió.

–Tiene infección en los dos oídos y le está saliendo su primer diente. Es demasiado pequeña para su edad, lo cual no me sorprende dadas las circunstancias. Tampoco me gusta nada la leche que está tomando.

Miró la lata de leche en polvo que le había dado la hermana Mary.

–De acuerdo. Vamos a darle antibióticos. No me gusta utilizarlos para las infecciones de oído, pero dadas las circunstancias, los necesita para mejorar.

La doctora Silverman le explicó cómo administrar la medicina y le dijo qué podía esperarse de la combinación de fiebre, el primer diente y los posibles malestares digestivos. Hablaron sobre cómo pasar a Hannah de manera paulatina a una leche en polvo más digestiva y le dijo cuánto darle de comer y con cuánta frecuencia.

–Por lo normal, a los seis meses debería empezar a tomar alimentos sólidos, pero quiero que esperes al menos tres semanas. Vamos a ponerla sana primero y a hacer que suba de peso. Después, podrás comenzar con el proceso –le explicó cómo asegurarse de que Hannah no se deshidrataba–. ¿Tienes a alguien que pueda ayudarte? Los primeros días serán los más difíciles.

–Mi madre –respondió Dakota intentando absorber toda la información–. También tengo hermanas –eso, sin mencionar a todas las mujeres del pueblo que se ofrecerían a ayudarla.

–Bien –la doctora le dio una tarjeta–. Este fin de semana estoy de guardia. Si me necesitas, este servicio se pondrá en contacto conmigo.

Dakota se guardó la tarjeta y suspiró.

–Gracias. ¿Hay algún modo de convencerte para que te mudes a mi casi durante los próximos años?

La doctora Silverman se rió.

–Creo que a mi marido no le haría gracia, pero se lo preguntaré.

–Te agradezco mucho todo esto.

La doctora acarició la cabeza de Hannah.

–Por lo que veo, está básicamente sana. Una vez le limpiemos los oídos y le salgan los dientes de leche, tu vida se calmará mucho. Intenta estar relajada y duerme siempre que puedas. ¡Ah! Y no dejes de respirar.

Hablaron sobre cuándo sería la próxima visita, qué circunstancias requerirían que llamara al médico de urgencias y qué síntomas podrían ser peligrosos.

—Creo que las dos vais a estar muy bien.

Dakota asintió.

—Te agradezco toda la información —ahora sólo tenía que encontrar el modo de ordenarla en su cabeza.

Salió con Hannah a la sala de espera y, al verlas, Finn se levantó y se acercó.

—¿Qué te ha dicho?

—Por suerte, no más de lo que puedo recordar —Dakota se dirigió a la recepcionista para pedir la siguiente cita.

Mientras caminaban hacia el coche, le contó lo que le había dicho.

—Tengo que ir a por esta receta y le ha cambiado la leche en polvo, pero eso tengo que hacerlo de manera paulatina. De lo contrario, podría ponerse muy enferma. Ahora mismo lo último que necesita son problemas de estómago.

Sabía que se abrumaría con facilidad. Todo el mundo estaba animándola, diciéndole que podía hacerlo, pero al final del día sería ella la que se quedara sola con la niña.

—Os llevaré a casa y después iré a por la receta. Así tendrás una cosa menos que hacer.

Dakota terminó de colocar a Hannah en la sillita del coche y cerró la puerta.

—Ya has hecho demasiado por mí. No sé cómo agradecértelo.

—Te enviaré una lista.

El trayecto de vuelta a casa no fue muy largo, aunque ella no dejó de mirar atrás para ver cómo estaba Hannah. Parecía que el cansancio la había vencido y la bebé estaba durmiendo.

Se dijo que una vez que Hannah empezara con la medicación, todo iría mejor. Por lo menos, eso esperaba. Había…

—Alguien está celebrando una fiesta —dijo Finn al aparcar en el camino de entrada.

Había muchos coches aparcados en la calle, y Dakota reconoció algunos de ellos.

La sensación de miedo dio paso al alivio al ver que no estaba sola. ¿Cómo podía haberlo olvidado?

—No es una fiesta —le dijo al salir del coche—. No como tú crees.

—Entonces, ¿qué es?

—Ven a verlo.

Sacó a Hannah y el bebé apenas se movió. Finn se colgó al hombro la bolsa de la niña y las siguió hasta la casa.

A pesar de haber visto todos esos coches, se quedó sorprendida al ver a tanta gente en su salón y en la cocina. Su madre estaba allí con sus hermanas. La alcaldesa Marsha y Charity, y una embarazadísima Pia. Liz y las hermanas peluqueras, que se encontraban en una constante contienda, Julia y Bella. Gladys y Alice, y Jenel de la joyería. Había mujeres por todas partes.

—Ahí está —dijo Denise corriendo hacia ellos—. ¿Estás bien? ¿Qué tal ha ido el viaje? ¿Cómo está tu niña?

Dakota le entregó la niña a su madre, pero no pudo hablar. Las lágrimas se lo impedían. Estaba demasiado emocionada.

Desde donde se encontraba, podía ver montañas de regalos. Los envoltorios eran amarillos, rosas y blancos, y tenían lazos. Había una trona en el comedor y montones de pañales por todas las sillas. Podía ver dos ollas humeantes sobre la encimera de la cocina, una gran cesta de fruta y un ramo de globos.

Mientras Denise acunaba a su nueva nieta, Nevada y Montana llevaron a Dakota a una habitación. Habían colocado su pequeña mesa de ordenador contra una pared y las paredes que antes eran blancas ahora tenía un suave color rosa. Nuevas cortinas colgaban de las ventanas y una tupida alfombra cubría el suelo de madera.

En el centro de la habitación había una cuna. Las sábanas eran de un animado tono amarillo y blanco con conejitas bailarinas. Había también un cambiador y una cómoda. Las puertas de los armarios estaban abiertas y diminutas prendas colgaban de perchas blancas.

–Es una pintura especial –dijo Nevada–. Igual que todo lo demás, que es orgánico y no tóxico. Seguro para la bebé.

Dakota no sabía qué decir, así que fue una suerte que sus hermanas la abrazaran sin más. Ya había visto al pueblo en acción otras veces, había formado parte de ello, pero nunca había sido la beneficiaria del amor de Fool's Gold. Fue una sensación que la abrumó.

–No me esperaba nada de esto –susurró Dakota conteniendo las lágrimas.

–Entonces, nuestro trabajo aquí está hecho –bromeó Dakota.

Finn entró en la habitación.

–Vosotras sí que sabéis cómo celebrar una fiesta. Voy a por la receta y volveré en cuanto la tenga.

Ella asintió, más que hablar. Se había pasado la mayor parte del día llorando y si intentaba darle las gracias, las lágrimas volverían a brotar. Ese hombre se merecía un descanso.

Dakota dejó que sus hermanas la llevaran de vuelta

al salón, donde su madre seguía acunando a Hannah y el bebé parecía más relajado en brazos expertos. Varias de las mujeres le hicieron sitio en el sofá y Dakota se dejó caer en él. Le pusieron un plato entre las manos y un vaso de algo que parecía Coca Cola light sobre la mesita de café, delante de ella.

—Ahora empieza desde el principio y cuéntanoslo todo —dijo su madre—. ¿Está bien Hannah? Finn ha dicho que tenía que ir a por una medicina.

—Se pondrá bien —respondió Dakota pinchando la ensalada de pasta que tenía en el plato—. Puede que lleve un tiempo, pero se pondrá bien.

Aurelia estaba en la acera rodeada por la calidez de la noche y desde ahí podía ver a Sasha y Lani en el parque, discutiendo. Estaban gritando y agitando los brazos, pero de pronto, Sasha agarró a Lani de los brazos, la acercó a sí y la besó.

Lani se resistió al principio, se giró a un lado y después alzó la mano como si fuera a abofetearlo, pero él le agarró la mano y volvió a besarla. En esa ocasión, ella se dio por vencida. Incluso a varios metros de distancia, se podía ver claramente que los jóvenes amantes habían superado la crisis.

Pero Aurelia sabía muy bien que la pelea estaba preparada, que era una escenita para las cámaras.

—Tienes que admitir que son muy buenos —le dijo a Stephen—. Tanto si llegan o no a la final, está claro que tienen lo que se necesita para ser actores de éxito.

Stephen apoyó las manos sobre sus hombros, aunque ella no sabía por qué. Era un buen tipo. Inteligente y divertido y muy atento. Estar con él resultaba muy sencillo, incluso aunque eso no se reflejara en la cámara.

Cada vez que los grababan juntos, la situación se volvía muy incómoda por parte de los dos, no sólo por ella. Geoff decía que las grabaciones de esa pareja eran absolutamente horribles.

–Hola, Aurelia.

Aurelia se giró al oír su nombre y vio a su madre caminando hacia ella. Entre el trabajo y el programa, no había tenido mucho tiempo de ir a visitarla. La había llamado con frecuencia, aunque eso no había sido suficiente para su madre.

–Tu madre, supongo –le susurró Stephen al oído.

Antes de poder asentir, él se puso delante y se presentó. Se dieron la mano y, sin soltarla, Stephen le dio las gracias por haber insistido en que Aurelia entrara en el programa.

–Su hija habla de usted con frecuencia. Veo lo mucho que se preocupa por usted.

–No, no se preocupa –dijo su madre apartando la mano–. Si de verdad se preocupara por mí, se pasaría a verme más a menudo.

–Está ocupada con el trabajo y el programa.

Aurelia se puso entre los dos. Sabía los derroteros que tomaría la conversación y aunque agradecía que Stephen quisiera defenderla, sabía que había llegado el momento de enfrentarse sola a su madre.

–Stephen, ¿podrías darnos un minuto?

Él asintió y retrocedió.

Aurelia llevó a su madre hasta un banco, pero antes de poder hablar, la mujer dijo:

–No puedo creer lo joven que es. Esperaba que estuvieran exagerando, pero ahora puedo verlo en persona. Está claro que no era una exageración. Es humillante. ¿Sabes lo que están diciendo mis amigas? ¿La gente del trabajo? ¿Es que no te importo? –su madre suspiró y sacudió la cabeza–. Siempre has sido una egoísta, Aurelia. Y ya que estamos, ¿dónde está mi cheque del mes?

Aurelia miró a la mujer que la había criado. Siempre habían estado solas y durante mucho tiempo con eso había bastado. Había creído que la familia lo era todo y que ocuparse de su madre era su responsabilidad. Se había dicho que la amargura de su madre podía justificarse, pero ahora que lo pensaba, no estaba exactamente segura de por qué su madre estaba enfadada todo el tiempo.

Stephen no valoraba lo que estaba haciendo Finn y lo veía como una irritante intromisión en su vida, pero ella sabía que no era así. Finn lo había hecho porque estaba preocupado por sus hermanos, no quería nada para él, todo lo que hacía era por ellos. Su madre, en cambio, nunca había hecho nada parecido.

En la familia de Aurelia, su madre siempre iba primero. Su madre era la importante. Y de algún modo, Aurelia había permitido que la manipulara. Parte de la culpa recaía en su madre, pero la otra parte recaía en ella. Tenía casi treinta años y ya era hora de cambiar las reglas.

–Mamá, de verdad que agradezco que me animaras para entrar en el programa. Tenías razón, no he estado haciendo nada para pasar al siguiente nivel en mi vida. Quiero casarme y tener hijos, pero me escondo en el trabajo y me paso todo el tiempo que tengo libre contigo.

–Últimamente no –le contestó su madre bruscamente.

–Lamento que sientas que no te he estado prestando atención, pero el tiempo que estoy pasando en el concurso me ha ayudado a ver las cosas con perspectiva. Soy tu hija y siempre te querré, pero necesito tener mi propia vida.

–Entiendo –dijo la mujer con frialdad–. Deja que adivine… Yo ya no importo.

–Importas mucho, pero creo que puedo tener mi propia vida independientemente de que las dos sigamos estando unidas –Aurelia respiró hondo. Ahora venía la parte más difícil. Tenía un nudo en el estómago, una bola de miedo y culpabilidad–. Tienes un trabajo muy bueno –dijo lentamente–. La casa ya está pagada, y tu coche también –y ella lo sabía bien porque había pagado los dos préstamos–. Está claro que si hay una emergencia, te ayudaré, pero por lo demás tienes que responsabilizarte de tus propias facturas.

Su madre se puso de pie y la miró.

–Aurelia, no te eduqué para esto. Soy la única madre que tendrás nunca. Cuando esté muerta, tu egoísmo te perseguirá y te atormentará para siempre.

Aurelia la vio alejarse. Sabía que su madre se esperaría que saliera corriendo detrás de ella, pero no podía hacerlo. La relación que habían tenido antes había sido retorcida y complicada. Si quería que algo cambiara, tendría que ser fuerte.

Stephen se acercó a ella y la rodeó con su brazo.

–¿Cómo estás?

–Tengo náuseas –se llevó la mano al estómago–. Esto no acaba aquí. Volverá. Pero al menos siento que he dado el primer paso y eso ya es algo.

–Es genial.

Ella lo miró y sonrió.

–Lo único que he hecho ha sido enfrentarme a mi madre, no es para tanto.

–¿Y cuándo fue la última vez que lo hiciste?

–Tendría unos cinco años.

–Pues entonces, sí que es para tanto.

–Eres demasiado bueno conmigo.

–Eso es imposible.

Caminaron por el parque, alejándose del camino que había seguido su madre. Aurelia se dijo que ignorara el sentimiento de culpa y que, con el tiempo, se desvanecería.

La realidad era que su madre era más que capaz de mantenerse sin ayuda de nadie, pero por alguna razón, quería que su hija se ocupara de ella.

–A lo mejor piensa que el hecho de que le pague todas sus cosas demuestra que la quiero –dijo pensando en voz alta.

–O que quiere poder decírselo a todas sus amigas para destacar por encima de ellas.

–No había pensado en eso. En mis días buenos, me digo que tengo que compadecerme de ella más que estar enfadada o resentida.

–¿Y te funciona?

–A veces.

Pararon junto al lago Ciara. El sol se había puesto y el cielo había oscurecido. Podía ver las primeras estrellas saliendo. De pequeña, había pedido deseos a las estrellas y por aquel entonces la mayoría de sus sueños habían estado protagonizados por un guapo príncipe que la rescataba.

Ahora, echando la vista atrás, se daba cuenta de que ese rescate equivalía a huir de su madre. Era una relación con demasiadas reglas y ataduras e incluso de niña había sentido la necesidad de verse querida, querida por ser ella misma.

Ese deseo seguía vivo, pero sabía que no podía pedírselo a las estrellas. Más bien, tendría que crecer como persona para poder aceptar ese clase de amor. Esa noche había dado el primer paso. Si su madre regresaba e intentaba arrastrarla hasta su antigua relación, haría todo lo posible por mantenerse firme.

–Te veo muy seria.

–Estoy recordándome que debo mantenerme firme.

Él la miró a los ojos.

–Te admiro muchísimo.

–¿Cómo dices?

–Has tenido que enfrentarte a muchas cosas y ahora estás enfrentándote a la única familia que tienes.

–Tengo casi treinta años y debía haberme enfrentado a mi madre hace mucho tiempo. Además, tú también te has enfrentado a tu hermano. Creo que me has inspirado.

–Pero vosotras dos estabais solas y cambiar vuestra relación no es fácil. Lo cierto es que yo no le planté cara a mi hermano; más bien, hui.

–Eso es diferente.

Sin previo aviso, él se acercó y la besó. Sentir su boca contra la suya hizo que cada parte de su cuerpo se debilitara invadida por el deseo. Se entregó a una fuerza mayor que todas sus dudas. Él era alto y fuerte y la hacía sentirse segura. Stephen siempre le hacía pensar que, si estaba a su lado, nada malo podía sucederle.

Cuando su lengua le rozó el labio inferior, ella la recibió con otra caricia. Stephen deslizaba las manos por su espalda, de arriba abajo, hasta que llegó a sus caderas. Aurelia se acercó y pudo sentir su erección contra su vientre.

Se quedó impactada. Dio un paso atrás, con la respiración entrecortada, y lo miró.

–Para –dijo–. Tienes que parar. Tenemos que parar. Esto es una locura.

Los ojos azules de Stephen brillaban de pasión mientras se acercaba de nuevo a ella, pero Aurelia dio otro paso atrás.

–Lo digo en serio –dijo con tanta fuerza como pudo. Era difícil hacerse la dura cuando lo único que quería era echarse a sus brazos, dejarse abrazar, hacer el amor con él.

–No lo entiendo. Creía que… –miró a otro lado–. Es culpa mía.

–No –lo agarró de un brazo–. Lo siento. Todo esto está mal. Stephen, no es por ti. Es por mí, por nosotros, y por el punto en que se encuentran nuestras vidas –lo miró esperando que la entendiera–. Tienes veintiún años. Tienes que terminar los estudios y vivir tu vida. Te esperan muchas experiencias, muchas primeras veces, y yo no quiero interponerme en tu camino.

Él no parecía estar ni entendiendo ni agradeciendo ese intento de autosacrificio por parte de ella.

–¿De qué demonios estás hablando? Estás actuando como si me sacaras cien años. Sí, vale, eres unos años mayor que yo, pero ¿qué más da? Me gusta estar contigo y creía que tú sentías lo mismo.

¿Le gustaba estar con ella? Después de oír eso, costaba centrarse en lo que era importante. En cuanto a lo de las primeras veces…

–¿Qué me dices de enamorarte por primera vez? Tiene que pasarte con alguien de tu edad.

Él la miró fijamente y en ese momento no hubo nueve años entre ellos. Eran iguales, o tal vez incluso él parecía más maduro.

–¿De quién has estado enamorada tú?

–Eh… bueno… técnicamente no he estado enamorada, pero no estamos hablando de mí.

–Tu argumento es que hay todo un mundo ante mí que no he experimentado, pero eso no es verdad. Me has dicho que mientras estabas en la universidad, volvías a casa todos los fines de semana, así que no puede decirse que tuvieras una gran aventura amorosa. Y desde entonces, has estado dividida entre el trabajo y tu madre.

Aurelia comenzó a lamentar todo lo que le había dicho a Stephen. No había caído en la cuenta de que él podría utilizarlo para ganarse un argumento.

–No eres virgen, ¿verdad?

Ella se sonrojó, pero logró seguir mirándolo.

–No. Claro que no –había tenido sexo… una vez. En la universidad. La noche había sido un desastre; fue la única vez que no volvió a casa a pasar el fin de semana. Se había quedado en el campus y había ido a una fiesta donde se había emborrachado por primera … y última vez en su vida.

Recordaba haber ido a la fiesta y haber conocido a un chico. Había sido simpático y divertido y se habían pasado horas hablando. Después, la había besado y… Nunca llegó a estar segura de lo que había pasado después. Todo estaba muy borroso en su cabeza. Recordaba que la había tocado por todas partes, que había estado desnuda y que el sexo le había dolido mucho más de lo que podría haberse imaginado nunca. Pero no había detalles, sólo imágenes difusas.

Se había pasado las siguientes tres semanas sufriendo por si estaba o no embarazada, y los siguientes meses esperando a ver si había algo más de lo que tuviera que preocuparse. Había logrado escapar de aquella experiencia relativamente ilesa, pero no había habido nada en ese encuentro que le hubiera dado ganas de repetirlo. Hasta ahora. Hasta que un chico de veintiún años la había abrazado y la había besado.

La vida era de lo más inesperada, pensó con tristeza. Por fin había encontrado a alguien, pero todo estaba mal. Aunque suponía que podía haber sido peor; podría haber estado casado o ser gay.

–Sé lo que quiero hacer con el resto de mi vida –dijo ella. Tenía que hacer lo correcto–. Tengo un trabajo estable y algo que se parece a una vida. Sí, tengo problemas con mi madre, pero estoy trabajando en ello. Y voy a seguir haciéndolo. Tú tienes que terminar la universidad y ver qué quieres hacer con el resto de tu vida. Tienes que encontrar una chica de tu edad, enamorarte y casarte y tener unos bebés preciosos.

Hablar resultaba difícil. Tenía un nudo en la garganta y le ardían los ojos.

—Eres muy especial, Stephen. Quiero lo mejor para ti.

—Tonterías. ¿Crees que me importa lo que piense la gente? ¿Qué tiene que ver la edad? ¿Por qué no puedes ser tú esa chica? En cuanto a lo que quiero hacer con mi vida, ¿por qué no puedo compartirla contigo?

—Porque no puedes.

—Eso no es un argumento –la agarró por los hombros–. Tú eres la chica que quiero.

—Eso lo dices ahora, pero mañana podrías cambiar de opinión.

—Y tú también. ¿Debería confiar más en ti que tú en mí sólo porque eres mayor?

Lo peor de todo, lo que la asustaba, era que sabía que él tenía razón.

—Me das miedo –admitió con voz temblorosa.

Inmediatamente, él la soltó y dio un paso atrás.

—Lo siento, no pretendía…

—No, no en ese sentido –se apresuró a decir–. No tengo miedo de ti. Me da miedo lo que siento cuando estoy contigo. Me da miedo lo que quiero –sacudió la cabeza–. No quiero volver a verte en privado. Tendremos las citas del programa, pero eso será todo. No puedo hacer otra cosa.

—¡Aurelia, no!

Ella se dio la vuelta y se alejó. No fue fácil, pero era lo correcto. Lo oyó echar a correr detrás, pero entonces

Stephen debió de cambiar de idea. «Es para mejor», se dijo. Con el tiempo lo superaría y saldría adelante. Él tenía que estar con otra persona y en cuanto a ella... bueno, siempre se le había dado muy bien pensar primero en los demás.

Finn sujetó la puerta mientras salían los últimos invitados de Dakota. Al volver de la farmacia, la casa seguía llena de amigas que, como pudo ver, le habían enseñado el mejor modo de dar de comer a la niña. Después, habían venido una demostración de cambio de pañales y muchos otros consejos.

Denise, la madre de Dakota, se había ofrecido a quedarse con ella, pero su hija se había negado.

—Necesito saber si puedo hacerlo sola —le dijo sonando muy valiente.

—Llámame si necesitas algo. Puedo estar aquí en diez minutos.

Dakota estuvo a punto de cambiar de opinión y pedirle a su madre que se quedara, pero no lo hizo.

—Estaremos bien.

Finn acompañó a Denise a la puerta.

—Si las cosas se ponen mal —le susurró—, llámame.

—Lo haré —aunque si las cosas se ponían mal, el plan de Finn era quedarse allí a pasar la noche. Había pasado mucho tiempo desde que sus hermanos eran pequeños, pero aún recordaba cosas.

Volvió al salón y lo encontró vacío. Recorrió el corto pasillo y entró en la habitación de la bebé.

Hannah estaba en su cuna; Dakota le había cambiado la ropa y había optado por saltarse el baño, ya que las demás le habían dicho que la niña ya había tenido demasiadas nuevas experiencias por un día.

La pequeña miraba fijamente el móvil que giraba suavemente sobre su cabeza; estaba hipnotizada por los conejitos que daban vueltas y fue cerrando los ojos.

–No me esperaba que fuera tan preciosa –susurró Dakota mientras acariciaba la mejilla de su hija.

Él se acercó por detrás y puso una mano sobre su cintura.

–En unos quince años, tendrás un montón de chavales haciendo cola en la puerta.

Dakota le sonrió.

–Ahora mismo me conformo con pasar una buena noche.

–Ha tomado la medicina y parece estar mejor. Tiene el estómago lleno y ya sabes cómo cambiarle el pañal.

Dakota se apartó de la cuna y él la siguió hasta el salón.

–Tienes razón. Lo haré bien –sonrió, aunque a Finn no lo engañaba–. Has estado genial. Te agradezco mucho toda tu ayuda. Ha sido un día muy largo y debes de estar agotado.

Finn podía ver el terror en sus ojos, a pesar de que fingía estar bien; estaba decidida a ser valiente.

Había llegado el momento de irse. Ahí acababa todo lo que fuera que habían tenido. Había sido divertido y sin complicaciones, pero Hannah lo cambiaba todo. Ahora Dakota era madre, había nuevas reglas y no iba a echarlo todo a perder. Lo más sensato era marcharse ahora que podía.

Sin embargo, no quería hacerlo. La valentía fingida de Dakota le había calado hondo. La admiraba por el modo de lanzarse a una situación para la que no estaba preparada en absoluto, y eso, sumado al hecho de que le gustaba desde hacía tiempo, le impedían marcharse de su lado. Ni siquiera aunque fuera lo más sensato.

–Me quedo. No puedes hacerme cambiar de opinión, así que no te molestes. Pasarás la noche conmigo.

–¿En serio?

Él asintió.

Ella se dejó caer en el sofá y se cubrió la cara con las manos.

–¡Gracias a Dios! Estaba intentando hacer creer a todo el mundo que sé lo que estoy haciendo, pero no tengo ni idea. Nunca había estado más asustada en mi vida. La niña depende completamente de mí y yo no sé lo que estoy haciendo.

Él se sentó a su lado y la abrazó.

–Esto es lo que vamos a hacer. Vas a sacar el intercomunicador y lo vas a poner en la habitación. Después, nos prepararemos para irnos a dormir. Yo estaré aquí, así que podrás dormir todo lo que quieras.

–Me gustaría dormir –admitió y apoyó la cabeza en su hombro.

–Pues aquí tienes tu oportunidad.

–Gracias por todo. Eres mi héroe.

–Nunca antes había sido el héroe de nadie.

–Lo dudo.

Finn se levantó y tiró de ella. Juntos, fueron hasta el dormitorio.

En su interior, una voz le gritó que estaba metiéndose en problemas, pero él silenció esas palabras. No se involucraría demasiado. Se quedaría sólo esa noche y después las cosas volverían a ser como antes.

Capítulo 13

–Tenemos que hacer que el programa resulte más interesante –dijo Geoff–. Quiero utilizar uno de los festivales como telón de fondo. En este pueblo hay uno cada semana.

–A veces más –dijo Dakota–. Creo que el Festival del Tulipán es este fin de semana. Hablaré con la alcaldesa y veré qué le parece que filméis allí.

Tenía la sensación de que a Marsha la idea no le haría ninguna gracia, pero que les daría permiso de todos modos. Después de todo, tener a Geoff a la vista era más seguro para todo el mundo.

–Bien –le dijo Geoff–. Tenemos que añadirle un poco de drama al programa. He recibido quejas de los ejecutivos y no estoy seguro de que el festival vaya a ser suficiente. ¿Crees que podríamos conseguir una emisora de la policía y perseguir a los polis? O a lo mejor… si hubiera una explosión o algo…

–Nada de explosiones –le dijo ella.

–Pues es una pena.

Dakota no supo qué decir a eso.

Geoff miró la libreta que tenía en la mano y en ese momento Hannah hizo un arrullo.

El productor se giró hacia el sonido y vio a la bebé mirando al móvil que Dakota había enganchado al parque de juegos.

–¿Es eso un bebé?

–Ajá.

–¿Es tuyo?

Ella ocultó una sonrisa.

–Sí.

Geoff se giró dispuesto a marcharse, pero se dio la vuelta.

–¿Estabas embarazada y no me he dado cuenta?

–Tiene seis meses.

–¿Entonces eso es un «no»?

No pudo evitar sonreír.

–No estaba embarazada.

–De acuerdo, porque me han dicho que no soy muy observador cuando se trata de algo que no tenga que ver con el programa, pero me habría dado cuenta si hubieras estado embarazada.

–Seguro que sí.

Geoff miró a Hannah.

–¿Así que es tuya?

Dakota pensó en explicarle lo de la adopción, pero decidió que a él no le interesaría realmente.

–Es mía.

–Bueno, entonces, ¿vas a preguntar lo de la explosión?

–No, pero preguntaré por el festival.

Geoff suspiró.

–Supongo que esto tendrá que valer.

–Supongo que sí.

Y se marchó.

Dakota se rió y sacó a Hannah del parque.

–Qué hombre más tonto –dijo abrazando a su hija.

Le tocó la frente y, complacida, comprobó que estaba fría. El antibiótico estaba funcionando rápidamente.

Su madre se había pasado por casa esa misma mañana para ver cómo estaban y le había advertido que la fiebre de Hannah podría bajar y subir a lo largo del día, pero Dakota estaba preparada con gotas de Tylenol. Hasta el momento, sin embargo, todo parecía estar marchando bien. Hannah había estado comiendo y parecía menos asustada de tantas experiencias nuevas.

Mientras estaba sentada en su sillón, acunando a la bebé, llamó a la alcaldesa y le explicó lo del festival.

—Si digo que no, ¿se irá a otra parte con este programa?

—Probablemente no.

—Entonces supongo que sí que puede grabar. ¿Cómo está Hannah?

—Bien. Anoche durmió varias horas seguidas. Además, está comiendo bien.

—Genial. Ya sabes que puedes llamarme cuando necesites algo.

—Sí, lo sé. Gracias.

Dakota hizo un par de llamadas y se dio una vuelta por las oficinas de producción con la niña. Nadie pareció demasiado interesado en conocer a su hija y no le importaba. Esa gente no la conocía.

Cuando volvieron a su despacho, sentó a la niña en la sillita del coche y la colocó mirando hacia la ventana. Intentaba trabajar, pero en lugar de eso, acabó mirando los ojos de Hannah.

¡Tenía un bebé! Una hija propia. Aún no lo había asimilado, era un milagro.

Unos minutos después, Bella Gionni, una de las hermanas Gionni, entró en su despacho.

—Quería ver cómo van las cosas —dijo la cuarentona

de pelo oscuro–. Estábamos preocupadas por cómo te habría ido tu primera noche. ¿Qué tal?

–Bien. Hannah ha dormido relativamente bien y está mejor. No creo que le molesten mucho los oídos.

Lo que no admitió fue que Finn había pasado la noche con ella. Cada vez que Hannah había emitido el más mínimo ruido, Dakota se había levantado y había ido corriendo a la habitación. Y Finn había estado con ella, ayudándola con el biberón, acunándola. No podría haberlo hecho sin él.

–¿Puedo tenerla en brazos?

–Claro.

El médico le había dicho que hiciera que la vida de Hannah fuera lo más normal posible y en Fool's Gold eso significaba conocer a mucha, mucha, gente.

Sacó a la bebé de la sillita y Bella la tomó en brazos. Por lo que Dakota pudo ver, la pequeña estaba disfrutando siendo el centro de atención.

–¿Quién es la niña más bonita del mundo? –preguntó Bella–. Eres tú. Sí, sí. Sin duda, vas a ser una rompecorazones.

Dakota sabía que ésa sería la primera de muchas visitas. Las mujeres del pueblo se ocuparían de las dos.

Mientras que agradecía todo ese apoyo, sabía que la última noche había sido Finn el que había evitado que se volviera loca. Tenerlo en casa había significado todo para ella. Había sido mejor que el sexo... y eso que el sexo con él había sido increíble. Pero esa noche la había cuidado, había sido el hombre que necesitaba.

Nunca antes había dependido de un hombre y la experiencia era nueva y le estaba gustando. Aun así, no era algo a lo que debiera acostumbrarse. Después de todo, Finn se iría. Eso lo había dejado claro.

Sin embargo, estaba decidida a disfrutar de lo que tenía mientras durara.

Aurelia sabía que había un problema cuando pasaron tres días sin saber nada de su madre. Por lo general, no pasaba un día entero sin que hablaran al menos dos veces. Aunque sabía que tenía que aprender a estar sola, no había razón para perder el contacto de esa manera con la única familia que tenía. Por eso, el viernes después del trabajo fue a casa de su madre.

—Hola, mamá.

—¿Has venido a verme? —preguntó su madre fingiendo sorpresa.

—Sí. Hace días que no hablamos y quería saber cómo estabas.

—No sé por qué. Me dejaste muy claro que no te importaba. Podría caerme muerta en la calle y tú pasarías por encima de mí.

Aurelia se dijo que no perdiera la paciencia. Había establecido unos límites que a su madre no le gustaban y tendría que ponerlos a prueba. Si se respetaba, su madre aprendería a respetarla también.

En lugar de enfadarse o frustrarse, sonrió.

—Se te dan muy bien las palabras. Ojalá hubiera heredado esa habilidad de ti —y con eso, pasó por delante de su madre y entró en la casa—. ¿Has hecho té? —le preguntó de camino a la cocina. Su madre siempre hacía té después del trabajo, a menos que fuera a salir con sus amigas.

La tetera no estaba en el fuego y eso significaba que esa noche su madre saldría. Bien. Así la conversación no se alargaría durante horas.

Su madre la siguió y se detuvo en mitad de la cocina, con los brazos cruzados.

–¿Has venido para burlarte de mi pobreza?

Aurelia enarcó las cejas.

–¡Ya estás otra vez! Mamá, ¿has pensado alguna vez en escribir novelas de ficción? Serías genial. O tal vez relatos, ya sabes, para esas revistas femeninas.

–No me gusta que te burles de mí.

–No lo hago. Quería saber cómo estabas y asegurarme de que todo iba bien. Siento que no te sientas cómoda llamándome y espero que eso cambie.

–Cambiará cuando dejes de ser tan egoísta. Hasta entonces, no quiero saber nada de ti.

Ya estaba. En el pasado, Aurelia siempre había cedido. La idea de ser abandonada por su madre había aplastado la poca voluntad que tenía, pero ahora era distinto. Lo que había dicho antes iba en serio. Con mucho gusto la ayudaría ante una emergencia, pero ya estaba bien de darle tanto apoyo económico y emocional.

Stephen había respetado sus deseos. ¿Por qué a su madre le resultaba tan sencillo ignorarla mientras que a Stephen le resultaba tan sencillo hacer exactamente lo que le pedía? Era un dilema que ya analizaría más adelante.

–Espero que te diviertas con tus amigas esta noche. Me ha encantado verte, mamá –y se giró para marcharse.

Su madre la alcanzó en el pasillo.

–¿Te marchas? ¿Así?

–Has dicho que no querías saber nada de mí a menos que volviera a ser como era antes. No puedo hacerlo. Lo siento si crees que eso me convierte en una egoísta, pero yo no creo que lo sea.

–Soy tu madre. Debería ser lo primero en tu vida.

Aurelia sacudió la cabeza.

–No, mamá. Primero tengo que encontrar mi propia vida, tengo que cuidar de mí misma.

Su madre posó las manos en las caderas.

–Ya veo. Egoísta hasta el final. Supongo que todo es culpa mía.

–Yo no he dicho eso y no lo pienso, pero si tú eres la primera en tu vida y la primera también en la mía, ¿dónde me sitúa eso a mí?

No se esperaba una respuesta, pero esperó unos segundos de todos modos. Le parecía lo más educado. Su madre abrió la boca para decir algo, pero la cerró al instante.

–Ya hablaremos –dijo Aurelia y se marchó.

De camino a casa, recordó la conversación. Por una vez se alegraba de lo que había dicho. Estaba haciendo progresos.

Quiso llamar a Stephen y contarle lo que había pasado, pero no podía. Iban a verse en el programa, únicamente allí. Sabía que había tomado la decisión correcta, pero eso no hacía que la soledad fuera más fácil de soportar.

Dakota envolvió a Hannah con la toalla. Su hija estaba sonrosada después del baño. Denise se encontraba al otro lado del cambiador desde donde le hacía cosquillas suavemente a su nieta en los pies.

–¿Quién es la bebé más preciosa? –preguntó Denise con una melodiosa y cantarina voz–. ¿Quién es especial?

Hannah agitó los dedos y se rió.

–Está mucho mejor –dijo Dakota. Saber que su hija se estaba recuperando era todo un alivio. Acostumbrarse a cuidar de un niño era duro, pero cuando ese bebé estaba enfermo, se convertía en una pesadilla.

Hannah y ella ya llevaban juntas casi una semana y tenían una rutina establecida. La visita al pediatra había ido mucho mejor que la primera. La doctora había dicho que Hannah estaba muy bien, que había subido de peso y que tenía los oídos limpios. Hannah tenía que terminar de tomar los antibióticos y aún tenían que salirle dientes, pero todo eso era llevadero.

–Está comiendo bien –dijo Denise–. Está claro que está mejor. ¿Ya has pasado a darle la nueva leche?

–Sí y hemos tenido suerte. Su estómago ha tolerado bien el cambio. La doctora dijo que empezara a ingerir alimentos sólidos la semana que viene, una semana antes de lo esperado. Eso la ayudará a ganar más peso y a ponerse a la altura de los bebés de su edad.

Terminó de secar a la pequeña, le puso un pañal limpio y el pijama. Para cuando terminó, la niña ya estaba medio dormida. Tenía los ojos medio cerrados y el cuerpo muy relajado.

–Adelante –le dijo a su madre–. Métela tú en la cuna.

Denise le sonrió.

–Gracias –susurró y levantó a la bebé.

Hannah se le acurrucó antes de que Denise la metiera en la cuna. Después de conectar el intercomunicador, bajaron la intensidad de las luces y salieron del dormitorio.

–Tengo mucha suerte con ella –dijo Dakota subiendo el volumen del intercomunicador–. A Hannah le gusta estar con gente. He oído que algunos niños que han vivido en orfanatos son más miedosos a la hora de conocer a alguien y, en este pueblo, eso sería un problema.

Se sentaron en el sofá y su madre la miró.

–Lo estás haciendo muy bien. Sé que estás aterrorizada la mitad del tiempo, pero no se nota. Pronto estarás aterrorizada sólo un cuarto del tiempo.

–Gracias. Tienes razón. Estoy asustada, pero cada vez va a mejor. Saber que se está curando me ayuda mucho, y también me ayuda tanta compañía. Ethan y

Liz vinieron hace unos días y en el trabajo recibo muchas visitas –sonrió a su madre–. Y tú estás ayudándome mucho.

–Me encanta tenerla aquí. Por fin una nieta que vive cerca de mí. Tendrás que avisarme si me convierto en una de esas abuelas pesadas y metomentodo. No estoy diciendo que fuera a cambiar mi comportamiento, pero por lo menos me sentiría culpable por ello.

Dakota se rió.

–Siempre que te sientas culpable, me parece bien.

–Entonces, ¿estás menos estresada? ¿Duermes bien?

–Mejor que antes –Finn se había quedado con ella las últimas noches y tenerlo cerca había hecho que todo fuera mejor. Pero sabía que en algún momento tendría que enfrentarse sola a la maternidad. No había dormido nada la primera noche que él no había estado allí, pero desde entonces había dormido cada vez más.

–A veces me pongo histérica sin motivo. ¿Eso mejora?

–Sí y no –respondió su madre–. Cuando empiezas a ponerte menos histérica, ellos se hacen adolescentes y entonces empieza la verdadera pesadilla –Denise sonrió–. Pero para eso falta mucho tiempo. Disfruta de Hannah mientras aún es pequeña y racional.

–Nosotros no fuimos tan malos.

–No hacía falta que lo fuerais, erais seis.

–Supongo que tienes razón.

Su madre la miró y le dijo:

–Aun a riesgo de meterme donde no me llaman, ¿cómo van las cosas con Finn? No lo he visto por aquí. ¿O acaso es que viene cuando yo no estoy?

–Finn ha sido una gran ayuda con Hannah –admitió Dakota–. Lo cual ha sido maravilloso, pero románticamente...

Costaba explicar la relación, sobre todo porque ni ella misma la comprendía.

—Es un tipo genial, pero queremos cosas distintas. Estábamos divirtiéndonos juntos y la cosa empezó a complicarse. Está aquí por sus hermanos y ... —se encogió de hombros—. Lo cierto es que no tengo respuesta para eso.

—Yo sí. Me preguntaba si la relación con él estaba volviéndose seria.

—No —le aseguró Dakota antes de preguntarse si estaría mintiendo.

Pensaba mucho en Finn y lo echaba de menos. Sabía que estaba trabajando en el aeropuerto y se decía que ésa era la razón por la que no lo había visto. Además, Raúl había hablado de otra reunión con Finn para empezar con un programa no lucrativo.

—Entiendo. Ninguna de mis chicas está casada y a veces creo que es culpa mía.

—Por mucho que me gustaría echarte las culpas a ti, no creo que pueda. Nunca he estado enamorada, siempre he querido estarlo y siempre pensé que lo estaría, pero no. En la universidad conocí a chicos fantásticos, pero no me veía pasando el resto de mi vida con ellos. Puede que sea yo.

—No eres tú. Eres completamente adorable. Creo que los hombres de este pueblo son estúpidos.

Dakota se rió y se inclinó hacia delante para abrazar a su madre.

—Gracias por tu apoyo. Y en cuanto a los hombres de este pueblo, no tengo respuesta para eso.

—¿Estás segura de lo de Finn?

—Está buscando menos responsabilidades, no más. Una vez sus hermanos estén asentados, volverá a su vida normal. Y, además, ahora Hannah lo cambia todo.

Dakota era muy consciente del hecho de que tener un bebé, ser madre soltera, no haría más que complicar el tema hombres. No quería tener que renunciar a una clase de amor por otro.

–Quiero lo que tú tuviste –le dijo a su madre–. Quiero un gran amor. Un amor que me dure el resto de la vida.

–¿Es eso lo que piensas? ¿Que sólo tenemos un gran amor?

–¿Es que tú no lo crees?

–Tu padre fue un hombre maravilloso y lo quería muchísimo, pero no creo que haya un solo hombre para nosotras. El amor está por todas partes. Puede que sea una tonta y demasiado vieja para pensar esto, pero me gustaría volver a enamorarme.

Dakota hizo lo que pudo por no mostrarse impactada. Tener citas era una cosa, ¿pero enamorarse? Siempre había dado por hecho que para su madre no habría otro hombre como su padre.

Ahora, mirando a Denise, la vio por lo que era: una mujer atractiva y vital. Seguro que habría muchos hombres interesados en ella.

–¿Tienes a alguien en mente?

–No, pero estoy abierta a toda posibilidad. ¿Te molesta?

–Me da envidia –admitió Dakota–. Estás dispuesta a arriesgarte otra vez.

–Tú te has arriesgado al adoptar a esta pequeña. El hombre adecuado aparecerá. Ya lo verás.

–Eso espero.

Ella también quería enamorarse, pero el problema era que pensar en estar enamorada le hacía pensar en Finn. ¿De verdad estaba interesada en él? ¿O simplemente era más sencillo distraerse deseando al único hombre que no podía tener?

Capítulo 14

Dakota estaba sentada en el suelo con su hija sobre una manta en mitad del salón. Había varios juguetes tirados por el suelo y ella tenía un enorme libro de dibujos que estaba leyéndole a la pequeña.

—El conejito solitario se alegró de haber encontrado un amigo —señaló al dibujo—. ¿Ves al conejito? Ya no está solo. Ahora tiene un amigo. ¿Ves al gatito? —señaló al gatito—. Es blanco.

A juzgar por todo lo que había leído, Hannah necesitaba mucho estímulo visual y verbal y la niña parecía comprender la historia. Se fijaba en donde señalaba y los brillantes colores del libro llamaban su atención. Dakota estaba a punto de pasar la página cuando alguien llamó a la puerta.

Se levantó, recogió a Hannah del suelo y se le encogió el corazón al ver a Finn esperando en su pequeño porche.

Estaba tan sexy como siempre, sobre todo cuando le lanzó esa lenta sonrisa que hizo que le ardieran los muslos.

—Hola. Debería haberte llamado primero. Lo siento. He estado volando mucho y éste es mi primer descanso. ¿Cómo estás?

–Bien. Pasa.

Él entró en la casa y se dirigió a Hannah.

–¿Cómo está mi chica favorita?

La bebé le echó los brazos y él la acurrucó contra su pecho mientras la niña reaccionaba como si también lo hubiera echado de menos.

–Estás creciendo mucho –susurró y la besó en la cabeza–. Ya lo noto –miró a Dakota–. Tú también estás muy guapa, por cierto.

Ella sonrió.

–Vaya, gracias. Te agradezco el cumplido, aunque me lo hayas dicho un poco tarde.

Fueron al salón, donde Finn se sentó en la manta con Hannah sobre su regazo. Dakota se sentó frente a él.

Él siempre había tenido ese aspecto que le hacía pensar en sábanas arrugadas y en mañanas pasadas en la cama. Pero ver a un hombre fuerte y seguro de sí mismo abrazando a un bebé tenía algo… resultaba mucho más atractivo.

–¿Cómo van las cosas con el programa? Hablé con Sasha hace unos días y se quejaba de que no les daban una de esas citas ardientes en las que los sacan del pueblo.

–Mala elección de palabras, después de lo del incidente del fuego. Creo que hasta Geoff se muestra reacio a dejar a esos dos sueltos.

–Creo que por eso siempre están cerca de casa. Por otro lado, no se ha planeado nada para Stephen y Aurelia. Me parece que a Geoff no le interesan demasiado.

–Probablemente no. Está histérico con mantener la audiencia. Dijo que le encantaría que hubiera una explosión en el Festival del Tulipán y yo le dije que eso no sucedería bajo ningún concepto. Pero bueno, ¿qué tal los vuelos? ¿Echas de menos las montañas de Alaska?

–No tanto como me habría imaginado. Hay mucha gente que prefiere venir volando a Fool's Gold antes que en coche. No lo entiendo, el trayecto en coche es maravilloso y te lo digo yo, que soy piloto. Aun así, eso me mantiene ocupado. He hecho algunos transportes de mercancía y pasé una tarde muy interesante trasladando a una grulla macho desde San Francisco a San Diego. Se supone que ese pájaro era como un semental –se rió–. A mí no me lo parecía, pero claro, yo no soy una grulla chica.

Mientras hablaba, Hannah alargó la mano hacia uno de sus animales de peluche.

–¿Lo quieres? –le preguntó Finn, que recogió el pequeño elefante rosa y se lo dio.

–*Ga ga ga*.

Dakota miró a la niña.

–¿Has dicho «ga»? –se giró hacia Finn–. Lo has oído, ¿verdad? Ha hablado.

Finn se tumbó de espaldas y alzó a la niña en sus brazos.

–¡Pero qué lista eres! Si puedes decir «ga».

Hannah gritaba encantada mientras Finn seguía alzándola en el aire. Cuando se sentó, volvió a darle el elefante.

Dakota no podía parar de sonreír.

–Sé que no he tenido nada que ver con esto, pero ¡me siento tan orgullosa!

–Es normal en los padres.

Era verdad. Ahora era madre.

–Tengo que recordar cómo se siente uno para que cuando tenga catorce años y me esté volviendo loca, tenga algo en qué apoyarme y con lo que reconfortarme.

Él se rió.

–Eres una mujer que lo tiene todo planificado.

Observaron a la niña, que parecía hipnotizada por el elefante.

—Uno de los hombres que he llevado en el avión me contó que se está hablando de construir un casino al norte del pueblo –dijo Finn.

—Lo he oído. Al parecer, van a ser unas instalaciones de alto *standing*. Siempre es positivo que haya más turismo.

—También he oído hablar mucho sobre la escasez de hombres. El mundo piensa que Fool's Gold está lleno de mujeres desesperadas.

Dakota se estremeció.

—Es un problema habitual. Ya te conté lo de la chica del curso de postgrado que escribió sobre ello en su tesis. Por eso tenemos aquí a Geoff con su programa. Demográficamente, debería haber más hombres, pero en absoluto somos unas mujeres desesperadas. Aunque eso sí que podría explicar la atracción que siento por ti.

—Me desearías igual por muchos hombres que hubiera en este pueblo.

—Está claro que tienes el ego en muy buen estado.

—Igual que cualquier otra parte de mí.

En eso tenía razón, pensó Dakota mientras recordaba la sensación de tener su cuerpo contra el suyo. Sin embargo, jamás lo admitiría.

—Parece que hay muchos hombres en el pueblo, ¿sigue habiendo escasez?

—No estoy segura. El otoño pasado llegaron unos cuantos en autobuses, pero no sé cuántos se quedaron. Aun así, el pueblo está bien. Por eso fue tan frustrante la atención que despertó en los medios de comunicación.

—Es un buen pueblo.

—La alcaldesa Marsha está contando los minutos hasta que Geoff se marche con su productora. Le da miedo lo que puedan hacer después. Estoy segura de que, para Geoff, Fool's Gold debe de ser aburrido. Es la última persona que querríamos que redactara nuestros folletos turísticos.

Mientras hablaban, Hannah empezó a recostarse más contra Finn y los ojos se le empezaron a cerrar.

—Alguien se está durmiendo —dijo Dakota levantándose. Miró el reloj—, aunque es un poco tarde para su siesta.

Finn le entregó a la niña y se levantó.

—Y eso no hay que estropearlo.

—Exacto. El sueño es algo muy preciado, más para mí que para ella.

Se dirigió al dormitorio de la pequeña y Finn la siguió. Dakota comprobó el estado de su pañal, la metió en la cuna y conectó el intercomunicador.

Finn se acercó y acarició la mejilla de Hannah.

—Que duermas bien, pequeña.

La bebé suspiró y se sumió en un profundo sueño. Dakota agarró el intercomunicador y salió de la habitación. Finn cerró la puerta.

—¿Cuánto tiempo duerme?

—Unas dos horas. Después cena y le leo un poco. Las noches son...

Tenía más que decir, pero no tuvo la oportunidad de hacerlo. Apenas habían llegado al salón cuando Finn le puso una mano en la cintura y la llevó hacia sí. Al instante, estaba besándola.

Lo primero que pensó Dakota fue que había pasado mucho tiempo. Él había estado ocupado volando y ella había estado adaptándose a ser madre. Pero cuando sintió su lengua sobre su labio inferior, dejó de pensar y se perdió en la ardiente pasión que la acechaba siempre que él estaba cerca.

Sabía a café y a menta. Su cuerpo era fuerte y ella lo rodeó por el cuello para acercarlo más a sí, para sentirlo por completo. Su calor la rodeaba.

«Más», pensó. Quería más.

Sin soltar el intercomunicador, lo llevó al dormitorio. Dejó el aparato sobre la cómoda, comprobó que tenía el volumen activado y se giró hacia él.

Ninguno de los dos dijo nada. Ninguno había planeado ese momento, pero si el deseo que veía en los ojos de Finn no la engañaba, estaba claro que él no se opondría y ella estaba segura de desear todo lo que él pudiera ofrecerle.

Finn avanzó y ella se entregó a sus brazos.

Tal vez no fue la decisión más inteligente que había tomado en todo el día, pero no le importó. Entregarse a él, aun sabiendo que se iría, podía traerle consecuencias, pero ya se preocuparía de eso más adelante. Mientras tanto, se perdería en su beso y en cómo se deslizaban sus manos sobre su cuerpo. Por el momento, lo único que importaba era ese hombre y cómo la hacía sentir.

Finn vio que Dakota estaba profundamente dormida. Sólo eran las cuatro de la tarde, pero estaba agotada. Le hubiera gustado llevarse el mérito, pero una hora de pasión no era nada comparado con cuidar de un bebé de seis meses.

Dudaba que durmiera más de cuatro horas seguidas y por eso, cuando oyó a Hannah moverse, se levantó de la cama y apagó el intercomunicador.

Después de ponerse los calzoncillos y los vaqueros, fue descalzo hasta la habitación de la bebé. Hannah sonrió al verlo y levantó los brazos, como si quisiera que la sacara de la cuna. Él le concedió el capricho y posó el diminuto cuerpo contra su pecho desnudo.

–¿Has dormido bien, preciosa? Ahora tu mamá está descansando, así que vamos a estar muy calladitos.

Fue al cambiador y después de ponerle un pañal limpio, la llevó a la cocina y abrió la nevera. Conociendo a Dakota, no le sorprendió ver varios biberones ya preparados.

–Hay que admirar a una mujer que sabe cómo ocuparse de sus cosas –le dijo a la bebé.

En la cocina había una olla con agua. Encendió el fuego y esperó a que hirviera. Miró al microondas… sí, tal vez una olla con agua era algo anticuado, pero sin duda era más de fiar.

Mientras esperaban, acunó a la bebé en sus brazos a la vez que ella lo miraba fijamente e incluso le sonreía.

–Algún día serás una rompecorazones. Igual que tu madre.

Dakota era más que eso, pensó al recordar su sabor, el tacto de su piel. Era una tentación. No sólo por cómo lo excitaba en la cama, sino por lo mucho que él disfrutaba de su compañía en general. Era la clase de mujer que un hombre deseaba encontrar al volver a casa. En otras circunstancias…

«¡No!», se dijo con firmeza. Ella no era para él. Él tenía una vida y esa vida no incluía a una mujer con un bebé. Había sido un chico responsable durante los últimos ocho años y ahora que sus hermanos casi habían crecido, iba a ser libre. Y tenía planes. Un nuevo negocio que levantar. Por eso, lo último que quería era verse atado.

Cuando el biberón estuvo caliente, probó la leche y, tras asegurarse de que la temperatura era la correcta, volvió a la habitación de Hannah y se sentó en la mecedora.

La pequeña se aferró al biberón ávidamente y mientras comía, él la veía observándolo. Esos enormes ojos tenían algo especial. Sonrió a la niña y ella alzó una mano y le agarró el dedo meñique con fuerza. Finn sintió como si algo se removiera en su interior.

«Ridículo», pensó.

Cuando había terminado de comer, Finn agarró una toallita, se la puso en el hombro y le sacó los gases. La niña se acurrucaba a él mientras la acunó y le susurraba una canción.

—Tu mamá dice que a esta hora te lee y he visto el libro del conejito. Supongo que es más apropiado que la revista *Coche y Conductor*. Aunque puede que te gusten los coches. Es demasiado pronto para saberlo. Y deberíamos ir a ver cómo está mamá. La última vez que la he visto, estaba desnuda —sonrió—. Está muy guapa desnuda.

—En eso tendré que creerte.

Finn alzó la mirada y vio a la madre de Dakota de pie en la puerta. Se levantó; sólo llevaba los vaqueros puestos, nada más. Dakota estaba en su habitación y probablemente seguiría dormida. Y desnuda, como acababa de señalar…

No se le ocurrió nada que decir…

Denise se acercó y tomó a la niña en brazos.

—Supongo que debería haber llamado primero. ¿Está Dakota dormida?

Él asintió.

Se sentía como un adolescente al que habían pillado besándose con su novia. Con la diferencia de que no era un adolescente y que había hecho muchas más cosas que besarse.

Estaba pensando que lo primero que tenía que hacer era ir a vestirse cuando oyó ruido en el pasillo.

–¿Te has ocupado de Hannah? –preguntó una adormilada Dakota al entrar en la habitación.

Se había puesto una bata encima, tenía el pelo alborotado y la boca inflamada de tantos besos. Se la veía satisfecha… y completamente impactada por encontrarse allí a su madre.

–¿Mamá?

–Hola. Estaba diciéndole a Finn que debería haber llamado primero.

–Yo… eh… –Dakota sonrió–. Por lo menos no has aparecido hace dos horas. Eso sí que habría sido embarazoso.

Su madre se rió.

–Para todos –se apartó–. Creo que Finn intentaba pasar por delante de mí sin resultar demasiado obvio.

–He pensado que debía vestirme –murmuró él.

–No te pongas la camiseta por mí, no hace falta –le dijo la madre de Dakota mientras le guiñaba un ojo.

–Mamá, vas a asustarlo.

–Puedo soportarlo –dijo él, no muy seguro de que eso fuera cierto del todo.

Se disculpó y escapó al dormitorio de Dakota. Una vez allí, se vistió rápidamente. Estaba poniéndose las botas cuando ella entró.

–Lo siento. Antes de tener a Hannah no tenía la costumbre de presentarse así en casa, así que no pensé que fuera a hacerlo hoy.

–No pasa nada.

–Es un poco embarazoso.

–Sobreviviré –se levantó y la besó–. ¿Estás bien?

–Ajá. Gracias por dejarme dormir.

–Lo necesitabas. Hannah ya ha comido.

–Ya lo he visto. Se le ve en la cara que está muy contenta y satisfecha.

Le acarició una mejilla.

–Y tú también.

Era un buen hombre, pensó mientras lo acompañaba a la puerta.

Su madre estaba ocultándose en la cocina y Dakota lo agradeció. Decirle adiós en privado sería mucho más sencillo. Claro que aún tenía que vérselas con su madre y explicarle lo que estaba pasando.

–Nos vemos pronto –le dijo Finn.

Ella asintió y esperó que estuviera diciéndole la verdad.

Se giró hacia la cocina donde encontró a Denise jugando con Hannah.

–Me alegra que hayas descansado. Sé lo cansada que has estado.

Dakota esperó, pero su madre no dijo nada más.

–Seguro que quieres saber qué pasa con Finn.

–Creo que ya sé suficiente. Es esa clase de hombre al que le queda muy bien tener un bebé en brazos. ¿Debería estar preocupada por ti?

–No. Estoy protegiendo mi corazón –y por un momento deseó que no fuera necesario tener que hacerlo.

–¿Estás segura de que no te has enamorado ya de él?

¡Qué locura de pregunta!

–Claro que estoy segura. Jamás dejaría que eso me pasara.

Aurelia esperaba en la acera sintiéndose algo incómoda. Karen, la ayudante de producción, la había llamado diciéndole la hora de su siguiente cita con Stephen. Estaba nerviosa; no sólo iba a tener una cita con él, sino que además lo haría delante de las cámaras y de quién sabía cuántas personas que lo vieran por televisión.

¡Ojalá los hubieran votado antes para eliminarlos!, pensó. Pero ése era un pensamiento de cobardes.

Lo cierto era que le debía una disculpa a Stephen. Aunque no había forma de que estuvieran juntos, eso no excusaba el modo en que ella se había hecho cargo de la situación. No había sido muy agradable con él, probablemente porque una parte de ella no quería tener que renunciar a ese chico. A una parte de ella no le importaba la diferencia de edad.

Todo se había complicado mucho y no sabía cómo hacer para que volviera a ser sencillo.

—¿Aurelia?

Se giró hacia la voz y, al ver a Stephen, la invadió la alegría. Tan alto, tan fuerte y tan guapo. Le sonrió y supo que él podía adivinar todo lo que estaba pensando.

Pero entonces volvió a la realidad y recordó que no era una mujer para él.

—Supongo que tenemos una cita. Si seguimos siendo la pareja más aburrida, seguro que nos votan para echarnos la semana que viene.

—¿Es eso lo que quieres? —le preguntó él.

—Creo que tiene sentido.

Le costaba hablar. Cuando estaba tan cerca de él, su cerebro no funcionaba bien y sólo podía imaginarlo abrazándola y besándola.

¿Por qué tenía que ser así? ¿Por qué no podía ser más mayor o ella más joven?

—No quería hacerte daño. Nunca he querido ser nadie de quien luego te lamentaras. No tengo miedo por mí. Tengo miedo por ti.

Se llevó una mano a la boca, pero era demasiado tarde para contener esas palabras. Nunca debería haberle dicho eso, nunca debería haber admitido la verdad. Él pensaría que era una idiota o peor, sentiría compasión por ella.

Sin pensarlo, Aurelia comenzó a alejarse sin rumbo fijo, sólo con un deseo de escapar. Pero antes de poder ir a ninguna parte, él se plantó delante, posó las manos sobre sus hombros y su intensa mirada azul sobre su cara.

—Jamás podría lamentarme de ti. De nosotros.

¡Cuánto deseaba Aurelia que eso fuera verdad! Y en ese momento probablemente lo era, pero había que pensar en el futuro.

—Supongamos que te creo. ¿Qué pasa después? ¿Qué vas a hacer?

Él sonrió y a ella la recorrió un escalofrío.

—Volver a la universidad.

—¿Cómo dices? ¿Volver a la universidad? Eso es lo que ha querido tu hermano todo este tiempo. ¿Por qué accedes ahora?

—Porque sé que eso hará que me tomes en serio.

—¿En serio?

Stephen asintió.

—Me gustaba la universidad, me gustaba estudiar Ingeniería, la universidad nunca fue el problema. Era Finn. Sabe que a Sasha no le interesa el negocio familiar, así que espera que yo me una a él. Me gusta volar, pero no quiero que ése sea mi trabajo. Nunca lo he querido.

—Lo sé, pero Finn no lo sabe. Tienes que decírselo.

—¿Se lo dirías si fueras yo? Creo que todo es debido a la muerte de mis padres y al hecho de que tuviera que criarnos. Ha hecho un buen trabajo, pero se ha acostumbrado demasiado a dirigir nuestras vidas. Sabía que Finn esperaba que me uniera al negocio familiar y no sabía cómo decirle que yo no quería hacerlo. Por eso hice algo drástico y me fui con Sasha para participar en el concurso. Jamás me esperé encontrarte.

Ella lo miró.

—No lo entiendo —su voz era poco más que un susurro.

—Creía que estaba buscando algo, pero ahora sé que estaba buscando a alguien. A ti. Volveré a la universidad y me graduaré porque eso te hace feliz. Pero también porque eso me convertirá en el hombre que tú quieres. Todo esto es por ti, Aurelia. ¿No lo entiendes?

Pero ella lo único que oía era un zumbido; el mundo parecía moverse a su alrededor y tardó un segundo en darse cuenta de que estaba al borde del desmayo. No podía respirar, pero de pronto, Stephen estaba besándola y, en ese instante, nimiedades como el hecho de respirar ya no importaron.

Le devolvió el beso y se perdió en ese momento que tanto había deseado, en ese hombre que tanto había deseado.

Él alzó la cabeza y la miró.

—Te quiero. Creo que te quiero desde la primera vez que te vi.

—Yo también te quiero.

Jamás pensó que pudiera llegar a decirle esas palabras a un hombre, pero ahora, al pronunciarlas, supo que eran las palabras adecuadas.

Por supuesto, eso no hacía que desaparecieran las complicaciones. Había cosas que solucionar. Había cosas que explicar. Pero eso quedaría para más tarde. Ahora mismo sólo importaban Stephen y el hecho de que la amaba.

Volvió a besarla y ella se acercó...

—¡A esto me refería! —dijo Geoff—. Esto sí que es televisión de la buena.

Stephen se puso recto, tan impactado como ella. ¡Las cámaras! ¿Cómo podían haberse olvidado de las cámaras? No habían tenido una conversación privada. Estaban en televisión.

Stephen maldijo.

–Lo siento. He olvidado que estaban aquí.

–Y yo.

De nada serviría hablarlo con Geoff porque él no comprendería el concepto de privacidad e intimidad. A él lo único que le interesaban eran las audiencias y resultaba que esa aburrida pareja acababa de darle un gran éxito.

Pronto todo el mundo lo vería.

–¿Quieres cambiar de opinión?

–No.

–Yo tampoco –le sonrió–. Creo que vamos a tener que prepararnos para lo peor. ¿Cómo es esa frase de una película? «Si tú saltas, yo salto».

–Es una caída grande.

–No te preocupes. Yo estoy contigo.

Capítulo 15

Dakota y Finn estaban en el sofá viendo *Amor verdadero o Fool's Gold*. El avance que habían emitido justo antes de la publicidad lo protagonizaban Aurelia y Stephen, en algún punto del pueblo, y mirándose con intensidad.

—No sabía que saldrían esta semana —dijo Dakota—. No tenían una cita, ¿no?

—No que yo sepa —dijo Finn pasándole el cuenco de palomitas.

Había ido a cenar y ella había preparado bistecs y ensalada. Se habían sentado a la mesa y habían charlado y se habían reído mientras se turnaban para tener a Hannah en brazos. «Una buena noche», pensó Dakota recordándose que no debía emocionarse demasiado. Claro que había disfrutado de la compañía de Finn, pero sólo como un amigo. ¿Cómo era esa frase? ¿Amigos con derecho a roce?

Hannah ya estaba durmiendo y Dakota esperaba que, después del programa, Finn y ella también se fueran a la cama. Aunque la parte de dormir no era la que más le interesaba…

La publicidad terminó y el programa volvió. Una larga toma de Aurelia y Stephen le hizo ver que la cámara estaba demasiado lejos y que sus voces habían sido amplificadas, como si no hubieran llevado el micrófono puesto.

Tardó un segundo en darse cuenta de lo que Aurelia estaba diciendo, algo sobre no querer hacerle daño a Stephen y que no quería que él se lamentara de nada. La mirada del chico al decirle que él jamás se lamentaría de tener una relación con ella impresionó a Dakota.

—No me había dado cuenta —¡vaya con la pareja más aburrida! Cuando nadie había estado observándolos, habían seguido adelante con su relación y estaba claro que se habían enamorado.

A Finn no le haría ninguna gracia.

Lo miró por el rabillo del ojo y lo vio mirando fijamente a la pantalla. Antes de poder decir algo, el tema de conversación de la pareja cambió.

—«Sabía que Finn esperaba que me uniera al negocio familiar y no sabía cómo decirle que yo no quería hacerlo».

Finn le pasó el cuenco de palomitas y se levantó.

—¡Mierda!

Dakota dejó el cuenco en la mesa y se levantó.

—Vamos, no creo que esto sea una novedad para ti.

Finn la miró.

—Claro que lo es. Llevamos hablando de esto años, de que cuando Stephen terminara los estudios se uniría al negocio familiar. Siempre ha sido así.

Pero Dakota no se lo creía del todo, ya que, por lo que había podido ver, el chico nunca había mostrado interés en el negocio. Estaba especializándose en Ingeniería y si de verdad hubiera querido trabajar con su hermano, ¿no habría estudiado Empresariales o algo relacionado con la aviación?

–No te molesta que no quiera trabajar contigo, lo que te molesta es que no te lo haya dicho. Que hayas tenido que enterarte de esta forma.

–Sí, es algo así. ¿Por qué demonios no ha podido venir a hablar conmigo? Es mi hermano. ¿Por qué no me ha contado la verdad?

–Tal vez porque a ti no te interesa la verdad. Sólo quieres oír la historia que quieres oír y sospecho que tus hermanos llevan tiempo diciéndote cosas. No han decidido venir hasta aquí por un simple capricho, llevaban tiempo buscando un modo de escapar y el programa se lo ha puesto fácil.

–No sabes tanto como crees –dijo furioso, aunque Dakota tenía la sensación de que estaba más enfadado consigo mismo que con ella.

–Sé que estás presionándolos, sé que lo has hecho durante mucho tiempo. Quieres dirigir sus vidas porque crees que es el único modo de mantenerlos a salvo –respiró hondo–. Finn, has hecho un trabajo increíble con ellos. Todo el mundo puede verlo.

Él se apartó.

–No sabes de lo que hablas.

–Claro que lo sé. Déjalos libres. Les has dado todo lo que han necesitado para tener éxito en la vida. Confía en ti mismo y confía en ellos.

–¿Aunque eso implique que no terminen sus estudios?

–Sí.

–No es posible –se metió las manos en los bolsillos de los vaqueros.

–¿Y qué vas a hacer? ¿Forzar a Stephen a trabajar en el negocio familiar? Tú no eres así. No quieres que lleve esa vida de obligación.

–Eso es lo que tuve yo. A mí nadie me preguntó lo

que quería. A nadie le importó mi vida. Un día mis padres estaban vivos y todo era genial. Al día siguiente estaban muertos. Y yo estaba allí. ¿Lo sabías? Yo pilotaba el avión cuando se estrelló. Había una tormenta y mi madre no quería salir a volar, así que decidimos esperar. Pero estaba preocupada por mis hermanos y finalmente volamos. Un trueno alcanzó el avión y caímos. Estaban heridos y yo logré ir a buscar ayuda, pero cuando volvimos, ya estaban muertos.

Ella jamás le había preguntado por los detalles del accidente y nunca se habría imaginado algo tan terrible ni que él hubiera estado allí. Ahora no le extrañaba que no quisiera responsabilidades, que no quisiera implicarse con nadie.

Ahora todo tenía sentido, esa preocupación por el futuro y la seguridad de sus hermanos. Intentaba controlar el destino y eso era imposible.

Se puso delante de él y lo miró a los ojos.

–Hiciste lo que tenías que hacer. Te ocupaste de ellos tú solo y tus padres habrían estado muy orgullosos de ti.

Él empezó a darse la vuelta, pero Dakota lo agarró por la camisa.

–Tienes razón. Nadie te preguntó si querías aceptar esa responsabilidad, lo hiciste porque son tu familia y era lo correcto. Lo entendiste, igual que ahora entiendes y sabes que no quieres que Stephen entre en el negocio familiar si él de verdad no lo desea.

Finn se quedó mirándola un largo rato y extendió los brazos. Ella lo abrazó como si no fuera a soltarse jamás.

–Debería habérmelo dicho –susurró él–. Debería habérmelo dicho. Lo habría entendido.

Ella pensó en argumentar que Stephen aún era un crío, pero eso no habría tenido sentido cuando estaba diciéndole a Finn que dejara a sus hermanos ser independientes y vivir su propia vida. Además, comprendía su dolor. Él había entregado mucho y ahora se sentía traicionado.

La vida familiar era complicada. La familia era algo genial, pero complicado. O tal vez era el amar a otro lo que hacía que las cosas se volvieran complicadas.

Mientras seguía abrazada a él se dio cuenta de que su madre había tenido razón: enamorarse de Finn sería fácil. ¡Demasiado fácil! Y tendría que tener mucho, mucho, cho, cuidado.

Dakota y sus hermanas estaban tumbadas en varias mantas en el jardín y Hannah estaba sentada entre ellas, riéndose con sus bromas. La temperatura era cálida, el cielo azul y Buddy, uno de los perros de Montana, un labrador color crema, las observaba.

—No puedo creerme que seas madre —dijo Nevada—. Todo ha pasado tan deprisa. El mes pasado eras soltera y ahora tienes un hijo.

—Y que lo digas —dijo Dakota girándose hacia su hija—. Pero, claro, sigo siendo soltera —sonrió.

Hannah intentaba alcanzar su elefante de peluche, pero estaba demasiado lejos y la pequeña se cayó de lado. Montana la levantó y la alzó en el aire. La bebé se reía mientras Buddy gimoteaba nervioso.

—No pasa nada —le dijo Montana al perro—. La pequeña está bien.

Volvió a dejarla en la manta y el perro se acercó a ella ladeando su cuerpo como para protegerla.

—Es muy bueno con ella.

Montana asintió.

—Se comporta de maravilla con los niños pequeños, aunque se preocupa demasiado. Se vuelve loco cuando se caen, pero es muy paciente. No le importa que los niños se le suban encima ni que le tiren del pelo ni del rabo. En parte se debe a su entrenamiento, pero también a su personalidad. Es un perro niñera —acarició la cabeza de Buddy—. ¿Verdad que sí, chico grande?

El perro no dejaba de prestarle atención a la niña y gimoteó un poco, como preocupado porque no estuvieran demasiado pendientes de ella.

—Quiero un bebé —murmuró Nevada—. O por lo menos creo que lo quiero, aunque no así.

—¿Nunca te plantearías la adopción? —le preguntó Dakota, un poco sorprendida por la reacción de su hermana.

—Claro que sí, pero no tan rápido. Sí, ha sido un acto deliberado que venías pensando desde hace mucho tiempo, pero la decisión tuviste que tomarla rápidamente. ¿No te asustó?

—Me aterrorizó, aunque eso forma parte del proceso. No tuve tiempo para hacerme a la idea, pero... —acarició el cabello negro de su hija— no cambiaría esto por nada del mundo.

—Eres más valiente que yo —admitió Montana—. Los perros son lo máximo de lo que me puedo ocupar. Además, no creo que pudiera ser una buena madre.

—¿Por qué no? —Dakota creía que su hermana sería una madre genial—. Eres cariñosa y das todo lo que tienes. Sólo hay que ver cómo te comportas con los perros.

—Eso es distinto.

—No lo creo —dijo Nevada—. No eres tan poco fiable como crees.

A Hannah se le cayó el elefante y se estiró para recogerlo. Buddy se lo acercó con el hocico, como si quisiera asegurarse de que la niña tenía cuidado.

–¿Cómo lleva Finn todo esto? –le preguntó Montana en un intento no muy sutil de cambiar de tema–. Él te llevó a Los Ángeles a recogerla. Fue un gran gesto por su parte.

Había hecho muchas otras cosas, y no sólo en lo referente al transporte.

–Es un buen tipo y lo del bebé no lo hizo salir corriendo. Sus hermanos son bastante más pequeños que él y eso ha ayudado. Aún se acuerda de cuando eran bebés.

Pero además de todo eso, tenía mucho cuidado de no implicarse demasiado.

Mientras veía a su hija reír, se preguntó cómo sería todo si Finn no se marchara: tenerlo allí a su lado sería increíble, sobre todo, si decidiera quedarse a vivir con ella.

–¿Dakota?

Alzó la mirada y vio a sus hermanas mirándola.

–¿Estás bien?

–Sí, muy bien. Sólo soñando despierta.

–¿Con algún guapo piloto? –preguntó Montana con una sonrisa–. Tiene pinta de ser muy bueno besando.

–Lo es, pero sólo somos amigos. Cualquier otra cosa sería una tontería.

–¿Por tu parte o por la suya?

–Sabéis por qué está aquí –les recordó Dakota–. Cuando se asegure de que sus hermanos están bien solos, se marchará. Después de todo, en Alaska tiene todo lo que necesita.

–Pero tú no estás allí –dijo Montana–. Ni Hannah. Además, le gusta el pueblo. ¿Quién no querría vivir en Fool's Gold?

–Seguro que cientos de personas –murmuró Nevada.

Dakota decidió que estaba cansada de hablar de sí misma.

–¿Alguien sabe si mamá ha tenido una cita?

–No –respondió Nevada–. Hay un par de hombres que conozco, unos contratistas que son muy buenos tipos. Tienen su edad y supongo que si fuera una hija mejor, les habría preparado una cita, pero no podría hacer eso.

–¿Crees que es algo malo? –preguntó Montana.

–No. Quiero que sea feliz y ya han pasado casi diez años de la muerte de papá, así que no es que me parezca demasiado pronto.

–¿Entonces qué? –quiso saber Dakota.

Nevada sonrió.

–Creo que me da miedo que encuentre a alguien en treinta segundos. ¡Sería deprimente! No puedo recordar la última vez que tuve una cita.

–¡Dímelo a mí! –dijo Montana con un suspiro.

–¿Qué me dices de esos contratistas? –preguntó Dakota–. ¿Alguno es lo suficientemente joven como para resultar interesante?

–Trabajo con ellos y no es bueno salir con alguien con quien trabajas.

–¿Por qué no? –preguntó Montana–. Si trabajas con ellos, entonces tienes la oportunidad de verlos en toda clase de circunstancias. Sabrás mucho sobre su carácter. ¿No es eso algo bueno?

Nevada se encogió de hombros y se giró hacia Dakota.

–Supongo que tú no estás interesada en salir con nadie.

–Tengo un bebé.

–Y un hombre. Admítelo. El sexo es fabuloso.

Dakota no se molestó en ocultar su sonrisa.

–Mejor aún de lo que os imagináis.

Finn hizo todo lo que pudo por evitar a su hermano.

No había nada de lo que pudiera decirle Stephen que quisiera oír. Pero dos días después de la emisión del programa, su hermano lo acorraló en el aeropuerto. Estaba cargando unas cajas en el avión y, al alzar la mirada, se encontró allí a Stephen.

—Estoy ocupado —le dijo con brusquedad.

—Algún día tendrás que hablarme.

—Hace una semana que no te veo. No hagas que parezca como si llevaras días yendo detrás de mí.

—Ya sabes lo que quiero decir —le dijo su hermano—. Estás cabreado.

Finn colocó la caja y se puso derecho.

—¿Porque has salido en la televisión nacional diciéndole al mundo que soy un cretino? ¿Por qué iba a estar cabreado por eso?

—Yo no dije nada de eso. Dije que… —Stephen sacudió la cabeza—. Olvídalo —se dio la vuelta—. No importa. De todos modos no vas a escucharme. No sé ni por qué me molesto.

Stephen comenzó a alejarse. La primera intención de Finn fue dejarlo marchar; ese chico estaba actuando como un crío mimado. Había intentado dejar algo claro y había abandonado al primer intento. Y eso que Dakota decía que sus hermanos ya eran lo suficientemente maduros como para seguir su camino solos.

Sin embargo, era él el que tenía que ser el maduro en su relación.

—Sólo tenías que habérmelo contado.

Stephen se detuvo, pero no se giró.

—No me habrías escuchado. Me habrías dicho que volviera a la universidad y fuera haciéndome a la idea de entrar en el negocio familiar. Siempre supiste que a Sasha no le interesaba y diste por hecho que a mí sí.

Finn se obligó a calmarse. Comunicación. Sí. En eso

se basaba una conversación, no en gritar. No en salir ganando.

—No querría que hicieras algo que te hiciera infeliz. Creía que estabas estudiando Ingeniería porque te parecía interesante, no porque quisieras ser ingeniero.

Su hermano lo miró.

—Tuve una clase introductoria el primer curso y me enganchó. No te tomes esto a mal, pero no quiero ser tú. Me gusta volar, es divertido y te lleva a distintos lugares, pero no es mi vida. No querer formar parte del negocio familiar no significa no apreciar y agradecer lo que has hecho. Renunciaste a todo cuando papá y mamá murieron. Estuviste a nuestro lado. Sólo soy un poco más pequeño de lo que eras tú cuando todo pasó y no puedo imaginarme haciendo lo que tú hiciste.

—No tienes a un par de chicos dependiendo de ti. Eso lo cambia todo.

—Nos cuidaste y te lo agradezco muchísimo. Los dos te lo agradecemos —le sonrió—. Yo más que Sasha.

Finn notó cómo se le relajaban los hombros.

—Papá quería que continuara la empresa familiar. Bill siempre me estaba diciendo que la vendiera y yo no quería por vosotros dos.

—Creía que te encantaba volar. Creía que ese negocio lo era todo para ti.

—Sí que me encanta volar, pero transportar mercancías de un lado para otro no es mi idea de pasar un buen rato. Quiero crear una compañía de vuelos chárter y llevar a gente a distintos lugares. Incluso puede que enseñe a niños a pilotar. A veces he pensado en irme a alguna otra parte. Empezar de nuevo. El mundo no empieza ni termina en Alaska.

—No sabía que pensaras eso.

—Tengo mis días.

–Siento lo que pasó en el programa. No sabíamos que las cámaras estaban allí. Sólo estábamos charlando.

–Ya me lo imaginé. Sólo me habría gustado que me lo hubieras contado a mí antes. Eso habría cambiado las cosas.

–Tienes razón y lo siento.

Ésas eran unas palabras que no oía a menudo. Eran unas buenas palabras.

–Yo también lo siento. No pretendía obligarte a hacer nada que no quisieras.

–Gracias. Aunque supongo que ha funcionado porque voy a volver a la universidad.

–¿Cuándo lo has decidido?

–Así fue cómo empezó la conversación con Aurelia. Dije que iba a volver a la universidad y de ahí pasamos a hablar de lo de la ingeniería.

–Ah, sí, ya lo recuerdo.

–Deja que adivine… sólo le prestaste atención a la parte en la que dije que no quería entrar en el negocio familiar, ¿verdad? ¿No escuchaste nada más?

Finn sacudió la cabeza.

–Al parecer, no. Supongo que sí que debería haber prestado más atención.

–No quisiste escuchar nada sobre Aurelia –dijo algo incómodo.

–Le estoy muy agradecido. No sé cómo ha logrado que vuelva a interesarte la universidad, pero me alegro de que lo haya hecho.

–Es más que eso. Tienes razón. Ella… eh… ha estado hablándome sobre lo importante que es recibir una buena educación y tener estudios.

Finn sospechaba que su hermano, o estaba ocultando algo o intentaba despistarlo. Lo que no sabía era de qué se trataba. Pensó en presionarlo un poco, pero decidió dejarlo pasar. Dakota tenía razón. Sus hermanos ya habían crecido y podían ocuparse de sus propias vidas. Por lo menos Stephen volvería a la universidad. Sabía que Sasha se marcharía a Los Ángeles o tal vez a Nueva York, pero Stephen terminaría lo que había empezado y eso era toda una victoria.

Lo que había comenzado como un tranquilo almuerzo con sus hermanas se había acabado convirtiendo en una fiesta de chicas. Resultó que casi todas las mujeres que Dakota conocía habían decidido ir ese día a almorzar al Fox and Hound. Habían juntado mesas en el centro del restaurante y los turistas se habían quedado en los bancos observando a esa escandalosa multitud de mujeres.

Hannah y ella eran el centro de atención, sobre todo Hannah. La bebé pasaba de brazo en brazo, la achuchaban, la besaban y la acunaban.

—Por lo menos no tienes que enfrentarte a los kilos de después del embarazo —le dijo Pia, revolviéndose en su silla. Estaba de unos siete meses y esperaba gemelos. Sólo con mirarla, Dakota se sentía incómoda.

—¿Cómo duermes? —le preguntó Dakota.

—Apenas descanso, estoy inquieta. Si logro una postura cómoda, duermo muy bien, pero el problema es cuando no la encuentro. Eso y querer comer. Estoy hambrienta todo el tiempo. Es verdad que estoy comiendo por tres, pero dos pesan menos de dos kilos. Cualquiera se pensaría que voy a dar a luz a dos jugadores de rugby.

—Seguro que al final merecerá la pena —le dijo la alcaldesa.

—Estoy emocionada con los bebés, pero es lo mucho

que he engordado lo que me preocupa. He leído un poco y creo que si les doy el pecho, me ayudará.

–Dar el pecho a gemelos va a ser todo un reto –dijo una mujer entre carcajadas–. Pero sí que te ayudará a perder peso. Además, es mejor para los bebés porque fortalece su sistema inmunológico y crea un lazo más estrecho con la madre.

–Pues ojalá Raúl pudiera darles el pecho –murmuró Pia.

Dakota sonrió al imaginarse al antiguo jugador de fútbol americano dando de mamar a un niño.

–Pero puede ayudarte mucho en otros aspectos.

–Sin duda, lo está intentando –admitió Pia–. Adora a estos bebés y eso que ni siquiera han nacido aún.

–Y tú lo adoras a él –dijo Nevada desde el otro lado de la mesa.

Pia sonrió.

–Sí. Es increíble. Tuve mucha suerte al enamorarme de él. Claro que yo le digo que fue él el que tuvo suerte al enamorarse de mí. Creo que eso ayuda a que no se le suba a la cabeza. Sé que sería muy difícil para mí estar haciendo esto sola.

–Los gemelos son un desafío –dijo la alcaldesa–. De todos modos, nos habrías tenido a todas. Igual que Dakota.

Dakota asintió.

–Yo no me siento nada sola –y era verdad. Mientras que sería genial tener a su lado a un hombre, sabía que si necesitaba ayuda, ellas siempre estarían ahí.

Por otro lado, tenía que admitir que sentía cierta envidia al oír hablar a Pia sobre Raúl. A su amiga se le iluminaban los ojos y la boca se le curvaba en una especial sonrisa. Igual que a su madre cuando hablaba de su difunto marido. Estar enamorada hacía maravillas en una mujer.

Ella siempre se había dicho que encontraría a alguien especial, pero ahora ya no estaba tan segura. Hannah era maravillosa y estaba agradecida de tenerla, pero ser madre soltera haría que eso de enamorarse fuera muy complicado.

Pero merecía la pena con tal de tener a Hannah, que por cierto estaba con Gladys, una de las mujeres más mayores del pueblo.

—Entonces, ¿dar el pecho evita que te quedes embarazada? —preguntó Pia.

—Eso creo —respondió Denise—. ¿O era otra cosa? Ha pasado mucho tiempo y, por desgracia, no tengo sexo con nadie.

—¡Dímelo a mí! —comentó Gladys, entregándole a regañadientes la niña a Alice Barns, la jefa de policía—. Claro que hay más hombres que antes, pero todos son demasiado jóvenes. ¿Por qué no traemos hombres más mayores? —sonrió—. Pero no demasiado, ¿eh?

Todas se rieron.

—Sé que pasa tiempo hasta que vuelves a tener el periodo después de dar a luz —dijo Denise—. Eso sí que lo recuerdo. Pero creo que puedes quedarte embarazada antes de que te vuelva. Me parece que al menos uno de mis chicos fue el resultado de esa falta de información —se rió—. Y no es que me queje, ¿eh?

—¿Por lo del niño o por lo del sexo? —preguntó Gladys.

—Por las dos cosas.

Dakota se recostó en su silla y disfrutó estando con las mujeres que quería. Ese pueblo era especial. Pasara lo que pasara, siempre se apoyaban. Todo el mundo estuvo ahí para ayudarla cuando adoptó a Hannah. Si hubiera elegido ser madre soltera al estilo antiguo, también la habrían apoyado.

Aunque eso no habría sido muy probable. Una posibilidad entre cien, o incluso una entre un millón. Si alguna vez se quedaba embarazada, debería ir y comprarse un billete de lotería. No había forma de…

Se quedó sin aliento y todo en su interior se detuvo al darse cuenta de que hacía tiempo que no tenía el periodo. Seguro que no desde que tenía a Hannah y tampoco durante algún tiempo atrás.

Los pensamientos se agolpaban en su cabeza mientras intentaba entender qué estaba pasando. La respuesta obvia era que estaba embarazada… pero eso no podía ser. Su doctora había sido muy clara, aún podía oírla dándole las malas noticias.

«Es muy poco probable que puedas quedarte embarazada mediante el acto sexual. No diré que imposible, pero estadísticamente la realidad es que eso no sucederá».

Posó una mano sobre su vientre y se preguntó qué pasaría si la doctora se hubiera confundido.

Capítulo 16

–No lo entiendo –murmuró Dakota, a pesar de haber repetido lo mismo unas seis veces–. No puedo estar embarazada. No puede ser. Se suponía que era imposible.

La doctora Galloway, una mujer mayor con una amable sonrisa, le dio una palmadita en la pierna antes de ayudarla a levantarse de la camilla.

–Diría que es un milagro. ¿O es que no te parece una buena noticia?

Dakota respiró hondo, intentando aclararse las ideas. El test de embarazo que había utilizado en casa la noche anterior había confirmado lo que había empezado a sospechar y conducir hasta el siguiente pueblo para comprarlo le había llevado más tiempo que esperar a ver los resultados.

«Embarazada».

Una única palabra que era difícil de malinterpretar, aunque a ella le estaba costando mucho asimilarla. ¿Embarazada? Imposible. Pero aun así, lo estaba.

–Son buenas noticias –dijo lentamente–. Claro que quiero tener más hijos –Hannah y su hermano o hermana se llevarían poco tiempo, pero ¿tan pronto?–. Es sólo que no creía que…

–No creías que pudiera pasar. Así es la vida. Lo he visto muchas veces en mi consulta. Aunque debería aleccionarte y reprenderte por la estupidez de no utilizar preservativo, jovencita. El embarazo no es lo único de lo que hay que protegerse.

–Tiene razón –Dakota quería agarrarse la cabeza y ponerse a gritar, más por lo surrealista de la conversación que por que estuviera preocupada–. ¿Está segura?

–Haré un análisis de sangre para confirmarlo, pero estoy segura. Basándonos en mi examen, diría que estás de unas seis semanas.

¿Seis semanas? Eso significaba que había pasado la primera vez que había estado con Finn. Se habían dejado arrastrar tanto por la pasión...

–Estoy impactada –sacudió la cabeza preguntándose si alguna vez volvería a sentirse normal–. No creía que esto pudiera pasar. Creía que si quería quedarme embarazada, tendría que someterme a una intervención.

–Yo también. Cuando te dije que era muy poco probable que pudieras concebir de manera natural, estaba siendo amable. Creía que era absolutamente imposible. Sí, siempre está la más mínima posibilidad, pero nunca pensé que pudiera pasar –sonrió–. Tu chico debe de tener unos espermatozoides asombrosos.

–Supongo –miró a la doctora–. Acabo de adoptar a una niña. Tiene seis meses.

–Me alegro por ti. Es una noticia excelente. Siempre he sido de la opinión de que los hermanos deben llevarse pocos años. Es más duro para los padres, pero mejor para los niños –la doctora anotó algo en una libreta–. ¿Y qué me dices del padre?

–No sé qué pensará –dijo sinceramente y preguntándose si el remolino que sentía en el estómago eran los nervios, el pánico o las hormonas–. Finn no quiere tener una relación seria ni responsabilidades –ahora que sus hermanos casi volaban solos, un bebé le estropearía la vida.

–Los hombres suelen hablar así, pero cuando tienen un hijo, cambian de opinión. Se lo dirás, ¿verdad?

–Sí –con el tiempo… Primero ella tenía que asimilar la información.

Incluso ahora, sentada en la consulta de la doctora y desnuda de cintura para abajo, después de haber hecho pis en un palito y de haberse sometido a un examen pélvico, la información seguía pareciéndole irreal. Por mucho que dijera la palabra «embarazada», no podía sentirla en su corazón.

La doctora abrió un cajón y sacó varios folletos.

–Es información para empezar. Al salir, recoge unas muestras de vitaminas y la receta para comprar más –se levantó–. Eres una joven sana. Ahora que has concebido, haremos todo lo que podamos para que tu embarazo se desarrolle sin incidentes. Disfruta de esta bendición, Dakota.

–Lo haré.

Dakota esperó a que la doctora se hubiera marchado para levantarse y comenzar a vestirse. Al recoger sus vaqueros, su mirada se posó en la imagen de una mujer embarazada y cómo el bebé estaba colocado en su interior.

Mientras lo analizaba, se tocó su plano vientre y el corazón comenzó a latirle con fuerza, más y más rápido, hasta que casi perdió el aliento.

¡Estaba embarazada! Después de tanto dolor y sufrimiento, después de pensar que estaba rota por dentro y que era distinta a las demás, ¡estaba embarazada!

Se rió y al instante notó lágrimas en sus ojos.

–Lágrimas de felicidad –susurró–. Lágrimas de felicidad.

Se vistió rápidamente, deseosa de contárselo a su madre, que estaba cuidando de Hannah. Denise estaría encantada mientras que Dakota se aferró al sentimiento de felicidad sabiendo que en cualquier momento la asaltaría el miedo por pensar que sería una madre soltera de dos bebés.

¿Podría hacerlo? ¿Tenía elección?

Había mucho en lo que pensar. Tenía que ir al aeropuerto y…

¿Y qué? ¿Contárselo a Finn?

Se apoyó en el borde de la mesa de examen y sacudió la cabeza. Para él no serían buenas noticias, pensó con tristeza. Jamás querría hacerse cargo del bebé.

Sí, cierto, era muy bueno con Hannah y la cuidaba mucho, pero lo hacía como podría hacerlo un tío. Nada más. Sin más implicaciones. Le gustaban los niños, pero que le gustaran los niños no significaba que quisiera ser padre.

Finn se lo había dejado muy claro desde el minuto uno y si ella esperaba más de la relación, entonces estaba engañándose a sí misma.

Pensar en ello le hizo recordar el nombre del programa: *Amor verdadero o Fool's Gold*.

Sabía lo que quería. Era fácil, pero encontrarlo era más complicado. En cuanto a lo de Fool's Gold, cuyo significado literal era «el oro de los tontos», es decir, un sustituto artificial de algo real… tal vez también aceptaría un poco de eso. Tal vez se permitiría creer que había algo más entre Finn y ella.

Era un gran tipo y sabía que ella corría el peligro de perder su corazón por él. Pero también sabía que había sido sincero con ella y eso la posicionaba en un incómodo dilema.

¿Cómo y cuándo decirle a Finn que estaba embarazada?

No le sorprendería que en un principio él pensara

que le había engañado sobre su imposibilidad para tener hijos y por eso tenía que estar preparada.

También estaba el tema de criar al niño. ¿Él querría? Y de ser así, ¿cómo lo harían? ¿Iría y vendría en avión desde South Salmon? Pero, ¿y en invierno cuando ese pequeño pueblo quedaba prácticamente aislado del mundo? ¿Qué pasaría si uno de ellos, o los dos, se enamoraba de otras personas? En su caso lo veía complicado, pero Finn era la clase de hombre que casi cualquier mujer desearía.

Demasiadas preguntas, se dijo y se levantó para recoger su bolso. Respiró hondo. No todas esas preguntas tendrían que encontrar respuesta hoy. Estaba de unas seis semanas, lo que significaba que tenía meses y meses antes de que tuvieran que tomarse decisiones. Podía tomarse su tiempo y pensar en el mejor modo de decirle a Finn lo que había pasado. En cuanto a si él la ayudaría o no con el bebé… si tenía que hacerlo sola, lo haría. Tal vez no tuviera una pareja, pero sí que tenía una familia y todo un pueblo que la querían.

Unas palabras muy sensatas, pensó mientras se dirigía al mostrador de recepción para recoger sus muestras de vitaminas y la receta.

Unas palabras que deberían haberla hecho sentir mejor y más fuerte. Sin embargo, por dentro tenía un gran vacío, la sensación de anhelar la única cosa que no podía tener.

A Finn.

Sasha se recostó en el banco.

—Creía que a estas alturas algún agente ya se habría puesto en contacto conmigo –gruñó–. ¿Y si ninguno está viendo el programa?

Lani estaba sentada en la hierba frente a él. Le sonrió.

—Sí que lo están viendo.

—Eso no puedes saberlo.

La mayor parte del tiempo a Sasha le gustaba Lani; era fácil llevarse bien con ella y ya que ninguno de los dos quería acostarse con el otro, se ahorraban cierta tensión entre los dos. Era como salir por ahí con su hermana. Si es que la tuviera…

Pero a veces le ponía nervioso, sobre todo cuando se comportaba como si lo supiera todo sobre la televisión y él no supiera nada. Sí, él no había ido a Los Ángeles a rodar episodios piloto, pero eso no significaba que no leyera ni hablara con gente. Había estudiado mucho por Internet.

Lani se tumbó boca abajo y su largo y oscuro cabello rozó la hierba. Era una belleza, pero no era su tipo.

—Ya te he dicho que avisé a los mejores agentes de Los Ángeles. Bueno, a sus ayudantes. Les dije que nos vieran.

—No sabes si lo están viendo.

Ella puso los ojos en blanco.

—No seas tan negativo. Tienes que tener fe. Tienes que ver lo que quieres y trabajar duro para hacerlo realidad. Así nos convertiremos en estrellas. ¿Crees que me gusta estar en este estúpido programa? Geoff es un fastidio, no tiene visión del negocio, pero el programa nos pone frente a la gente. Hace que nos vean. Por eso estoy aquí.

Lani estaba muy segura de sí misma y tenía un plan. Lo único que él tenía era un sueño y el deseo de salir de South Salmon. Ésa era la diferencia entre los dos. Así que, en lugar de quejarse de ella, debería aprender de ella.

—Entonces, ¿qué tenemos ahora?

–Cierra los ojos.

Él la miró.

–No.

Lani se puso de rodillas.

–No voy a hacer nada malo. Confía en mí. Cierra los ojos y empieza a respirar hondo. Tomando aire del estómago.

Hizo lo que le dijo, echándose atrás en el banco y cerrando los ojos. Poco a poco, notó cómo se relajaba.

–De acuerdo. Ahora, imagina la casa de tus sueños en Los Ángeles. Está en la playa, ¿verdad?

–En Malibú –dijo con una sonrisa y sin abrir los ojos–. Puedo ver el océano –lo que en realidad veía eran chicas en bikini, pero eso no se lo dijo–. Y sé cómo visualizar.

–Sabes soñar despierto. Es distinto.

–De acuerdo. Sigue.

–Ahora, imagina que tu casa tiene una gran terraza con escaleras que bajan a la playa. Diez escalones. Son de madera. Estás descalzo. Hace calor y sol. Puedes sentir la barandilla en tu mano y la madera bajo tus pies. Corre una ligera brisa.

Se quedó sorprendido al comprobar que prácticamente podía sentirlo todo. La madera era suave y cálida y notaba la suave arena bajo sus pies. La ligera brisa que ella había descrito soplaba contra su cara y notó cómo se le movió el pelo.

–Ahora imagínate bajando las escaleras –le dijo en voz baja–. Estás acercándote a la playa. Puedes oler el océano y oír el sonido de las olas. Puedes ver a gente en la playa –se rió–. Vamos a cambiar eso. Puedes ver a chicas en la playa.

–Sí, unas cuantas, tal vez –dijo él riéndose–. De acuerdo. Estoy bajando las escaleras.

—Ve despacio. Imagínalo todo. La barandilla. No lo olvides. Estás bajando y bajando, te falta un escalón y ya estarás en la playa. Párate en el último escalón. ¿Puedes verte ahí?

Él asintió. Podía verlo todo y también podía sentirlo. Era tan real que casi podía saborear la sal en sus labios.

—Ahora pisa la arena. Siente la cálida arena. Está a la temperatura ideal. No demasiado caliente, sino cálida por arriba y fresca por abajo. Tres de las chicas te ven, se susurran algo y corren hacia ti. Saben quién eres y están emocionadas de verte. Porque sales en su programa favorito. Una de ellas lleva una copia de la revista *People*. Y tú sales en la portada.

Sasha sonrió. Todo era real, hasta su fotografía en la revista. Con los ojos aún cerrados, se rió. Ahí estaba escrito en negrita: *El hombre más sexy del mundo*.

Abrió los ojos y miró a Lani.

—Ha sido genial. ¿Cómo lo haces? Quiero más.

—¿Por qué no visualizas todos los días? Es el mejor modo de conseguir lo que quieres. Claro que tienes que trabajar, pero esto te permite estar en el lugar adecuado en el momento adecuado. Cuando visualizas y practicas, te estás preparando para el éxito. Llevo visualizándome ganando un Óscar desde que tenía catorce años.

Se levantó y fue hasta el banco para sentarse a su lado.

—No conozco a nadie en este negocio. No tengo mucha experiencia ni amigos a los que pueda preguntar, lo estoy haciendo todo sola. Y así es como hago que parezca real. Es lo que me ayuda a continuar. Si lo deseas, Sasha, tienes que creer en ti mismo. La mayor parte del tiempo nadie más creerá en ti.

—Lo entiendo. Tengo que saber lo que quiero e imaginar que ya está sucediendo.

–Sí. Pero hazlo todos los días. Eso es lo que hace que sea poderoso –suspiró–. Me imaginé en un *reality show*, pero debería haber sido más específica. No consigo que nadie me cuente nada sobre las audiencias. ¿Tú has oído algo?

–¿De qué estás hablando?

–De cómo va el programa, de si los anunciantes están contentos con el número de espectadores. Toda esa información es importante. Queremos que el programa tenga éxito.

–¿Qué más da si no lo tiene? De todos modos, nosotros vamos a irnos.

–Es importante porque si vas a ponerlo en tu curriculum, alguien tiene que haber oído hablar de él. No tiene sentido decir que has sido la estrella de un programa que nadie ha visto –lo miró–. Me vuelves loca, y no en el buen sentido.

–Es parte de mi encanto –le dijo y sonrió.

Ella miró a otro lado.

–Por lo que sabemos, uno de los cámaras nos ha seguido. A lo mejor deberíamos besarnos un poco por si acaso.

Aunque no existía química entre los dos, besar a una chica guapa nunca estaba mal. Pero en lugar de pensar que la deseaba, se vio recordando su lección sobre la visualización. Se pondría con ello enseguida y lo primero que iba a visualizar era a su hermano mayor volviendo a Alaska y dejándolo tranquilo.

Finn agarró sus dos bolsas y salió de la tienda. Apenas había pisado la acera cuando una mujer lo detuvo.

–Eres tú, el que está saliendo con Dakota.

No estaba seguro de si se lo estaba diciendo o preguntándoselo. Fuera lo que fuera, no era asunto de esa mujer. Pero estaba en Fool's Gold y ya había aprendido que allí la gente se metía en todo, quisieras o no.

–Conozco a Dakota –admitió.

–¿Cómo está? Su bebé es preciosa. Hannah… se llama así, ¿verdad?

–Eh… sí –Finn quería meterle prisa a la señora, pero sabía bien que esa desconocida se tomaría su tiempo y que su trabajo era esperar y escuchar.

–¿Sabes si aún tiene mucha comida en el congelador? Siempre prefiero esperar antes de llevar una cazuela. Al principio de una crisis familiar, todo el mundo sale corriendo con comida y hay que congelarla. Pero después no está tan buena cuando se descongela y se vuelve a calentar. Creo que deberíamos hacer una planificación. La gente podría apuntarse e ir llevando comida según le correspondiera. Pero nadie escucha. Así que yo misma lo hago. Espero unas semanas y después me presento con comida. Así que, ¿sabes si aún tiene suficiente?

–Olivia.

Finn se giró y vio a Denise acercándose. Estaba sonriendo, divertida, como si supiera que estaba atrapado y estuviera decidiendo si ayudarlo o no a escapar. Ya que lo había encontrado prácticamente desnudo en la casa de su hija, se imaginaba que se lo haría pasar mal, pero esperaba que al final lo ayudara a liberarse.

–Hola, Denise –dijo la mujer–. Estaba hablando con el chico de Dakota para saber si debería llevarle ya alguna cazuela.

–Olivia es famosa por sus cazuelas –le dijo a Finn–. También forma parte de una de las primeras familias que colonizaron Fool's Gold. Olivia, él es Finn.

–Ya nos conocemos, aunque no habla mucho, ¿no?

Pero lo respeto. A mí también me gustan los hombres callados. Doy por hecho que tendrá otros atributos que lo harán recomendable.

Finn no podía recordar la última vez que se había sonrojado, pero suponía que habría sido en la adolescencia. Sin embargo, allí estaba, en las calles de Fool's Gold, intentando no ruborizarse.

–Seguro que sí –dijo Denise aguantándose la risa–. Y no es que Dakota haya hablado de eso conmigo. A lo mejor si le preguntas a una de sus hermanas…

Finn casi se atragantó y comenzó a alejarse poco a poco. Denise lo agarró de un brazo para que no se moviera de allí.

–Puede que lo haga –dijo Olivia–. Mientras tanto, si crees que puede necesitar comida, le llevaré una cazuela a Dakota.

–Sí, hazlo –dijo Denise–. Seguro que te encantará conocer a Hannah. Es maravillosa. Una bebé adorable. Cuando llegó aquí estaba muy pequeña para su edad, pero está creciendo deprisa y ya toma alimentos sólidos.

–Recuerdo lo que era eso –dijo Olivia con una sonrisa–. De acuerdo. Gracias por la información. Si ves a Dakota, por favor, dile que me pasaré hoy a verla.

–Se lo diré –le prometió Denise. Esperó a que la mujer se alejara y se giró hacia Finn–. No estaba segura de que pudieras escapar.

–Respeto que quieras torturarme.

–Toda madre tiene ese derecho, pero tampoco ha sido para tanto. La mayoría de la gente de por aquí es simpática, aunque un poco curiosa.

Él sonrió.

–Aquí uno no suele encontrarse solo.

Ella le agarró una bolsa y comenzaron a caminar hacia la habitación que él tenía alquilada.

–No creemos en la autosuficiencia, pero tú creciste en un pueblo pequeño, así que lo entenderás.

–Siempre hemos estado dispuestos a ayudar a nuestros vecinos, pero nos manejábamos solos por lo general.

–Cuando di a luz a las niñas, tuve complicaciones. Estuve muy enferma y no lo recuerdo mucho. Mi marido, Ralph, no quería dejarme sola en el hospital, pero teníamos otros tres niños pequeños en casa y un negocio que dirigir. Eso, sin mencionar a las trillizas y que era Navidad. Fue una época estresante. Cuando por fin volví a casa, estaba muy débil y tardé meses en recuperarme. Las mujeres del pueblo se ocuparon de nosotras y durante los primeros seis meses siempre hubo alguien en casa cada día. Creo que no cambié un pañal hasta que las niñas tuvieron tres meses.

–Impresionante.

–Quiero que sepas que nos cuidamos los unos a los otros. Si decides quedarte aquí, serás uno de los nuestros y también cuidaremos de ti.

–No necesito que nadie cuide de mí.

–Estoy segura, pero sólo quiero que sepas cómo sería. Aunque, según me ha dicho mi hija, no estás pensando en quedarte.

Él la miró preguntándose qué vendría a continuación. Como no estaba seguro de lo que Denise pensaba de él, no podía saber qué preferiría ella. ¿Querría que se quedara por allí o preferiría que se marchara lo antes posible?

–No quiero añadirle más responsabilidades a mi vida –no iba a mentir a esa mujer para hacerla feliz–. Aunque Dakota es fantástica y me gusta mucho.

–Pero no lo suficiente como para quedarte. No tienes que preocuparte. Si quisieras quedarte, eso sería genial, pero si no, ella estará bien.

Estaba dándole permiso para irse, en cierto modo era la situación perfecta así que, ¿por qué no se sentía mejor?

Llegaron al motel y, ante la duda de si invitarla a pasar o no, Denise se lo puso fácil al devolverle su bolsa directamente y decirle:

–Espero que encuentres lo que estás buscando.

–¿Qué te hace pensar que estoy buscando algo?

–Que no pareces muy feliz –acompañó esa observación con una delicada sonrisa.

Y con eso, se dio la vuelta y se marchó. Finn la vio irse y entró en su pequeña habitación. Guardó la comida en la diminuta nevera y se puso a caminar de un lado a otro de la sala, inquieto.

Quería ir detrás de Denise y decirle que estaba equivocada, que claro que era feliz. Había pasado los últimos ocho años criando a sus hermanos y por fin había terminado con su trabajo. Ahora podría irse a casa sabiendo que estarían bien en el mundo. ¿Por qué no iba a estar feliz?

Se echó en la cama y miró al techo. ¿A quién intentaba engañar? No era feliz. Hacía mucho tiempo que no lo era. Quería culpar a sus hermanos, pero sabía que era más que eso. Era por él.

Tendría que dar un paso más, pero no sabía hacia dónde.

Su teléfono sonó y lo salvó del dolor que le produciría ese ejercicio de introspección.

–Soy Geoff –dijo una voz familiar cuando contestó–. Esta noche querrás ver el programa. Creo que te hará feliz.

–No, si Sasha vuelve a jugar con fuego.

–Es mejor que el fuego. Asegúrate de que lo ves.

Capítulo 17

Aunque Dakota había visto casi todos los programas de *Amor verdadero o Fool's Gold* con Finn, esa noche era diferente. A pesar de que él estaba tranquilamente tumbado en su sofá con Hannah sobre su pecho, Dakota se sentía inquieta, sin duda debido al secreto que estaba guardando. Por otro lado, estaba emocionada por ir a tener un bebé; hacía dos meses había pensado que jamás tendría una familia y ahora tenía una hija preciosa y otro bebé en camino.

Pero siempre había otra cara de la moneda y, en su caso, consistía en decirle a Finn que él era el padre. Algo que sabía que no querría.

—¿Te he dicho ya que Geoff no es una de mis personas favoritas? —le preguntó Finn—. Me ha dicho específicamente que vea el programa de esta noche, pero hasta el momento no ha pasado nada interesante.

Dakota tardó un segundo en darse cuenta de lo que estaba hablando.

—He oído que la audiencia no es muy buena. A mí me encantan los *reality shows*, pero no le veo sentido a este concepto. Todos queremos ver a gente enamorándose, pero aquí parece fingido.

Él enarcó las cejas.

—Pues yo no quiero ver a gente enamorándose.

Ella sonrió.

—De acuerdo, de acuerdo. Será cosa de chicas. En un programa que vi, dos de los concursantes se enamoraron y fue genial. Mis hermanas y yo nos llamábamos todo el rato para hablar de ello.

—Pero si no conoces a esas personas, ¿qué más te da?

—Es divertido ver a la gente enamorarse, eso hace que el programa sea más interesante. Supongo que ése es el problema aquí, que nadie está enamorándose.

Miró a la pantalla y vio a Sasha y a Lani.

—Aquí están.

Finn centró la atención en la televisión y Dakota lo observó. Era un buen hombre, amable y responsable. Además, era fabuloso en la cama, aunque eso no debería importar. Sonrió. Bueno, un poco sí que importaba.

Él subió el volumen con una mano mientras con la otra sujetaba a Hannah. La bebé estaba durmiendo sobre su pecho; era esa clase de imagen la que hacía que a toda mujer se le derritiera el corazón. No sabía cómo podría resistirlo.

—Esto es interesante —dijo Finn.

Dakota miró la pantalla y vio a Sasha y a Lani en el parque inmersos en una conversación.

—¿Por qué no visualizas todos los días? Es el mejor modo de conseguir lo que quieres. Claro que tienes que trabajar, pero esto te permite estar en el lugar adecuado en el momento adecuado. Cuando visualizas y practicas, te estás preparando para el éxito. Llevo visualizándome ganando un Óscar desde que tenía catorce años.

Se levantó y fue hasta el banco para sentarse a su lado.

–No conozco a nadie en este negocio. No tengo mucha experiencia ni amigos a los que pueda preguntar, lo estoy haciendo todo sola. Y así es como hago que parezca real. Es lo que me ayuda a continuar. Si lo deseas, Sasha, tienes que creer en ti mismo. La mayor parte del tiempo nadie más creerá en ti –suspiró–. Me imaginé en un *reality show*, pero debería haber sido más específica. No consigo que nadie me cuente nada sobre las audiencias. ¿Tú has oído algo?

Dakota se quedó anonadada. No sabía mucho sobre el negocio del entretenimiento, pero sí que sabía que los concursantes de un programa no debían hablar sobre las audiencias.

–¿De qué estás hablando?

–De cómo va el programa, de si los anunciantes están contentos con el número de espectadores. Toda esa información es importante. Queremos que el programa tenga éxito.

–¿Qué más da si no lo tiene? De todos modos, nosotros vamos a irnos.

–Es importante porque si vas a ponerlo en tu curriculum, alguien tiene que haber oído hablar de él. No tiene sentido decir que has sido la estrella de un programa que nadie ha visto –lo miró–. Me vuelves loca, y no en el buen sentido.

–Es parte de mi encanto –le dijo y sonrió.

Ella miró a otro lado.

–Por lo que sabemos, uno de los cámaras nos ha seguido. A lo mejor deberíamos besarnos un poco por si acaso.

Dakota vio cómo se abrazaron con experiencia practicada, pero sin el más mínimo romanticismo. Estaba claro que estaban fingiendo.

–Geoff ha cometido un gran error al emitir esto. Seguro que cree que hará que la gente hable sobre el programa, pero los espectadores se sentirán engañados.

–Lo cual significa que van a votar a mi hermano para que salga.

–¿Y después qué?

–¡Y yo qué demonios sé! –besó a Hannah en la cabeza–. Lo siento, pequeña –suspiró–. Diría que Sasha se va a marchar a Los Ángeles, no volverá a South Salmon. Stephen me ha dicho que va a terminar los estudios y supongo que tendré que conformarme con que uno de los dos vuelva a la universidad.

Antes de que Dakota pudiera hacer comentario alguno, la escena pasó a Stephen y Aurelia, fundidos en un apasionado abrazo. Eso sí que no era fingido, pensó ella, quedándose con la boca abierta. Eso sí que era sexy y muy real.

–¡Oh, Dios mío! No sabía que Aurelia fuera tan apasionada.

Finn se puso de pie, estaba furioso. No obstante, sostenía a la pequeña con fuerza, protegiéndola.

–Ha mentido. Hizo que pareciera que lo único que le interesaba era que Stephen volviera a la universidad. Y él también me ha mentido. ¡No me dijo nada de esto! Voy a matarlos a los dos.

A Finn no le importaba quebrantar las leyes. Sabía que estaba mal matar a alguien, sobre todo a una mujer, y sabía que iría a la cárcel y lo asumía. No sabía cómo habría sucedido, pero se aseguraría de que todo acabara ahí. Y de paso, encontraría a Geoff y le soltaría un buen puñetazo en toda la cara.

Tuvo que reconocer que, por segunda vez en unos meses, estaba contemplando la idea del asesinato. En su vida normal, esa vida que tanto le gustaba en South Salmon, nunca había tenido esa clase de sensaciones ni pensamientos. Allí vivía feliz y no pensaba en acabar con ningún ser humano.

No era él, era ese maldito pueblo.

Dakota agarró a la niña, que se movió y protestó un segundo antes de volver a quedarse dormida. Por un instante, y al mirar ese dulce rostro, Finn se calmó y recuperó el pensamiento racional, pero entonces vio en la pantalla a su hermano besándose con esa devora jóvenes y enfureció de nuevo.

—No te pongas así. Sé que esto no te hace gracia.

—¿Que no me hace gracia?

Hizo lo que pudo por hablar bajo, aunque no porque no le apeteciera gritar, sino por no despertar a la niña. Sí, le apetecía gritar, como también le apetecía dar un puñetazo a la pared, claro que si lo hacía, corría el riesgo de romperse algo y en ese momento lo único que quería romper era la cara de Geoff.

—Si no puedo odiarla, ¿cómo voy a poder matarla?

—¿Estás hablando de Aurelia? No puedes matar a nadie. No sólo está mal, sino que tú no eres así.

—Podría ser, puede defender a los míos. Sabía que era una devora jóvenes. Lo sabía y debería haber hecho algo desde el principio. La última vez que hablé con ella fue muy dulce y fingió que le preocupaba que Stephen volviera a la universidad. Fue todo una actuación.

—¿Vas a proteger a tu hermano de la mujer de la que probablemente está enamorado? Vaya, eso sí que tiene sentido. Finn, siéntate. Tómate un respiro. Esto no es el fin del mundo.

—Es casi diez años mayor que él y tiene una vida hecha. ¿Qué está haciendo con mi hermano pequeño?

—Seguro que ella se está haciendo la misma pregunta. No la conozco bien, pero he coincidido con ella varias veces. Tiene una madre horrible y su vida no es muy buena. Seguro que está tan disgustada con esto como tú.

Miró deliberadamente a la pantalla donde la pareja en cuestión seguía besándose.

—Sí, ya veo que está disgustadísima.

Dakota se cambió a la bebé de brazo.

—A lo mejor ahí no, pero te aseguro que...

—Quiere algo de mi hermano. Pero sea lo que sea, no lo conseguirá. Está utilizándolo. Seguro que ha estado planeándolo desde el principio.

Dakota no parecía muy convencida.

—No hagas nada sin pensar.

—¿Vas a decirme dónde vive?

—No. Y no deberías salir a buscarlos hasta que te hayas calmado.

—Tardaré mucho tiempo en calmarme —fue hacia la puerta y se giró. Besó a Dakota en la mejilla y a Hannah en la cabeza y se marchó.

Una vez fuera de la casa, se detuvo, no seguro de adónde ir. No sabía dónde vivía Aurelia, así que tendría que empezar por Stephen.

Fue hacia el centro del pueblo y quince minutos después estaba llamando a la puerta de la habitación de motel que sus hermanos compartían. Nadie respondió. Estaba claro que Stephen estaba escondiéndose de él y, teniendo en cuenta lo furioso que estaba, había sido lo más inteligente.

Se dio la vuelta y vio a Stephen y a Aurelia acercándose. La pareja iba de la mano y se detuvo al verlo. Stephen le susurró algo a ella y avanzaron un poco más. Cuando pasaron por debajo de una farola, Finn pudo ver que Aurelia había estado llorando.

Pero eso no cambiaba nada, se dijo. Era una buena actriz, qué pena que no la hubieran puesto de pareja de Sasha. Habrían encontrado la fama y una fortuna juntos.

—Está claro que tenemos que hablar —dijo Stephen cuando estuvieron lo suficientemente cerca.

—Podemos hablar aquí, en tu habitación —miró a Aurelia—. O podemos ir a tu casa y así me cuentas tu plan.

Ella abrió los ojos de par en par y se echó a llorar.

—No es lo que crees —susurró.

—¿Crees que me lo creo?

Stephen abrió la puerta de su habitación y Aurelia fue la primera en entrar, seguida de Finn.

—Sé que estás disgustado —dijo Stephen.

—¿Tú crees?

—Pero por muy enfadado que estés, tratarás a Aurelia con respeto. Si no, esta conversación terminará aquí.

—¿Vas a obligarme?

—Sí.

Su hermano habló con determinación y Finn tuvo la precaución de no mostrarse sorprendido. Ninguno de sus hermanos le había plantado cara nunca, habían preferido escaparse a hurtadillas en lugar de enfrentarse a él directamente. Tal vez, por fin, Stephen estaba creciendo.

—De acuerdo —dijo cruzándose de brazos—. Dime por qué no debería pensar lo peor.

Aurelia y Stephen se miraron. Finn fue consciente de que estaban comunicándose en silencio, pero no pudo interpretarlo.

—Nunca pretendimos que pasara esto —dijo ella.

—Tú te presentaste como concursante —le contestó Finn—. Y es un programa para conocer gente. Está claro que querías conocer a alguien. Sí, es cierto que no tenías control sobre con quién te emparejarían, pero míralo. Sólo tiene veintiún años. Es un crío y el hecho de que se escapara lo demuestra. Si crees que con esto vas a conseguir dinero, ve olvidándolo.

Stephen se situó entre los dos y puso una mano sobre el pecho de Finn.

–No. No la amenaces, no hagas que esto termine mal.

Por un lado, Finn agradeció la madurez de su hermano, pero por otro, fue el peor momento para mostrarla.

–Parad –dijo Aurelia. Los separó–. Sois familia. Intentad recordar eso –miró a Stephen–. Por favor, déjame hacer esto. Finn sólo está preocupado por ti y eso es bueno.

–Y yo estoy preocupado por ti –le dijo Stephen a ella–. No quiero que te haga sentir mal.

Aurelia sacudió la cabeza.

–No es él, es lo que está pasando a nuestro alrededor. Tienes razón. Sí, entré en el programa buscando algo, y gran parte de ello es debido a mi madre, de quien no voy a hablar ahora –esbozó una tímida sonrisa.

Finn pudo ver cómo su rostro cambiaba cuando sonreía y pasaba de la simpleza a la belleza. Sus ojos reflejaban inteligencia y ahora podía ver por qué Stephen la encontraba tan atractiva. Pero eso no hacía que la relación fuera mejor.

–Cuando me emparejaron con Stephen, me sentí avergonzada. Es más joven y atractivo, todo lo que yo no soy. Pero temía abandonar porque sería como un rechazo más en mi vida y, por otro lado, quería los veinte mil dólares. Quiero comprarme una casa. Sé que no puedes entenderlo. Tú siempre has tenido éxito en lo que has hecho. No hay más que ver lo que has hecho con el negocio de tu familia y con tus hermanos. Yo nunca he tenido la valentía de hacerme valer, siempre me ha dado miedo. Estar con Stephen me ha enseñado quién puedo ser si me arriesgo. Me ha enseñado a ser valiente, y no sabía que pudiera serlo.

—Estoy seguro de que esto le resultaría muy convincente a alguien que no...

—No he terminado —le dijo con firmeza—. Te agradecería que me dejaras terminar.

—De acuerdo —dijo Finn lentamente, sorprendido. Estaba seguro de que la había intimidado, así que ese gesto de valor había sido de lo más inesperado. Tal vez hacía que esa chica le gustara un poco más.

—No ando detrás de chicos jóvenes. No estaba buscando a un hombre más joven. No sé qué estaba buscando y tal vez ése sea el problema. Jamás pensé que encontraría a nadie, jamás pensé que fuera lo suficientemente buena. Pero lo soy. Y merezco que me quieran como se lo merece cualquier otra persona.

Alzó la barbilla ligeramente.

—Nunca fue mi intención que me grabaran abrazándome apasionadamente. Me disculpo por ello y por si con ello he avergonzado a tu familia, pero no me disculpo por querer a tu hermano. No me disculpo por preocuparme por él o por querer lo mejor para él. Sé que es demasiado joven, sé que lo esperan muchas experiencias y que yo no debo interponerme en su camino. Pero será que Dios tiene un gran sentido del humor porque no puedo evitar amarlo. Tu hermano tiene razón —dijo dirigiéndose a Stephen—. No deberías estar conmigo. Vete a casa. Termina tus estudios, trabaja haciendo lo que te gusta y vive tu vida.

Parecía sincera y Finn tuvo que admitirlo, aunque sólo fuera para sí.

Stephen se movió hacia ella y Finn supo lo que pasaría. Su hermano gritaría y patalearía hasta salirse con la suya, demostrando así lo inmaduro que era. Pero resultó que se equivocaba.

Stephen rodeó el rostro de Aurelia con sus manos y le dijo:

–Sé que eso es lo que crees, sé que crees que estar contigo me hará daño, pero te equivocas. Eres todo lo que he querido siempre. Iré a la universidad y encontraré un trabajo, pero lo haré aquí. Contigo. No hay nada que puedas decir para hacer que me vaya. Te quiero.

Finn pudo sentir la emoción entre los dos y se sintió fuera de lugar.

–Me equivoqué al escaparme –le dijo a su hermano–. Venir aquí de ese modo sólo sirvió para reforzar tu idea de que era un inmaduro. Me comporté como un crío y merezco que me trates como tal. Siento que tuvieras que venir a buscarme, sé que tienes un negocio y responsabilidades, pero no pensé en ello. Sólo pensé en mí mismo.

Esas palabras le sorprendieron más que si Aurelia se hubiera transformado en una ardilla y se hubiera puesto a bailar.

–Pero todo ha salido bien.

–Aún no, pero lo hará –respondió Stephen, y mirando a Aurelia, añadió–: Quiero casarme contigo. Sé que es demasiado pronto, así que no te lo voy a pedir, sólo te quiero decir que sé dónde terminará todo esto. Terminaré los estudios y encontraré un trabajo, y dentro de un año, te pediré que te cases conmigo. Y ese día, esperaré una respuesta.

Finn esperó a que la furia brotara en su interior, pero no hubo furia, ni siquiera el más mínimo enfado. Si tuviera que ponerle nombre al sentimiento que lo invadió, diría que fue uno de arrepentimiento. Arrepentimiento por no tener eso que Stephen y Aurelia tenían. Su hermano pequeño se había llevado el gran premio.

No era que quisiera estar enamorado, no exactamente. Lo que quería era algo distinto, pero aun así no podía evitar sentir que había perdido algo importante.

—Os dejaré solos.

—No tienes que irte —dijo Aurelia, aunque estaba mirando a Stephen mientras le habló.

—Los dos tenéis mucho de qué hablar.

Salió de la habitación y cerró dejando a su hermano y a Aurelia besándose. Ya tenía resuelta la situación de uno de sus hermanos. Ahora faltaba el otro.

Bajó la calle preguntándose qué hacer con Sasha, cómo...

Se detuvo junto a la librería de Morgan y vio el escaparate. No hacía falta que hiciera nada. Dakota había tenido razón. Él ya había cumplido con su trabajo y los había criado y educado lo mejor que había podido. Protegerlos para siempre no era una opción, tenía que confiar en que estaban preparados para tomar sus propias decisiones. Ya era hora.

Dakota miró la ropa extendida sobre su cama. Era como si un centro comercial hubiera estallado en el dormitorio de su madre.

—No sabía que tuvieras tantas cosas. ¿Cuándo fue la última vez que hiciste limpieza de armario? ¿Eso son calentadores? Mamá, los ochenta pasaron hace mucho tiempo.

—No me hace gracia. Si crees que esto es gracioso, te equivocas. Tengo una crisis. Una crisis de verdad. Tengo náuseas, me duele la cabeza y estoy reteniendo suficiente agua como para hundir un barco de batalla. Tienes que respetar mi situación.

Su madre se dejó caer en la cama aplastando toda la ropa.

–Lo siento –dijo Dakota–. No volveré a burlarme.

–No te creo, pero ésa no es la cuestión. No puedo hacer esto –se cubrió la cara con las manos–. ¿En qué estaba pensando? Soy demasiado vieja para esto. La última vez que salí con alguien, los dinosaurios vagaban por la tierra. Ni siquiera había electricidad.

Dakota se arrodilló delante de ella y le apartó las manos de la cara.

–Pues yo sé que casi todos los dinosaurios estaban extinguidos ya y que sí que había electricidad. Vamos, mamá. Sabes que quieres hacerlo.

–No, no quiero. Seguro que no es demasiado tarde para cancelarlo. Puedo cancelarlo. Podrías llamar y decirle que tengo la fiebre tifoidea. Di que es contagioso y que me van a trasladar a una de esas instalaciones médicas federales en Arizona. He oído que el aire seco es muy bueno para la fiebre tifoidea.

Justo en ese momento, Dakota oyó voces en el pasillo.

–¿Llegamos muy tarde? –gritó Montana–. No quiero perderme la parte divertida.

Montana y Nevada entraron en la habitación y vieron toda esa cantidad de ropa y accesorios.

–No he oído que haya pasado un tornado por aquí –dijo Nevada–. ¿Hay alguien herido?

–Ya veo que os he criado con demasiada libertad y cariño. Debería haberos reprimido más. Tal vez así me trataríais con más respeto.

–Te queremos, mamá –dijo Nevada–. Y te respetamos. No sabía que tuvieras tanta ropa.

Dakota se rió.

–No sigas por ahí o te arrancará la cabeza de un mordisco.

Montana sacó a Hannah del parque y la abrazó.

–¿Quién es la niña más preciosa? Vamos a ignorar a todas estas gruñonas, ¿vale?

–Estaba diciéndole a vuestra hermana que no puedo hacer esto. No puedo tener una cita, así que estábamos pensando en decirle que tengo la fiebre tifoidea.

Nevada puso los ojos en blanco.

–Sí, genial, porque él no se dará cuenta de que estás mintiendo si le dices eso. Vamos, mamá. Es sólo una noche. Tienes que salir y ver si te apetece salir con alguien. Si te resulta horrible, no tendrás que volver a hacerlo. Además, estás volviéndonos locas a todas porque ninguna tenemos citas –miró a Dakota–. Bueno, Dakota tal vez sí, aunque es imposible sacarle algo sobre su relación con Finn. Por lo que sabemos, mañana se fugarán a las Bahamas para casarse.

–¿Vas a casarte? –le preguntó su madre.

Dakota suspiró.

–No finjas mostrar interés por algo que sabes que no es verdad. Nevada tiene razón. Prueba con la cita –evitó preguntar qué era lo peor que podía pasarle porque normalmente esa pregunta nunca salía bien.

–Bueno, ¿y quién es él? –preguntó Montana, aún con Hannah en brazos.

–Un amigo de Morgan –dijo Denise.

–Nos cae bien Morgan. Eso es buena señal.

Denise se levantó, nerviosa.

–Puede que su amigo no tenga nada que ver con él. A lo mejor es un asesino en serie o un travestido.

–Por lo menos así tendrás un montón de ropa que dejarle –dijo Montana.

Dakota y Nevada se rieron y su madre las miró.

–No estáis ayudándome nada y voy a tener que pediros que os marchéis. Hannah puede quedarse, ella sí que me apoya –miró a la pequeña–. No tengas hijas nunca. Hazme caso. Sólo te romperán el corazón.

Nevada fue hasta la cama y miró las prendas. Al cabo de un segundo metió la mano en esa pila de ropa y sacó un vestido azul y blanco con estampado floral.

–Ponte esto. Queda bien casi en cualquier sitio. Te sienta genial y es muy cómodo. Es perfecto para esta época del año y tienes esos preciosos zapatos azules que te quedarán genial. Va a quedarse impresionado.

–¿En serio?

Dakota asintió.

–Sabes cuánto odio admitir que Nevada tiene razón, pero en esta ocasión la tiene. Ese vestido es perfecto. Estarás preciosa y, lo más importante, te sentirás bien –se acercó a su madre y la abrazó–. Sé que esto te da miedo, pero es importante. Papá se fue hace casi once años y está bien que sigas adelante. Mereces ser feliz.

Su madre se emocionó.

–De acuerdo. Iré a la cita y me pondré el vestido. Ya estoy maquillada y no puedo hacerle nada más al pelo, así que lo único que tengo que hacer es vestirme –miró el reloj–. ¡Oh! Tengo dos horas hasta que venga. Creo que voy a vomitar –se abanicó con las manos–. Rápido. Necesito distraerme con algo. Que alguna diga algo que me haga olvidar que tengo una cita.

Montana y Nevada se miraron y se encogieron de hombros, como si no tuvieran nada que ofrecer. Y entonces, Dakota pensó que era el mejor momento para dar su noticia.

–A ver si esto te sirve –dijo con una sonrisa–. Mamá, tengo algo que contarte. Estoy embarazada.

Capítulo 18

Las hermanas de Dakota se miraron con idénticas expresiones de sorpresa. Su madre se abalanzó sobre ella y la abrazó.

–¿De verdad? ¿No estás gastándome una broma para distraerme?

–Nunca haría eso. Estoy embarazada, lo cual es muy inesperado dado mi historial médico. No tenía esto planeado, pero no puedo evitar alegrarme.

–Finn debe de tener unos espermatozoides asombrosos –dijo Montana–. Es de Finn, ¿verdad?

Dakota se rió.

–Sí, es suyo. No ha habido nadie más. Sé que es complicado y que él no quería esto, pero no puedo evitar estar feliz. Voy a tener un bebé cuando pensaba que jamás podría tenerlo.

–Seguro que estás practicando tanto sexo que has vencido todo pronóstico –le dijo Nevada–. Estadísticamente siempre es posible. Sólo necesitas que se den las circunstancias apropiadas.

Dakota dio un paso atrás y se dio una vuelta.

–Me da igual si han sido sus espermatozoides, o la luna o una invasión alienígena. ¡Estoy emocionada! –sí, seguro que tener dos hijos tan seguidos era todo un desafío, pero si otras mujeres habían podido con ello, ella también podría.

–Cuando decidiste ser madre, lo hiciste a lo grande –dijo Denise con una carcajada–. Si tú estás feliz, yo estoy feliz.

–Lo estoy. A Hannah le va a encantar tener un hermanito o hermanita.

Montana y Nevada se miraron y Dakota supo exactamente lo que estaban pensando.

–No, no se lo he dicho –dijo respondiendo a la pregunta que no le habían formulado–. Lo haré. Sé que tengo que hacerlo. Y sé que no se lo va a tomar bien. Finn me dejó claro qué es lo que quiere de la vida y no quiere más responsabilidades. Ha sido genial con Hannah, pero no es su hija. Puede irse cuando quiera. Un bebé lo cambiará todo para él.

Se acercaba una gran tormenta emocional. Por mucho que quisiera creer que a él le haría feliz, sabía bien que no sería así. Incluso podría pensar que ella había intentado engañarlo. Pasara lo que pasara, lo superaría. Y aunque él se marchara, estaría bien. Los corazones rotos acababan sanándose y el suyo también lo haría. Porque tendría a su bebé.

–Puede que te sorprenda –le dijo su madre con una expresión esperanzada.

–No lo creo –respondió Nevada–. En estos casos los hombres suelen decir la verdad. Si un hombre dice que no quiere familia, lo más seguro es que no esté mintiendo –se giró hacia Dakota–. Lo siento. Ojalá me equivoque, pero no quiero verte sufrir más.

–Lo sé –Dakota comprendía los riesgos que corría. Finn y ella habían comenzado una relación movidos por el sexo y la atracción y a lo largo del camino, ella había ido descubriendo que era un tipo genial. Había empezado a sentir que estaba enamorándose y se había dado cuenta de que ése era el mayor problema al que se enfrentaría: estar enamorada de un hombre que lo único que quería era marcharse de allí.

Ahora tenía que explicarle que eso de que no podía tener hijos había resultado no ser verdad del todo y la conversación no pintaba muy bien...

—A lo mejor te sorprende —dijo Montana—. Puede que se enfade al principio y que luego se dé cuenta de que esto es lo que ha querido siempre. A lo mejor está enamoradísimo de ti y no sabe cómo decírtelo.

—Lo siento, cielo, pero creo que Dakota tiene razón —dijo su madre entre suspiros—. No creo que Finn se alegre de esto.

—Lo sé —Dakota sonrió—. Estaré bien, pase lo que pase. Sé que os tengo a vosotras, a mis hermanos y a todo el pueblo. Y tengo a Hannah... y voy a tener un bebé. ¡Es un milagro! Pase lo que pase, tendré mi milagro. Casi nadie puede decir eso, la mayoría de la gente vive su vida sin experimentar algo así. Tener a Finn a mi lado habría sido fantástico, pero me conformo con lo que tengo.

—Lo quieres —dijo Nevada.

—Pero no quería admitirlo.

¿Amor? Amor... Le dio vueltas a ese concepto en su cabeza y vio que encajaba. Lo amaba. No había duda de que lo amaba desde hacía tiempo.

—Será un final feliz nada convencional —les dijo—. No tendré al chico, pero tendré todo lo demás. Y con eso me bastará.

Se acercaron a ella y la abrazaron. Ella sintió su amor bañándola y fortaleciéndola. Había gente que tenía que pasar sola por situaciones mucho peores, pero ella era afortunada. Tenía a su familia y se tenía a sí misma.

Finn comprobó las cajas que había cargado. Era un buen día para volar; el viento era suave, el cielo estaba despejado e iría a Reno. Estaría de vuelta en menos de una hora, pero siempre era interesante volar a un lugar donde no había estado antes.

Estaba disfrutando del espacio aéreo de la Costa Oeste. El tiempo era predecible y había mucho más aeropuertos. Había gente por todas partes, pequeños pueblecitos y grandes ciudades. En lugar de montañas heladas y tormentas árticas, tenía que encontrar su camino tras la estela de aviones comerciales 757. Distintos retos, la misma emoción.

Llevaba eso de volar en la sangre y era algo de lo que no podía, ni quería, escapar. Lamentaba que ninguno de sus hermanos estuviera interesado en la aviación, pero lo aceptaba. A él tampoco le habría gustado que lo hubieran obligado a dedicarse a otra cosa.

Terminó de hacer anotaciones y fue hacia la oficina. Si volvía pronto, podría hacer un segundo trayecto ese mismo día y Hamilton se pondría muy contento. Ese hombre le recordaba a su abuelo; ambos inteligentes emprendedores, pacientes, honestos y generosos. Eran hombres de otro tiempo.

—¿Finn?

Se detuvo y se dio la vuelta. Sasha estaba allí.

Lo habían expulsado del programa la noche anterior, pero dado lo que se había emitido sobre Lani y él, no era de extrañar que los espectadores se hubieran sentido engañados.

Se había preguntado si Sasha estaría decepcionado,

pero ahora que lo veía acercarse con esa expresión, supuso que traía buenas noticias.

Sabía que no volvería a South Salmon, pero aun así se detuvo y esperó a que su hermano hablara.

–¿Viste el programa? –le preguntó más contento que triste–. No puedo creerme que nos pillaran. Habíamos tenido mucho cuidado –se encogió de hombros y sonrió–. Aunque supongo que no lo suficiente.

–No pareces muy disgustado.

–Me voy a Los Ángeles. Esta mañana me ha llamado un agente y quiere que me vaya allí. Vamos a hablar y ya tiene algunas ideas sobre dónde va a mandarme. Hay una serie en la que quieren sustituir a uno de sus personajes y también un pequeño papel en una película.

Sasha siguió hablando y contándole que esa misma tarde, Lani y él podrían rumbo hacia allí y que se alojarían en un apartamento. Al parecer, ella también tenía un casting.

Finn supo que había llegado el momento de dejarlo volar.

–Esto es lo que quiero de verdad, aunque sé que estás decepcionado.

–Un poco, aunque no sorprendido. Llevabas tiempo apuntando en esta dirección.

–Casi parece que no estés enfadado.

–Y no lo estoy. No diré que no me hubiera gustado que todo fuera distinto, pero tienes que tomar tus propias decisiones y vivir con las consecuencias. Espero que todo esto sea para mejor y que salgas en la tele o en una película.

–¡Gracias! –exclamó su hermano, feliz y sorprendido–. Creía que estarías furioso.

–Me has dejado agotado, chaval. Ya no tengo fuerzas ni para eso –sacó su cartera y contó el dinero que había sacado de su cuenta esa misma mañana–. Aquí tienes trescientos dólares y un cheque con mil más. Búscate un lugar decente donde vivir e intenta comer bien.

–No sé qué decir –admitió aceptando el dinero–. De verdad que te lo agradezco. Esto cambiará mucho las cosas.

–Tu hermano va a terminar los estudios. El dinero sigue ahí, en vuestro fondo de estudios. Si decides volver, podrás terminar siempre que quieras.

–Eres el mejor hermano que alguien puede tener. Sé que he sido un fastidio, pero no lo hice a propósito.

Finn sintió un nudo en la garganta.

–La mayoría de las veces, sí.

Sasha se rió.

–Puede que un cincuenta por ciento –se puso serio–. Has hecho un gran trabajo con nosotros. Mamá y papá estarían orgullosos. Tengo un plan. Ya puedes dejar de preocuparte por mí.

–Eso no pasará nunca, pero estoy preparado para dejarte marchar.

Se dieron un abrazo y unas palmaditas en la espalda, conteniendo la emoción para no mostrar demasiados sentimientos, y después Sasha se guardó el dinero y se alejó.

Finn había ido a Fool's Gold para obligar a sus hermanos a volver a casa. Había creído que el único lugar donde tenían que estar era o la universidad o South Salmon, pero se había equivocado. Ninguno de sus hermanos regresaría y, por extraño que pareciera, le parecía bien.

Dakota llegó al trabajo a la mañana siguiente con grandes ansias de café y la promesa de que antes de que

se pusiera el sol, le habría contado a Finn lo del bebé...
o tal vez, antes de que terminara la semana...

No quería ser una cobarde ni ocultarle esa información, pero es que estaba tan feliz que quería seguir estándolo un poco más. Quería fingir que todo estaba bien y quería imaginarse una casa con un gran árbol en el jardín y dos niños jugando junto a ella y Finn.

Porque, por mucho que deseaba ese bebé, también deseaba estar con el padre de ese bebé. La gran sorpresa no era que se hubiera enamorado de él, sino que hubiera tardado tanto tiempo en darse cuenta.

Caminó hacia las improvisadas oficinas de producción y se sorprendió al ver frente a ellas unos grandes camiones. Vio a unos tipos cargando cajas y todo apuntaba a que se marchaban.

Vio a Karen sentada en una mesa en mitad de la acera.

—¿Qué está pasando? ¿Por qué estás trabajando aquí fuera?

Karen la miró. Tenía los ojos rojos e hinchados, como si hubiera estado llorando.

—Se termina. El programa ha sido cancelado. Geoff me llamó desde el aeropuerto. Él ya está en Los Ángeles.

—¿Cancelado? ¿Cómo pueden hacer eso? ¿Quién ha ganado?

—Nadie. Empezamos con audiencia, pero los índices bajaron a la tercera semana. Es un desastre.

—¿Y qué pasa con los concursantes?

—Se van a casa.

—¿Y qué pasa contigo?

Se le llenaron los ojos de lágrimas.

—Trabajo para Geoff y ahora mismo eso no es nada bueno. Tengo muchos amigos en el negocio y ellos me ayudarán. Tengo que trabajar con otra productora —suspiró–. Tengo ahorros. Estas cosas pasan todo el tiempo, así que si quieres sobrevivir, tienes que estar preparada para pasar semanas sin trabajo. Supongo que la gente se estará preguntado si yo sabía algo de esto, pero no. No sabía nada.

–Lo siento –no sabía qué más decir. No comprendía cómo se podía invertir tanto dinero en un programa para luego cancelarlo en unas pocas semanas–. Si necesitas una recomendación o si puedo ayudarte de algún modo, por favor, dímelo.

–Gracias –Karen miró su reloj–. Será mejor que vayas a tu despacho y recojas tus objetos personales, porque van a desmantelarla a las nueve.

–De acuerdo. Lo haré –se quedó allí unos segundos más, pero Karen centró la atención en sus papeles y no volvió a alzar la mirada.

Mientras caminaba hacia su pequeño despacho, sacó el teléfono y le dejó un mensaje a la alcaldesa, aunque suponía que la noticia ya habría corrido como la pólvora. Miró a su alrededor y vio a gente cargando vehículos y marchándose. La televisión había llegado y se había hecho con el pueblo, pero tenía la sensación de que en cuestión de horas sería como si nunca hubieran estado allí. Tal vez así era ese negocio: una ilusión que nunca duraba.

Al mediodía, Dakota estaba de vuelta en su viejo despacho preparada para ponerse manos a la obra con el plan de estudios para el que la habían contratado. Había tenido una breve reunión con Raúl para hablar, como él lo llamaba, de su plan de juego. Se lo permitía, por un lado, porque había jugado como quarterback en la Liga Nacional y los deportes le hacían sentir bien y, segundo, porque era el que le pagaba el sueldo.

Antes de que su campamento de verano se hubiera transformado en una escuela elemental, su sueño había sido abrir unas instalaciones para niños de secundaria en las que se haría hincapié en las Matemáticas y las Ciencias. Estarían allí durante tres o cuatro semanas y volverían a sus escuelas entusiasmados por lo que podían llegar a conseguir en esas dos materias. Ya que la escuela elemental necesitaría las instalaciones durante al menos dos años, tenían tiempo más que de sobra para preparar su plan de estudios.

Montana llegó al despacho exactamente a las dos, con una correa en una mano y empujando un carrito con la otra. Buddy iba deteniéndose cada ciertos pasos para comprobar el estado de la niña y asegurarse de que estaba bien.

—No sé si Buddy sería un buen padre si fuera humano, o si estaría todo el día tomando Prozac —dijo Montana.

—Es muy guapo, seguro que descubriría el mundo de las chicas y se le olvidaría ir a recoger a sus hijos a la guardería.

Montana se agachó y acarició al perro.

—No la escuches, Buddy, yo sé que nunca se te olvidaría recoger a tus hijos de la guardería. No le hagas caso a mi hermana. ¿Quién es mi perrito bonito?

Dakota se rió.

—Lo siento, Buddy, sólo estaba de broma —tomó a Hannah en brazos—. ¿Cómo está mi chica?

—Se ha portado genial y está comiendo mucho mejor. Te juro que la veo crecer. No puedo decir que me gusten los pañales llenos de caca, pero se me da muy bien cambiarla.

—Te agradezco que estés cuidando de ella. Ahora que ya estoy aquí, podría traerla al trabajo tres días a la semana como poco. Así que ya no te necesitaré tanto. Mamá se quedará con ella uno de estos días y ya me han llamado otras cinco mujeres del pueblo diciendo que quieren cuidarla otro día.

—Debe de ser genial ser tan popular.

—No es por mí, es por Hannah. Es más popular que todas nosotras.

Montana se sentó en el borde del escritorio.

—No creo que yo pudiera hacer lo que tú.

—¿Planes de estudio?

—Tener un bebé sola... Bueno, dos bebés.

—No estaba planeado —admitió Dakota, diciéndose que no podía dejarse llevar por el pánico ante la idea de ser madre soltera de dos niños—. Admitiré que estoy asustada, pero no voy a pensar en eso. Los dos niños son una bendición.

—¿Y qué es Finn?

Una buena pregunta, aunque una que no podía responder.

—Lo quiero —dijo y se encogió de hombros—. Sé que es estúpido, pero no he podido evitarlo. Él... —sonrió—. Él es el único para mí.

—¡Vaya! Así que ya has encontrado a tu hombre.

—No estoy diciendo que haya sido una elección inteligente.

—Podría funcionar.

—Te agradezco tu lealtad, pero ¿de verdad lo crees?

—Podría sorprenderte.

—Dakota la miró con escepticismo.

—Me ha dejado claro que quiere recuperar su antigua vida y ahora que sus hermanos se van, ya es libre del todo. Sé que le importo, pero no es lo mismo que el amor.

—Entonces, ¿no vas a preguntárselo?

–No voy a volverme loca deseando algo que jamás se hará realidad.

Montana empezó a hablar, pero se detuvo.

–Dime qué puedo hacer para ayudar.

–¿Qué ibas a decir?

–Que estás rindiéndote sin intentarlo. Si lo amas, ¿no deberías al menos intentar que las cosas funcionen? ¿Luchar por él? Aún no te ha dicho que no y eso es porque aún no le has contado nada.

–Se lo diré. Estoy esperando porque sé qué es lo que va a pasar y no quiero arruinar lo que tenemos. Confía en mí. Cuando Finn se entere de que estoy embarazada, habrá marcas de ruedas en la carretera.

–Si tú lo dices…

La conversación no estaba desarrollándose como Dakota había pretendido, y empezó a enfadarse. Se dijo que no era culpa de Montana, que ella no lo entendía, y que sólo el hecho de desear algo no hacía que eso se cumpliera.

–Tienes que darle la oportunidad de sorprenderte –murmuró Montana–. Y puede que lo haga.

Dakota asintió porque no quería discutir, pero sabía que la verdad era muy distinta.

Aquella noche la pasó muy inquieta; no podía olvidar la discusión con su hermana y no podía ignorar la voz que le decía que estaba escondiéndose en lugar de ser sincera. Que Finn y ella se merecían algo mejor.

Cuando lo recibió en casa esa noche, tenía una salsa marinera en el fuego y una suave música de fondo. Hannah ya estaba echándose su siesta.

–Hola –dijo Finn al entrar–. ¿Qué tal tu primer día lejos de la televisión? ¿Lo echas de menos?

Le sonrió mientras le hablaba, con esos ojos azules destellando suavemente. Era alto, fuerte y guapo. Alguien en quien podría apoyarse para siempre.

Tal vez nunca se había enamorado hasta ahora porque no había encontrado al hombre adecuado. Siempre había tenido una sensación de vacío, pero ahora con Finn se sentía llena... completa.

Esperó a que él cerrara la puerta y lo abrazó dejando que la besara. Decirle lo que sentía podía llevarlos al desastre, pero demostrárselo... eso podría ser distinto.

Lo besó con intensidad y volcando en ese beso toda su frustración, su amor y su preocupación. Finn la abrazó con fuerza, como si sintiera que ella lo necesitaba.

Un fuerte deseo tomó protagonismo, pero fue más que un mero deseo sexual. Fue un deseo de lo que podrían haber tenido juntos.

Sin poder decir nada, lo llevó hasta su dormitorio y dejó la puerta abierta para poder oír a Hannah si lloraba.

Una vez estuvieron en la oscuridad del dormitorio, se giró hacia él. En sus ojos pudo ver preguntas, pero él no le preguntó nada. Al parecer, sabía que ella necesitaba algo más que una conversación.

Le quitó la camiseta y ella se desabrochó el sujetador. Cuando estuvo desnuda de cintura para arriba, él agachó la cabeza y tomó en su boca su ya terso pezón mientras le acariciaba el otro pecho con la mano.

Su boca era cálida y su lengua la excitó, pero con eso no le bastó. Deseaba más. Lo quería todo de él, lo quería llenándola, tomándola. Lo necesitaba. Necesitaba esa conexión.

De nuevo, él le leyó la mente y, así, le desabrochó los pantalones. Ella terminó de desnudarse e inmediatamente, Finn deslizó una mano entre sus piernas. Ya estaba húmeda y comenzó a acariciarla con el pulgar antes de introducir en ella dos dedos.

Un sinfín de sensaciones la asaltaron, provocadas por su boca en sus pechos y su mano acariciándola. Finn se adentró más y encontró esos lugares que hicieron que se le entrecortara la respiración. Aunque Dakota se aferró a él, no pudo evitar que le temblaran las piernas. Estaba teniendo dificultades para mantenerse en pie, pero no quería que parara. No quería que nada la distrajera del modo en que él la estaba haciendo sentir.

La invadieron la tensión, el placer y el deseo de ser arrastrada hasta un océano de satisfacción. Estaba acercándose más y más, tan cerca que…

Él se detuvo y ella gritó a modo de protesta, no segura de lo que estaba pasando. Antes de poder decir nada, Finn la había sentado en la cama y él se había arrodillado para, a continuación, separarle las piernas y acariciarla con la lengua. La besó íntimamente mientras seguía hundiendo sus dedos en ella.

Sentir su lengua y su aliento fue demasiado y al instante ya estaba gimiendo mientras su cuerpo se sacudía y se estremecía de placer.

Al momento, Finn se puso de pie, se desnudó y se reunió con ella en la cama.

—Dakota —susurró él al hundirse dentro de ella.

Ella lo recibió rodeándolo con sus piernas por las caderas y acercándolo a sí. Normalmente cerraba los ojos, pero en aquella ocasión los mantuvo abiertos para ver cómo la miraba. Estaban conectados. Dakota sentía lo que él sentía y, así, cuando él se acercó al borde del éxtasis, también lo hizo ella y juntos y aferrados el uno al otro se dejaron invadir por el placer.

La noche cayó a su alrededor y tuvieron la sensación

de haber estado siempre juntos y de que jamás podrían separarse.

«Te quiero».

Ella pensó en esas palabras, pero no las pronunció porque sabía que, una vez que las dijera, tendría que contarle la verdad y después esas palabras serían una trampa. Un modo de obligarlo a quedarse a su lado.

Ojalá…

Pidió un deseo a las estrellas. ¿Era mucho pedir estar con el único hombre al que había esperado durante toda su vida?

Mientras formaba la pregunta oyó a Hannah suspirar y obtuvo su respuesta. Ya había recibido mucho y no podía tenerlo todo.

Aunque no pudiera tener a Finn, tendría a su hijo y con eso bastaría, de algún modo.

Capítulo 19

—Estás matándome —le dijo Bill con una voz sorprendentemente clara a pesar de lo lejos que se encontraban—. Estamos empezando nuestra temporada de más trabajo, Finn. Tienes que volver.

—Lo sé, pero dame una semana más.

—¿Para hacer qué? Me dijiste que el programa había terminado, ¿qué más tienes que hacer en ese maldito pueblo?

Excelente pregunta, pensó Finn. Debería estar subiendo al primer avión que partiera con destino a Alaska, pero no podía evitar la sensación de que aún le quedaban cosas por hacer allí.

—Es por esa mujer, ¿verdad?

—¿Por Dakota? Sí, en parte —no había querido acercarse a nadie, pero tenía algo especial, algo que lo atraía, y alejarse de ella sería más duro de lo que se había esperado.

—¿Estás pensando en quedarte?

—No lo sé. No estoy seguro de nada. Mira, Bill, sé que esto es injusto, sé que estás trabajando mucho, pero dame una semana y entonces te daré una respuesta.

Su amigo suspiró.

–De acuerdo. Una semana. Pero no más. Y me debes una bien grande.

–Lo sé. Pídeme lo que quieras y será tuyo.

Bill se rió.

–Como si me lo fuera a creer. Hablamos en una semana. Si no me llamas, le venderé tu mitad de la empresa a la primera persona que me ofrezca cinco centavos.

–Hecho –dijo Finn y colgó.

Estaba en el aeropuerto de Fool's Gold y miró los aviones. Allí podría ganarse la vida, si eso era lo que quería. Pero la pregunta era: ¿quería? Se había dicho que cuando sus hermanos fueran independientes, sólo pensaría en sí mismo y haría lo que quisiera, y ahora que era libre, estar solo ya no le resultaba tan atrayente. Se había acostumbrado a formar parte de una familia, parte de algo. ¿Quería alejarse de eso? ¿Tenía que ser todo o nada?

–¿Qué te ha dicho tu compañero? –le preguntó Hamilton.

–No le ha hecho gracia que siga aquí. Le he dicho que tomaré una decisión dentro de una semana.

Hamilton enarcó sus canosas cejas.

–¿Estás pensando en comprarme el negocio? Porque tengo los documentos preparados.

El anciano le ofrecía el negocio prácticamente cada vez que lo veía. El precio era justo y tenía mucho potencial.

–Te lo diré también la semana que viene.

–¿Qué tienen de especial estos siete días? ¿Estás leyendo los posos del café o algo?

–No, es sólo que tengo que solucionar algunas cosas.

Hamilton sacudió la cabeza.

–Los jóvenes de hoy en día no queréis tomar decisiones. Sé lo que te retiene aquí. Es esa chica del pueblo.

Me parece muy guapa, pero ¿qué sé yo de eso? Llevo casado cuarenta años –sonrió–. Hazle caso a un anciano. El matrimonio es una buena opción.

¿Matrimonio? ¿De eso estaban hablando? En su cabeza lo veía como un paso lógico, pero la idea le hacía querer dar un paso atrás. Dakota tenía una hija, ¿estaba preparado para ser padre? ¿No había desempeñado ya ese papel con sus hermanos?

Suponía que todo se reducía a lo que sintiera por ella. Sabía que le gustaba y que había sido un inesperado y grato descubrimiento en lo que debería haber sido una situación terrible. Era cariñosa y comprensiva. Le gustaba verla con Hannah; era una buena madre y una buena amiga. Y seguro que sería una esposa fantástica. El problema era que él no creía que estuviera buscando una.

–Una semana –repitió.

Hamilton levantó un brazo.

–Por mí, vale. Tómate el tiempo que necesites. Creo que te gusta estar aquí y que estás buscando una excusa para quedarte. Si tantas ganas tuvieras de volver a Alaska, ya lo habrías hecho. Pero, ¿qué sé yo si no soy más que un viejo?

Finn sonrió.

–Dices eso mucho, que eres viejo y que no sabes nada, pero me parece que tienes una opinión sobre todo.

Hamilton se rió.

–Cuando tengas mi edad, chico, tú también tendrás una opinión sobre todo.

El domingo por la mañana, Dakota se reunió con sus hermanas en la casa de su madre para un desayuno informal. Hacía cada vez más calor según se acercaban a los meses de verano y ese día Denise había puesto la mesa en el jardín. Había un cuenco con fruta fresca, zumo, pastas y bollos y huevos. El aroma a café recién hecho competía con el delicado perfume de las flores de la mañana.

—Bueno, ¿qué tal fue la cita? —preguntó Nevada, que se sirvió un café antes de pasarle la cafetera a Montana—. ¿Hiciste algo salvaje y te arrestaron?

Denise le dio un sorbo a su zumo y dejó el vaso en la mesa.

—Estuvo bien.

Montana se rió.

—¿Bien y ya está? ¿Te divertiste? ¿Te gustó? Empieza por el principio y cuéntanoslo todo.

—Es un hombre muy agradable y hablamos de muchas cosas. Es divertido y ha viajado mucho. Estuvo bien. No me esperaba algo que me cambiara la vida, no fue más que una cita.

Dakota pensó en los momentos que pasaba con Finn.

—A veces una simple cita puede cambiarte la vida.

—No lo creo. Tienes que conocer a la persona. ¿De verdad existe el amor a primera vista? No estoy segura. Tal vez ésas son cosas que te pasan sólo cuando eres joven, cuando no tienes que tener cuidado.

—¿Y por qué tienes tú que tener cuidado? —le preguntó Nevada.

—Por muchas razones. Hace treinta años que no tengo una cita y no sé cómo han cambiado las reglas. Además, no soy una cría. Tengo responsabilidades. Tengo hijos y nietos y un lugar en la comunidad. No voy a largarme con un hombre sólo porque me haga arder de pasión.

—Pues yo sí que me largaría con él —dijo Nevada y sonrió—. Suponiendo que lo digas en el buen sentido y no te refieras a que te prenda fuego con una cerilla.

–No, claro que no estoy interesada en salir con un pi-rómano –dijo Denise–. Es muy complicado a mi edad. No lo entendéis, aún sois muy jóvenes y para vosotras las reglas no son las mismas.

–¿Estás diciendo que te sientes atraída sexualmente hacia él, pero que tienes miedo de actuar? –le preguntó Dakota, asustada ante cuál podría ser la respuesta por-que por muy adultas que fueran todas, se le hacía algo incómodo estar manteniendo esa conversación con su madre.

–No, hablaba sólo hipotéticamente. No había quími-ca entre los dos. Nos besamos y nada más –se estreme-ció–. Creo que soy demasiado vieja para que un hombre me meta la lengua en la boca.

Dakota y Nevada se quedaron tensas y Montana chi-lló y se tapó los oídos.

–No puedo –dijo–. Sé que es inmaduro, pero no pue-do oírte hablar de esto. Es demasiada información.

Hannah dio una palmada y se rió con las payasadas de su tía.

–Por lo menos tú te diviertes –le dijo Dakota a su niña y la besó en la frente. Se dirigió a su madre–: Aun-que intento ser más madura que mi hermana en esto, he de decir que se me hace extraño hablar de sexo contigo. Pero como profesional, te escucharé.

Denise se rió.

–Sois ridículas, chicas. He hablado de un beso con lengua, no es que os haya descrito veinte minutos de acto sexual.

Montana volvió a taparse los oídos y comenzó a can-turrear. Nevada tenía aspecto de ir a salir corriendo.

–Lo mejor sería que no tuvieras relaciones en la pri-mera cita –le dijo Dakota con calma, aunque estaba con sus hermanas. Las discusiones de sexo con los padres deberían estar prohibidas por ley–. Ha pasado mucho tiempo, así que lo más sensato es que vayas despacio.

–Eso pensaba yo –dijo su madre–. Lo del beso fue sólo un experimento, me preguntaba cómo sería besar a otro hombre... y no fue genial.

–A lo mejor no fue por el beso en sí, sino por el hombre –dijo Montana–. La química importa, tiene que haber chispa.

–Era un hombre agradable, pero no había chispa, así que no saldré con él otra vez. Me gustaría decir que no pienso volver a tener otra cita, pero sería estúpido tomar esa decisión basándome en una única experiencia. Pensaré en ello.

Se giró hacia Dakota.

–Y ya que estamos hablando de pensar cosas... ¿Le has contado a Finn lo del embarazo?

–¿Es que Finn está embarazado? –dijo Montana sonriendo.

–Estoy ignorándote –le contestó su madre–. Tómate el desayuno.

–Sí, señora.

Miraron a Dakota.

–No se lo he dicho exactamente.

La expresión de su madre reflejó desaprobación.

–Ésa es una clase de información que no debes guardarte. Finn tiene derecho a saber que va a ser padre.

–Lo sé y voy a decírselo pronto –respiró hondo–. Cada vez que pienso en hacerlo, se me hace un nudo en el estómago. Sigue aquí, aunque ya no tiene por qué. Todo está arreglado con sus hermanos y aún no ha dicho cuándo se irá, lo que me hace pensar que es posible que yo sea la razón por la que va a quedarse.

–Temes decirle lo del bebé y que salga corriendo –dijo Nevada.

–Sí –susurró Dakota sabiendo que, aunque era cobarde, era la verdad–. Lo quiero. Quiero que se quede. Me rompería el corazón si se marchara.

–Pues díselo –sugirió Montana–. Saber cómo te sientes podría hacerle cambiar de opinión y no sabes si le alegraría ser padre. Puede que te sorprenda.

A Dakota le gustaría creerlo, pero eso de confesarle lo que sentía…

–No quiero que vea mis sentimientos como una trampa –admitió–. No quiero que piense que estoy diciéndole que lo quiero para que se quede. Pero si le digo primero lo del bebé, es probable que después no tenga oportunidad de decirle que lo amo. No sé cómo arreglarlo.

–Porque no hay nada que arreglar –le dijo su madre–. No hay nada que resolver, sino una información que compartir y unos planes que hacer. En cuanto a lo de qué decirle primero, entiendo tu dilema. Decidas lo que decidas, él tiene que saber que estás embarazada, tiene ese derecho. Así que no esperes a que llegue el momento adecuado, porque no existe ese momento.

Hacía años que su madre no la reprendía, pero sabía que tenía razón. Estaba escondiéndose, huyendo de la situación, evitando lo que se tenía que hacer. Fuera cual fuera el resultado, tenía que decírselo.

–Se lo diré hoy.

«Y seguro que mañana ya se habrá ido».

–Sasha ha llamado desde Los Ángeles. Ha encontrado un apartamento y lo comparte con otros dos chicos. No sé qué habrá pasado con Lani, pero bueno, el caso es que parece contento.

A Dakota le resultaba difícil concentrarse en la conversación de Finn porque la necesidad de contarle la verdad estaba asfixiándola y aún no sabía qué palabras emplear.

–Tengo que decirte una cosa –dijo interrumpiéndolo–. Es importante –estaban sentados en el suelo del salón con Hannah entre los dos sobre la alfombra. La pequeña estaba jugando con un llavero de juguete, deleitada por el sonido que hacía.

–¿Va todo bien? ¿Es Hannah?

Dakota respiró hondo. No tenía más que decirlo, soltarlo, y esperar a que sucediera lo mejor.

–No es Hannah. Soy yo –sacudió la cabeza–. No, no quiero decir eso… yo…

Maldijo en silencio, ¡qué difícil estaba siendo!

–Has sido maravilloso conmigo y sé que no querías venir aquí, pero me alegro de que lo hicieras. Me alegra haberte conocido y haber pasado tiempo contigo. Eres muy especial para mí.

Tragó saliva. Estaba a punto de decir lo que nunca le había dicho a un hombre. Amaba a su familia, pero esto era distinto. Era un amor romántico.

–Y estoy enamorada de ti. No pretendía que pasara, pero ha sido así. Y sé que probablemente no quieras quedarte, pero aún no te has marchado y esperaba que Hannah y yo fuéramos parte de la razón. Hay muchas complicaciones, pero esperaba que pudiéramos encontrar una solución.

Finn no dejaba de mirarla con una expresión imposible de interpretar. No sabía si eso era bueno o malo.

Ahora venía la parte más difícil.

–Y hay una cosa más.

Finn desconocía qué sería esa otra cosa. Que Dakota le hubiera mostrado sus sentimientos había sido toda una sorpresa; nunca nadie había sido tan sincero con él, así que un punto más a su favor.

Tenía razón. Él no había planeado quedarse en Fool's Gold ni había querido ir allí en un principio, pero ahora se alegraba de haberlo hecho. Estar allí le había enseñado a confiar en sus hermanos. Estar allí le había permitido ver que eran adultos. Estar allí incluso le había dado la oportunidad de enamorarse de Dakota.

Miró a Hannah. Sí, cierto, no quería tener más responsabilidades, pero eso era distinto. Era una niña genial y la idea de tener un bebé cerca resultaba divertido. Jamás se habría imaginado queriendo involucrarse tanto en una relación, pero así era la vida.

—Estoy embarazada. Sé que es un impacto, sé que te dije que no podía tener hijos y era verdad. Bueno, está claro que no verdad del todo, pero mi doctora me dijo que tenía una probabilidad entre un millón y que probablemente se haya debido a que tus espermatozoides son fabulosos y... —lo miró—. Pues eso, que estoy embarazada.

Embarazada.

Sabía lo que significaba esa palabra, sabía de dónde venían los bebés, lo había sabido desde que tenía diez años, pero... ¿embarazada?

Quería levantarse y alzar los brazos al cielo, pero no podía. Le había dicho que no podía quedarse embarazada y él la había creído.

Dakota seguía hablando, pero él no estaba escuchando. Oyó algo sobre «suerte».

—¿Suerte? ¿Te parece que esto es tener suerte? —ahora sí que se levantó—. No es tener suerte. Es una mierda. ¿De verdad estabas enferma o sólo querías ponerme una trampa?

Mientras formulaba la pregunta, ya supo la respuesta. Dakota nunca le haría eso. No era su estilo. Había sido sincera desde el primer día, pero ¡maldita sea! ¿Por qué había tenido que pasar eso?

Ella se levantó con Hannah en sus brazos y la niña extendió sus brazos hacia Finn.

—No lo hice a propósito.

Él comenzó a caminar de un lado a otro de la habitación.

—Lo sé —respondió casi gritando—. Pero esto no es lo que yo quería. No ahora. No otra vez. Quería ser libre y ahora vuelvo a estar atrapado.

—No estás atrapado. Siéntete libre de marcharte. No te necesitamos aquí, Finn. Te lo digo porque es lo que tengo que hacer, no porque quiera nada de ti.

Lo cual sonaba bien, pero no era creíble. Después de todo, ella había empezado esa conversación diciendo que lo quería. ¿Eso era verdad o una forma de convencerlo para que se quedara?

—¿Cómo sé que todo esto no es más que un juego por tu parte?

—Porque aquí no hay ganadores. Creía que querrías saber que vas a ser padre, pero no te preocupes. Puedo verlo en tus ojos. Quieres irte y me parece bien. Adelante. Ahí está la puerta y no voy a detenerte.

En ese segundo, Dakota contuvo el aliento. Deseaba desesperadamente que Finn quisiera quedarse, que se diera cuenta de que él también la quería y que tenían que estar juntos.

Pero antes de que él saliera por la puerta, supo que lo había perdido.

Capítulo 20

Montañas cubiertas de árboles se extendían más lejos de lo que Finn alcanzaba a ver. El cielo era azul y el sol brillaba a pesar de ser más de las nueve de la noche. En esa época del año, las zonas del norte de Alaska llegaban a tener veinte horas de luz.

Ya había realizado dos vuelos en las últimas veinticuatro horas. Cuando volviera a South Salmon descansaría un poco y empezaría de nuevo. Había muchos encargos y se lo debía a Bill. Su socio había sido muy comprensivo durante su ausencia.

Los mandos del avión le eran algo de lo más familiar; no tenía que pensar para volar porque era innato en él. Estar en el aire y desafiar a la gravedad eran algo tan natural como respirar.

En la distancia vio nubes de tormenta que podrían suponer un problema, pero se conocía el clima y el cielo. Las nubes se quedarían al oeste.

A pesar del zumbido del motor, había un relativo silencio. Una sensación de paz. No había nadie sentado a su lado y nadie lo esperaba cuando aterrizara. Podía hacer lo que quisiera y cuando quisiera. Por fin tenía la libertad que tanto había anhelado durante los últimos ocho años.

Según se acercaba al aeropuerto de South Salmon, informó de su posición y se preparó para aterrizar. Cuando las ruedas tocaron suelo, viró el avión hacia los hangares que Bill y él poseían. Su compañero estaba allí, junto al edificio principal.

Bill era un tipo alto y delgado que acababa de cumplir los cuarenta. Sus padres habían trabajado juntos en el negocio y habían vivido mucho juntos.

–¿Qué tal ha ido? Has estado volando muchas horas.

Finn le entregó la carpeta que contenía los recibos de entrega firmados, además del registro del avión.

–Ahora voy a descansar un poco. Volveré sobre las cuatro.

Las cuatro de la mañana, quería decir. En verano, los turnos comenzaban muy temprano porque querían aprovechar la luz del sol todo lo posible. Volar era mucho más sencillo cuando podías verlo todo.

–¿Estás adaptándote bien?

–Claro, ¿por qué lo preguntas?

–No eres el mismo. No sé si es que echas de menos algo o a alguien, o si es por el hecho de que tus hermanos se hayan ido. Hay mucho trabajo nuevo, Finn. Un par de contratos y más gente interesada en firmar. Quiero que les eches un vistazo, pero si no vas a estar aquí, tendré que contratar nuevos pilotos y puede que me traiga a mi primo. ¿Quieres que te compre tu parte? Podría pagarte la mitad en metálico y el resto mediante un préstamo bancario. Si no estás seguro, éste es el momento de decírmelo.

Vender el negocio… No podía decir que no lo hubiera pensado. Tres meses atrás habría jurado que no quería salir de South Salmon, pero ahora ya no estaba tan seguro. Sus hermanos se habían marchado y no volverían allí, y él tenía nuevas ideas sobre lo que quería hacer con su vida.

Y también estaba Dakota. La echaba de menos. Por mucho que lo enfurecía y que se preguntara si lo habría engañado, quería estar con ella. Quería verla y abrazarla y reírse con ella. Quería ver a Hannah crecer y convertirse en una jovencita de ojos brillantes y preciosa sonrisa.

Y en cuanto al bebé... No, no podía pensar en ello. La idea lo abrumaba. Desde que sus padres murieron, se había jurado que cuando sus hermanos fueran independientes, él haría todas las cosas que había echado en falta y que se había perdido. Iría a donde quisiera, haría lo que quisiera. Sería libre. No quería volver a tener obligaciones porque cuando era joven y el resto de los chicos habían estado yendo a fiestas y saliendo con chicas, él había estado revisando deberes, haciendo la colada y aprendiendo a cocinar. Había tenido que trabajar y ser padre y madre a la vez.

—¿Finn?

Finn miró a su socio.

—Perdona.

—Estabas en otra parte.

—En el pasado.

—En cuanto a lo del negocio... ¿podrías decirme algo a finales de semana?

—El viernes —le prometió.

Bill asintió y se marchó.

Pero Finn se quedó donde estaba pensando en Dakota y en cómo tendría que ser padre y madre de dos bebés. Lo de la adopción era algo que ella había buscado, pero lo del bebé era tan inesperado para ella como lo había sido para él.

Estaba seguro de que había hablado en serio al decirle que era libre de marcharse, que no esperaba nada de él. Seguro que redactaría uno de esos acuerdos en los que renunciaba a recibir ayuda económica porque no quería que se sintiera atrapado, lo cual debería haberlo alegrado. Habían hecho falta ocho años, pero por fin estaba donde quería estar: siendo libre, y pudiendo ir a cualquier parte y hacer cualquier cosa. Si además le vendía el negocio a Bill, tendría más libertad y más dinero. La vida no podía ser mejor.

–Estoy bien –insistió Dakota–. Absolutamente bien.

Sus hermanas estaban mirándola, como si no se hubieran quedado muy convencidas. Tal vez sus palabras habrían sido un poco más creíbles si no hubiera tenido los ojos hinchados y rojos de llorar. Durante el día lograba ser fuerte, pero en cuanto caía la noche y se veía sola, perdía el valor.

–No estás bien y es normal –le dijo Nevada–. Le dijiste a Finn que lo amabas y él se ha marchado sin decir nada mientras tú te quedas aquí embarazada de su bebé y sola.

–Gracias por recordármelo –murmuró Dakota–. Ahora me siento patética.

–Pues no lo hagas –le dijo Montana–. Has sufrido mucho, pero eres fuerte y lo superarás.

Sus hermanas se miraron.

–¿Qué pasa?

Estaban en el bar de Jo viendo *Súper Modelo*. Denise había insistido en que Hannah se quedara a pasar la noche con ella, probablemente para que las hermanas pudieran pasar un rato juntas, y ya que la niña adoraba a su abuela, no había visto problema alguno en ello.

–Debe de ser muy fuerte enterarte de pronto de que vas a ser padre –dijo Montana cautelosamente, como si se esperara que Dakota se lanzara a por ella.

—Lo sé.

—Seguro que necesita un poco de tiempo. Tú necesitaste tiempo.

—Estaba dispuesta a darle tiempo, pero se marchó. Siguió aquí después de que se fueran sus hermanos hasta que le dije que lo quería y que estaba embarazada. Esa misma noche se largó sin decir nada.

Nunca antes se había sentido tan abandonada. Lo más parecido a la sensación que la invadía ahora era la que había tenido cuando su padre murió. Eso también había sido inesperado y después sólo había quedado ausencia y dolor.

—Es muy típico de un hombre marcharse así —dijo Nevada—. Ahora ya sabes que es de esa clase.

—¿Qué clase?

—De los que desaparecen para no tener que hacer frente a las responsabilidades. Sólo se preocupa de sí mismo.

Dakota sacudió la cabeza.

—Eso no es justo. Finn no hace eso. Ha pasado los últimos ocho años criando a sus hermanos y tuvo que renunciar a todo para cuidar de ellos.

—Pues mira cómo le ha salido.

—¿Qué quieres decir? Son unos chicos geniales.

—Uno de ellos quiere ser actor y el otro está saliendo con una mujer que casi le dobla la edad.

—Eso no es verdad.

—¿Sasha no quiere ser actor? ¿No se ha mudado a Los Ángeles y ha abandonado la carrera a sólo un semestre de terminarla?

—Sí, pero…

Nevada se encogió de hombros.

—Estás mejor sin él.

—No, no es verdad. No tiene nada de malo que Sasha

quiera seguir sus sueños. Tal vez debería haber terminado la carrera, pero puede hacerlo más adelante. Y en cuanto a Aurelia, es nueve años mayor que Stephen, como sabes muy bien. Es dulce y están muy bien juntos. Stephen volverá a la universidad y está estudiando Ingeniería, como tú.

Estaba cada vez más furiosa e indignada.

–¿A qué viene ser tan críticas? Finn es un buen hombre y lo ha demostrado una y otra vez. No me arrepiento de nuestra relación y no necesito oír estos comentarios sobre sus hermanos y él.

Nevada levantó su copa y sonrió.

–Sólo quería comprobarlo.

–¿Comprobar qué?

–Que lo quieres, que no te alegra que se haya ido por mucho que intentas disimularlo. ¿Por qué no luchas por lo que quieres?

–¿Luchar? No puedo forzarlo a estar conmigo.

–No, pero hay un mundo entre forzarlo y no hacer nada.

Nevada asintió.

–Cuando querías entrar en ese programa especial de postgrado, ¿te limitaste a presentar tu solicitud y esperaste a ver qué pasaba? No. Acosaste al jefe de departamento para que te aceptasen hasta que casi tuvo que ponerte una orden de alejamiento. Cuando necesitaste una clase de niños para hacer tu tesis, llamaste a las puertas de un montón de profesores hasta que diste con lo que necesitabas. Cuando descubriste que no podías tener hijos, adoptaste una niña. Haces cosas, Dakota. Te mueves, por muy discreta que seas. Siempre has actuado, así que, ¿por qué ahora tienes una actitud tan pasiva?

Se sintió halagada y reprendida al mismo tiempo.

–No estoy siendo pasiva. Sólo estoy dándole tiempo a Finn para que decida lo que quiere hacer.

–¿Y qué pasa con lo que quieres tú? ¿Eso no es importante?

–Claro, pero...

–Nada de peros. Recuerda lo que dijo el maestro Yoda: «No existe el intentar, existe el hacer».

–Puedes quedarte ahí sentada y esperar a que se decida –dijo Nevada–, o puedes tomar las riendas de tu destino. Sé que estás asustada.

–No estoy asustada.

Sus hermanas la miraron enarcando las cejas.

–De acuerdo, un poco asustada –admitió.

No pensaba que Finn fuera a alejarse de su hijo, sabía que con el tiempo aparecería y querría formar parte de su vida. Sería un gran padre, pero ¿le interesaría ser un marido?

–La gente del programa me parecía estúpida, desesperada y sentía lástima por ellos. Pero sólo estaban buscando el amor, y eso es algo que quiere casi todo el mundo. Por lo menos, ellos hicieron algo. ¿Qué he hecho yo?

Medio se esperaba que sus hermanas la defendieran, pero se quedaron en silencio. ¡Eso sí que era comunicación!, pensó algo dolida. Y entonces se recordó que no importaba lo que la gente pensara de Finn y de ella. Ellos eran los únicos que importaban.

Sabía lo que quería, quería un final feliz con el hombre al que amaba. Quería casarse con él y criar a sus hijos a su lado. Quería una casa llena de niños y perros, con un gato o dos y un pequeño campo de fútbol. Quería un poco de lo que habían tenido sus padres.

Pero, ¿qué quería Finn? Sabía que acabaría diciéndoselo, pero darle ese tiempo que necesitaba ¿era ser madura o tener miedo?

Le había dicho que lo amaba y que estaba embarazada, pero no había tenido oportunidad de contarle el resto. De decirle cómo veía su futuro juntos y que ser responsable no era algo tan malo. Había muchas recompensas maravillosas.

–No voy a esperar –dijo y se levantó–. Me voy a South Salmon a hablar con él.

–Sale un avión con destino a Alaska a las seis de la mañana desde Sacramento –le dijo Nevada–. Hace escala en Seattle –se sacó un papel del bolsillo y se lo entregó–. He hecho una reserva antes. Puedes pagarlo al llegar al aeropuerto.

Dakota no podía creérselo.

–¿Habíais planeado esto?

–Y también hemos discutido con mamá sobre quién se quedará con Hannah mañana por la noche.

Se le llenaron los ojos de lágrimas, pero por primera vez en días, no fueron lágrimas de tristeza. Abrazó a sus hermanas.

–Os quiero.

–Y nosotras a ti. Dile a Finn que si es un idiota, enviaremos a nuestros tres hermanos a buscarlo. Podrá correr, pero no podrá esconderse para siempre.

Dakota se rió.

Montana la besó en la mejilla.

–Nos ocuparemos de todo aquí. No te preocupes. Tú ve y encuentra a Finn y tráelo hasta aquí.

–¿Lo echamos a suertes? –preguntó Bill.

Finn estaba mirando por la ventana del despacho. La primera tormenta ya había pasado, pero venía una segunda, más grande y dirigiéndose a South Salmon.

Las tormentas allí no eran como en los otros estados.

Eran mucho menos educadas y mucho más destructivas. Por lo general, todos los vuelos quedaban cancelados, pero habían recibido una llamada de un padre desesperado diciendo que su hijo estaba enfermo y que necesitaba un avión inmediatamente. Los aviones médicos estaban atendiendo otras llamadas y nadie más podía llegar hasta allí.

Ahora había unas enormes nubes negras surcando el cielo, junto con un fuerte viento y relámpagos. Volar con ese tiempo era como desafiar a Dios.

—Iré yo —dijo Finn dirigiéndose ya hacia uno de los aviones—. Avisa a la familia por radio y di que estaré allí en unas tres horas. Un poco más, tal vez.

—No puedes rodear la tormenta —era demasiado grande como para rodearla.

—Lo sé.

Bill lo agarró del brazo.

—Finn, espera. Vamos a esperar unas horas.

—¿Ese niño tiene unas horas?

—No, pero…

—Ese niño no va a morir mientras yo esté de guardia.

—No les debes nada.

Pero tenía que intentarlo. Eso era lo que ese trabajo significaba para él: a veces tenías que correr un riesgo.

Fue hasta el avión y realizó la rutina de comprobación con más cautela y detenimiento que nunca. Lo último que necesitaba era un problema mecánico que complicara una situación ya de por sí difícil.

Cuando estuvo listo para despegar, el viento bramaba y empezaron a caer las primeras gotas.

El problema no era salir de allí porque se alejaría de la tormenta, sino llegar a Anchorage.

Seis horas después, sabía que moriría. Los padres y el niño estaban en el avión; el hombre sentado a su lado y la mujer junto a su hijo. Los vientos eran tan fuertes que el avión parecía estar quieto en lugar de avanzando. Se sacudían y en alguna ocasión una ráfaga de viento los hizo descender bastantes metros.

–Voy a vomitar –gritó la madre.

–Las bolsas están junto al asiento.

No podía parar a mostrárselo. No, cuando todas sus vidas dependían de que los sacara de allí a salvo.

Aunque era por la tarde, el cielo estaba negro como la noche y la única iluminación provenía de los relámpagos. El viento rugía como un monstruo que quería atraparlos y Finn tenía la sensación de que en esa ocasión la tormenta ganaría.

Sin quererlo, se vio arrastrado mentalmente a otro vuelo muy parecido a ése. Un vuelo que había cambiado su vida.

Había habido una tormenta, oscura y poderosa. Los truenos los habían asaltado y uno se había acercado tanto a ellos que Finn recordaba haber sentido su calor. Él pilotaba y su padre iba de copiloto. El viento había bramado y los había lanzado como si fueran una pelota de béisbol.

Y entonces un trueno había caído en el motor y el avión había caído desde el cielo como si fuera una piedra.

No había podido controlar el descenso; todo había estado demasiado oscuro como para saber dónde aterrizar, suponiendo que hubiera habido algún punto más seguro que el bosque donde se habían estrellado. Finn no recordaba mucho del impacto. Se había despertado y se había encontrado tendido en el suelo, bajo la lluvia.

Sus padres estaban inconscientes y los había atendido lo mejor que pudo antes de salir a buscar ayuda. Para cuando habían regresado, ya habían muerto.

Un trueno cayó junto al avión devolviendo a Finn al presente. La madre gritó. El niño seguro que estaba aterrorizado, aunque demasiado enfermo como para emitir ningún sonido. Junto a Finn, el padre se aferraba al asiento.

Nadie preguntó si iban a morir, aunque él estaba seguro de que lo estaban pensando. Y probablemente estarían rezando. Finn esperaba oír una voz que le dijera que debería haber esperado, que no había merecido la pena… y entonces lo sintió. Fue como si sus padres estuvieran allí con él, ayudándolo. Como si alguien estuviera tomando el control del avión, guiando sus manos.

Sin saber qué otra cosa hacer, escuchó al silencio, giró a la izquierda, después a la derecha, esquivando los truenos y al viento, encontrando la zona más calmada de la tormenta. Descendió un poco cuando esas fuerzas invisibles así se lo indicaron, viró a la izquierda y volvió a subir.

Durante la siguiente hora pilotó como nunca antes lo había hecho y poco a poco el poder de la tormenta fue desvaneciéndose. A ochenta kilómetros de Anchorage vio el primer rayo de luz y oyó una voz desde la torre de control.

Aterrizaron menos de treinta minutos después. Una ambulancia estaba esperándolos para llevarse al niño al hospital. En el último segundo, el padre se volvió hacia él.

—No sé cómo agradecértelo —le dijo estrechándole la mano—. Creía que íbamos a morir. Nos has salvado. Lo has salvado.

Finn se quedó junto al avión y vio el sol abrirse paso entre las nubes. Automáticamente, comprobó el avión. Todo estaba bien, ni una sola señal que indicara lo que acababan de vivir. Volvió a entrar sabiendo que lo que fuera que estaba buscando, no estaba allí.

Tal vez habían sido sus padres, o tal vez alguna otra cosa. Volar era como navegar: si un hombre lo hacía mucho, experimentaba cosas que no se podían explicar. Por la razón que fuera, había sobrevivido la noche del accidente. Siempre había pensado que había sido para poder criar a sus hermanos, pero tal vez había habido otro propósito. Tal vez se había salvado para poder encontrar a Dakota.

La amaba. Tener que pasar por una experiencia casi mortal para descubrirlo lo convertía en un idiota, pero podría vivir con ello... siempre que pudiera tener la oportunidad de contárselo.

La amaba. Quería casarse con ella y tener muchos hijos. ¡Tenía que llamar a Hamilton y decirle que quería comprar su negocio! Después, le diría a Bill que le vendía su parte. Pero lo más importante era volver a Fool's Gold y decirle a Dakota lo mucho que la amaba y cuánto deseaba estar con ella.

Sacó su móvil y llamó a Bill.

—He estado muy preocupado —le dijo su compañero—. ¿Es que no has podido llamar? ¿He tenido que enterarme por la torre de control?

—Ya te estoy llamando.

—Llevas diez minutos en tierra. ¿Qué has estado haciendo? ¿Comprando?

Finn se rió.

—Metiendo a mis pasajeros en la ambulancia. Mira, Bill, me voy. Puedes comprar mi parte del negocio. Tengo que volver a Fool's Gold ahora mismo.

—Es por esa mujer, ¿verdad?

Finn pensó en Dakota y sonrió.

—Sí. Tengo que pensar cómo convencerla para que se case conmigo.

Hubo una pausa y Bill dijo:

–Se va a alegrar mucho de oír eso.

–¿Cómo lo sabes?

–Porque la tengo justo a mi lado. Y si su sonrisa sirve de algo, entonces te diré que sí. Acepta.

Dakota utilizó unos prismáticos para ver el cielo. Bill le había dicho en qué dirección mirar y cuando vio la diminuta silueta de un avión, comenzó a saltar.

Cuando Finn aterrizó, ella ya estaba corriendo hacia él. Se reunieron en la hierba, junto a la pista, y aunque Dakota tenía miles de cosas que decirle, ahora mismo lo único que quería era estar en sus brazos. Cuando lo estuvo, se besaron y se sintieron mejor que nunca.

–Te quiero –le dijo él–. Os quiero, Dakota. A ti, a Hannah y al bebé que llevas dentro. Debería habértelo dicho antes.

Estaba tan feliz que pensaba que ni le hacía falta respirar.

–Necesitabas tiempo.

–Me asusté y me marché, pero quiero casarme contigo. Quiero que seamos una familia.

–¿Aunque eso suponga mucha responsabilidad?

Él asintió y volvió a besarla.

–¿A quién intento engañar? Nací para ser responsable.

–Eras un chico salvaje y rebelde.

–Lo fui durante quince minutos, pero ahora quiero estar contigo.

Qué palabras más bellas e increíbles, pensó ella. Unas palabras perfectas provenientes del hombre perfecto.

–Yo también te quiero –le susurró.

–¿Te casarás conmigo?

–Sí.

–¿Viviremos en Fool's Gold?

Quería que Finn fuera feliz.

–Tu vida está aquí.

–No, no lo está. Voy a venderle la mitad de mi negocio a Bill. Mis hermanos no lo quieren y puedo usar el dinero para comprar la empresa de Hamilton. Mi sitio está donde tú estás y eso es Fool's Gold.

Dakota se echó a sus brazos.

–Hannah se pondrá feliz. Te ha echado de menos.

–Yo a ella también –le tocó el vientre–. Y pronto tendrá un hermanito o hermanita a los que mandar.

–Un día tendrás que enseñarnos Alaska –le dijo.

–Lo haré, pero ahora mismo estoy preparado para irme a casa.